가마쿠라 역에서
걸어서 8분,

빈방 있습니다

鎌倉駅徒歩 8分, 空室あり

Original Japanese title: KAMAKURA EKI TOHO 8 FUN, KUSHITSU ARI

© 2022 Tsukiko Ochi

Original Japanese edition published by Gentosha Inc.

Korean translation rights arranged with Gentosha Inc.

through The English Agency (Japan) Ltd. and Danny Hong Agency

가마쿠라 역에서 걸어서 8분,

빈방 있습니다

오치 쓰키코 지음
김현화 옮김

마시멜로

아빠가 내려준 커피를 처음 마신 건 내 일곱 살 생일날이었다.

"원두 직접 갈아볼래?"

"그래도 돼?"

나는 사자 마크가 새겨진 커피그라인더를 조심스럽게 받아 들었다.

싱크대 앞에 있는 스툴에 앉아 아빠가 늘 하던 것처럼 커피그라인더를 양다리 사이에 끼웠다. 다리가 바닥에 닿지 않았다. 조금 불안정한 느낌이 들었다.

"손잡이를 잡고 오른쪽으로 돌려봐."

나무 핸들은 생각보다 묵직했다. 드륵, 드르륵. 단단한 원두가 으스러지는 게 손바닥으로 전해졌다.

항상 나던 기분 좋은 소리와는 달랐다.

드륵, 드륵, 드르륵…….

한심할 만큼 서툰 소리가 부엌에 울려 퍼졌다. 어쨌든 핸들을 돌리는 동안 손이 가벼워지긴 했다.

"갈린 모양이네."

아빠의 약간 처진 눈 가장자리에 주름이 졌다.

"직접 열어보렴."

커피그라인더 바닥 쪽 작은 서랍을 열었다. 타원형 원두가 알갱이가 되어 있었다.

아빠는 갈린 원두를 드리퍼에 담았다. 한 손으로 싱크대를 짚고 다른 한 손으로 원을 그리듯 물을 부었다.

"오늘 커피는 뭐야?"

"아빠가 만든 특제 블렌드야."

"블렌드?"

"그래. 과테말라랑 케냐랑 에티오피아를 조금씩 섞어봤어. 톡 쏘기도 하고 달기도 하고 원두의 개성도 여러 가지니까 그 비율을 맞추기가 어려워. 그래도 몇 번 내리다 보면 점점 노하우를 알게 되니 맛이 근사해지지."

아빠는 유리 용기를 들여다보고는 미소 지었다.

"좋았어, 물방울이 다 떨어졌네. 지금부터가 중요해."

그리고 서버를 천천히 세 번 흔들었다.

"맛있어지라고 마음속으로 주문을 외우는 거야."

아빠는 푸른색 머그잔에 커피를 따랐다.

"어때?"

빨려들 듯한 검은 액체. 어떤 맛이 날지 기대감에 부풀었다.

"써~."

아빠가 우유와 설탕을 내밀었다.

"그럼 카라만의 블렌드로 만들어봐."

나는 몹시 달게 만들었다. 너무 달았다.

그런데 지금이라면…….

블렌드의 숨겨진 달콤함을,

블렌드의 심오한 맛을 안다.

제1장

오우치 카페

카라

어젯밤부터 계속 쏟아지던 비가 그쳤다. 부엌 창문으로 보이는 서양 수국이 아침 햇살을 받아 적갈색으로 빛났다. 이젠 수국도 끝물에 가까워지고 있었다.

전기 포트가 부글부글 소리를 내기 시작했다. 밑바닥의 온도계가 순식간에 올라갔다.

오우치 카라는 스테인리스 용기에 담긴 과테말라를 커피 계량스푼으로 퍼서 그라인더에 넣었다. 아빠한테 물려받은 사자 마크가 새겨진 길고 가느다란 원통형 그라인더는 양 무릎에 끼워 사용한다. 페퍼민트그린색 페인트가 벗겨지고 있는 스툴에 앉아 천천히 핸들을 돌렸다. 드륵드륵 기분 좋은 소리와 더불어 단단한 원두가 바스러졌다. 그리고 한 번 더 살짝 돌리자 문득 손의 감촉이 가벼워졌다. 싱크대에 그라인더를 놓고 바닥 쪽 서랍을 열었다. 창문으로 상쾌한 바람이 들어왔다. 금목서의 향기로 더 블렌딩된 가루를 드리퍼로 옮겼다.

가늘고 긴 주둥이가 달린 포트로 뜨거운 물을 부었다.

한 방울 또 한 방울, 유리 서버에 물방울이 떨어졌다.

"커피를 안 마시면 하루가 시작되질 않아."

아빠는 입버릇처럼 말했다. 어린 시절에는 커피를 마시는 게 고역이었다. 어른들은 어떻게 이렇게 검고 쓴 것을 맛있게 마시는지 정말 신기했다. 하지만 언제부터였을까. 아침마다 커피 한 잔을 빼먹지 않고 마시게 됐다.

호박색 물방울이 깨끗하게 다 떨어졌다. 서버를 흔들면서 마음속으로 외쳤다.

'맛있어지게 해주세요.'

청자색 컵 두 개. 까만 테두리와 잿빛 테두리 각각에 커피를 따르고 거실로 이동했다. 내닫이창에 놓아둔 액자 속 아빠와 눈이 마주쳤다.

"잘 잤어? 오늘은 과테말라를 기본으로 한 블렌드야."

검은색 테두리가 있는 컵을 아빠 앞에 놓았다.

잘 나왔다고 말하기 힘든 사진 속 아빠는 액자 테 안에서 새로 장만한 안경을 쓰고 어색한 미소를 짓고 있었다. 이게 마지막 사진이 될 줄은 생각지도 못했다. 아빠는 일흔 살 생신을 앞두고 세상을 떠났다.

그로부터 1년이 지났다.

정원에서 곤줄박이가 울고 있었다. 휘이휘이휘이, 고집

센 개구쟁이 같은 소리였다.

"새의 울음소리에도 여러 종류가 있어. 저건 '배고프다' 는 신호야."

가르쳐준 사람은 아빠였다.

흰색 격자로 된 거실 창문 앞에 섰다. 다이쇼 시대(1912~ 1926년)에 지어진 이 오래된 서양식 집에 혼자 살게 되면서 하루도 똑같은 풍경이 없다는 것을 알아차렸다. 한가롭다 싶으면 정원을 바라보던 아빠의 기분도 지금이라면 이해 할 수 있다.

백일홍이 꽃을 피우고 있었다. 분홍빛 꽃 사이에서 동 그스름한 주황색 꽃술이 보였다가 말았다가 했다. 원숭이 도 나무에서 떨어질 때가 있다고 하던데 곤줄박이는 미끌 미끌한 가지에서도 재주 좋게 서 있었다. 거실 창을 열고 테라스 의자에 앉았다. 잔을 기울였다. 과테말라의 쓸쓸한 맛이 입안에 사르르 번지면서 과실의 산미와 깊은 맛이 퍼 져나갔다.

맑게 갠 하늘에는 조개구름이 점점이 줄지어 있었다. 동 쪽 하늘로 시선을 옮겼다. 그러고 보니……. 오늘은 음력 8월 보름이다. 지금 같은 상태라면 예쁜 보름달을 볼 수 있을 듯했다.

작년 이 무렵에는 하늘을 올려다볼 여유가 없었다. '어쩔 셈이야? 날 혼자 남겨두고 어디로 사라진 거야.' 파란색, 남색, 하늘색, 회갈색……. 하늘의 색 따윈 상관없었다. 하늘을 올려다보다 지주막하출혈로 쓰러져 세상을 떠난 아빠를 원망했다. 결국 나는 외톨이가 됐다.

엄마가 집을 나간 것도 갑작스러웠다. 분명 다섯 살 즈음 6월이었다. 아침에 일어나보니 엄마가 사라졌다. 슬프다든가 괴롭다든가 하는 감정보다 그 의미조차 알 수 없었다. 사람과 사람이 예고도 없이 헤어질 수 있다는 걸 그때 깨달았다. 어떻게 내일을 맞이하면 될까. 어린아이이면서도 망연자실했다.

아빠의 머나먼 여행은 엄마의 가출과는 달리 준비가 훌륭했다. 자신에게 만약 무슨 일이 일어났을 때를 대비해 나이 차가 많이 나는 다다히토 삼촌 앞으로 유서를 써놓았다. 그리하여 나는 이 집의 토지임차권과 앞으로 20년간 매달 임차료로 4만 엔을 계속 지불할 수 있는 잔고가 들어간 통장을 받았다.

아빠는 신문사 문화부에 소속되어서 일하고 있던 시절에 중남미로 취재 여행을 갔다. 과테말라, 코스타리카, 파나마……. 각지에서 마신 커피에 매료되어 귀국 후에도 그 세계에 푹 빠져 지냈다. 그리고 15년쯤 전에 조기 퇴직해 여기에 카페를 열었다. 이름하여 오우치 카페. 처음에 아빠는 간판에 서예 6급의 물 흐르는 듯한 글자로 '오우치 카페'라고 썼다. 하지만 조금도 멋스럽지 않아서 내가 힘을 뺀 하늘색 글자로 다시 썼다.

테라스에 여섯 자리, 정원 안쪽의 큰 느티나무 밑에 파라솔이 달린 테이블 하나. 메뉴는 기본적으로 커피뿐이었지만 가끔 쿠키나 콩포트를 만들어 칠판 메뉴판에 더했다.

카페 입구 옆 모밀잣밤나무의 잎이 흔들렸다. 바스락거리는 소리와 함께 다람쥐가 내려와서 눈앞을 가로질렀다.

"안녕."

지붕 없는 푸른 나무 문에서 둥그스름한 얼굴이 들여다보고 있었다.

"열려 있어요."

대답과 동시에 옆집 구라바야시 씨가 안으로 들어왔다.

"이거 봐. 올해도 뒤뜰에 무화과가 이만큼이나 열렸어. 나눠 먹을까 싶어서 가져왔지."

장바구니를 들고 씨익 웃었다.

아빠는 구라바야시 씨를 "글래디스 씨"라고 불렀다. 〈아내는 요술쟁이〉에 나오는 참견하기를 좋아하는 옆집 사람의 이름이다. 원래 캐릭터와 다르게 안경을 썼지만 그 너머 데굴데굴 움직이는 동그란 눈, 카랑카랑한 목소리가 매우 닮았다. 또 글래디스 씨와 마찬가지로 사흘에 한 번꼴로 우리 집에 왔다.

"있잖아, 작년에 네가 우리 집 무화과로 콩포트 만들어 줬잖아. 그거 맛있었어."

자신의 집처럼 카페 구석구석을 꿰뚫고 있던 구라바야시 씨는 테라스석에 앉았다.

"오늘은 뭐 마실래요?"

정원에서 딴 과실이나 받은 선물을 늘 나눠주러 오기 때문에 '물물교환'으로 커피를 내주던 아빠의 습관을 나도 그대로 이어받았다.

"고마워. 뭐 마실까."

구라바야시 씨는 조개구름이 떠 있는 하늘을 올려다보았다.

"지금 기분은…… 그래, 오늘의 구름 같은 걸로 줘."

"네. 그럼 산뜻한 산미가 나는 콜롬비아 커피를 베이스로 한 블렌드를 내드릴게요."

부엌으로 돌아가 커피를 내렸다. 구라바야시 씨 전용인 말차색 잔에 커피를 따라 테라스석으로 가져갔다. 오동통한 손이 뻗어와 잔 손잡이를 잡았다.

"이거야 이거. 이걸 안 마시면 내 아침이 끝나질 않아."

구라바야시 씨는 정말이지 일찍 일어난다. 아무래도 저녁 8시에 자서 새벽 3시에 일어나는 모양이었다.

"아~ 맛있어. 그런데 말이야."

레드와인색 안경을 벗더니 니트 소매로 렌즈를 닦고 이쪽을 힐끗 쳐다봤다.

"이제 손님이 좀 더 있어야 할 때인 것 같은데. 최근엔 어때?"

건너편에 앉은 순간 몸을 불쑥 내밀어왔다.

"그럭저럭이요."

평소에는 몇 명 정도를 상상하는 걸까. 내 마음속에서 '그럭저럭'은 하루에 다섯 팀 정도다.

"한 잔에 600엔에 그럭저럭이라. 너도 앞으로 혼자 살아가야 하잖아. 아빠가 곤란하지 않을 만큼의 재산을 물려주시긴 했을 테지만……."

참견하기를 좋아하는 성가신 옆집 사람이지만 결혼하라고까지는 하지 않으니 감사할 따름이었다. 아빠도 종종 말했다. "저 성격이면 '재혼해'라면서 맞선 상대를 찾아올 것 같지만 어째서인지 그런 소리는 안 한단 말이지."

나는 어쩌면 구라바야시 씨는 결혼생활을 전혀 기대하지 않을지도 모른다고 몰래 그릇된 추측을 하고 있었다.

"너 말이야, 알긴 해? 돈이란 건 아무리 많아도 부족해. 이 넓은 집을 유지해나가기 힘들 테고 말이야. 노인이랑 마찬가지로 오래된 집은 여기저기가 부실해져. 그때마다 몇십만 엔 단위로 돈이 날개 돋친 듯 나갈 텐데."

"그러게요. 알고는 있는데……."

구라바야시 씨는 잔을 놓고 고개를 갸웃거렸다.

"이렇게 맛있는데 왜 입소문이 안 나는 거지? 아님, 오우치 카페 일은 주말에만 하고 다시 안경점에서 일하는 건 어때?"

레드와인색 안경다리에는 사바에라는 브랜드명이 금색으로 새겨져 있다. 옛날에 요코하마에 있는 가게에서 일할 때 구라바야시 씨가 일부러 사러 와준 것이었다.

"이 안경 진짜 평이 좋아. 지적으로 보이기만 하는 게 아니라 멋스럽기까지 하대. 이 안경 쓴 후로 만나는 사람마다 칭찬을 하더라고. 솔직히 네가 이걸 골라줬을 때 '빨간 안경은 너무 오버스럽지 않나' 여겼는데 주변 반응은 완전 달랐어. 그래서 난 네가 정말 센스가 있다고 생각해."

대학을 나오고 나서 20년간 요코하마에 본사가 있는 안경점에서 일했다. 스스로는 음침한 성격이라고 생각했지만 의외로 서비스업이 잘 맞았다. 하지만 직속 상사도, 또 그 위의 점장도 대하기 힘들었다. 그들은 손님의 취향보다 이익을 우선시했다. 입만 열었다 하면 이익, 이익이었다. 단골손님에게 저렴하고 좋은 것을 추천하면 매도당하기 일쑤였다. 하지만 취직 빙하기에 간신히 들어간 회사라서 아무리 힘들어도 오랫동안 버텨야 했다. 그렇게 줄곧 애쓰다가 결국 마흔둘에 은퇴했다. 이제 충분히 일했다.

"그러게요……."

다음 말이 이어지지 않았다. 가만히 커피를 마셨다.

더 말해봤자 헛수고라고 생각했는지 구라바야시 씨는 프랑스에서 파티시에로 일하는 딸의 이야기를 시작했다. 마흔 중반. 구라바야시 씨의 딸도 결혼하지 않았다. 요즘 들어 딸과 나누는 라인 주제는 프랑스 과자라고 했다. 혀를 깨물고 말 것 같은 단어가 많아 좀처럼 외울 수 없어서 글자를 치는 것도 힘들다……고 했다. 적당한 선에서 맞장구를 쳤다.

"퐁당 오 쇼콜라는 그 찐빵 같은 데에 초콜릿 소스가 들어 있는 거야. 잘못 말하면 딸한테 비웃음을 사. 그래서 쇼콜라 소스에 퐁당 빠져 있다고 외웠어. 그랬더니……."

프랑스 과자 이름을 외우는 법에 대한 강의를 듣고 있을 때 바지 주머니에서 스마트폰이 울렸다.

"아, 잠시 실례할게요."

거실로 돌아가 화면을 봤다. '미키코'라고 표시되어 있었다. 평소에는 라인으로 연락하는데 느닷없이 전화를 걸어오다니 어쩐 일인가 싶었다.

"무슨 일이야?"

"무슨 일이냐니, 느닷없이. 여보세요 정도는 말해주는 게 어때?"

구라바야시 씨와는 180도 다르게 나지막한 목소리가 돌아왔다.

"미안, 미안. 여보세요. 대체 무슨 일이야?"

후쿠이에 살고 있는 하야시 미키코는 대학 시절부터 친구다.

미키코는 나를 '친구야'라고 부른다. 하지만 라인으로는 '칭구야'라고 친다. 우리가 칭구라고 불러도 될 만큼 애교스러운 관계인지는 모르겠다. 하지만 미키코 자체는 싫지 않았다. 같이 있으면 아주 편안했다. 상대가 말도 안 되는 짓을 하면 거리낌 없이 "멍청하긴"이라고 말할 수 있었다. 이 말을 하면 미움받을 것 같다든가 절교하게 될지도 모른다는 불안감도 없었다. 만약 나에게 자매가 있었더라면 이런 느낌이려나 싶었다.

"이럴 일도 저럴 일도 없어. 내일 그쪽으로 갈게."

"내일이라니, 또 느닷없이. 마음대로 정하지 마."

"마음대로든 뭐든 쇠뿔도 단김에 빼라고 하잖아."

"대체 무슨 일이기에 그래?"

"가출."

"또야……?"

미키코의 '가출'은 새삼스러운 일도 아니었다. 스물여섯에 선을 봐 후쿠이로 시집을 가고 나서 남편이나 시어머니와 한바탕 소동이 있을 때마다 집을 나왔다. 근처의 캡슐 호텔, 온천, 디즈니랜드…… 이 집도 한때 피난처로 몇 번인가 이용됐다.

"이걸로 몇 번째야? 전에 분명……."

미키코는 조금 짜증이 난 목소리로 "아무튼"이라고 말했다.

"이미 정했다니까. 말하자면 길어질 테니 어쨌거나 그쪽으로 갈게. 내일, 아니 지금도 괜찮지? 한 시간이면 갈 수 있어."

"뭐?"

"실은 말이야."

미키코는 아마 히죽 웃은 듯했다. 그 틈에 그녀가 선수를 쳤다.

"이미 도쿄에 왔어. 어제 온종일 어슬렁거렸다니까. 카라는 어차피 아직 일 안 하고 있지?"

"일하고 있어. 엄연히 카페를 운영하고 있으니까."

"그거 그냥 쉬어. 그럼 2시. 데리러 와줄 거지?"

"싫어."

"싫다니 너무해. 오지 말란 소리야?"

"아니, 오는 게 싫다는 게 아니라 데리러 가는 게 귀찮다는 소리야. 몇 번이나 우리 집에 왔으니 알잖아. 가마쿠라 역에서 걸어서 8분, 고마치 거리를 똑바로 걸어오면 빨간 기둥 문이 보이는데 거기서 왼쪽으로……."

"알겠어, 알겠다고. 빨간 기둥 문이 표지판인 거네. 그럼 나중에 봐."

거실 창문 너머로 커피를 마시고 있는 구라바야시 씨의 둥그스름한 등이 보였다.

"오늘은 오우치 카페 임시 휴업을 해야 하나. 그런데 미키코, 아무리 그래도 너무 느닷없잖아."

정신을 차려보니 그렇게 말하고 있었다.

미키코가 집에 온 것은 오후 2시가 조금 넘어서였다.

커다란 오렌지색 캐리어를 달그락달그락 끌면서 오우치 카페 입구로 들어왔다.

"오랜만~."

2년 반 만에 만나는 미키코는 더 듬직해졌다. 옛날에는 어깨만 넓고 다리는 가느다란 화장실 신사 마크 같은 체형이었는데, 나이를 먹으면서 하체에 살이 쪄 지금은 직사각형에 한없이 가까워졌다.

"잘 지냈어?"

"저기 말이야, 집을 나온 사람한테 보통 잘 지냈냐고 물어? 이번에야말로 정말 진이 다 빠졌어. 아, 지쳤어."

구라바야시 씨와 마찬가지로 속속들이 다 아는 제집처럼 테라스석에 앉았다.

"그런데 언제 봐도 편안하네, 이 정원 말이야. 뭐라고 하더라, 내추럴 가든이라고 하나? 쓸데없이 손질을 하지 않는 점이 좋아."

그녀는 앉은 채 기지개를 켰다.

소리를 죽이고 있던 곤줄박이가 신변의 위험이 없다고

안심했는지 다시 울기 시작했다.

"가마쿠라는 역시 공기가 좋아. 거기다 지저귀는 이 새소리……. 그러고 보니 저 부근에 있던 나무, 한 아름 굵어지지 않았어?"

미키코가 부지를 둘러싸다시피 무성한 느티나무를 보면서 말했다. 올여름은 더웠지만 이 무렵이 되자 마침내 나뭇잎 끝이 빨갛게 물들기 시작했다.

"그러게. 미키코 정도로 굵어졌을지도 모르겠네."

"실례잖아."

마스카라를 듬뿍 칠한 외까풀이 이쪽을 노려봤다.

"카라는 벌레도 못 죽일 얼굴을 하고서 태연하게 심한 소리를 한단 말이지. 벌레로 말하자면 그거……."

미키코는 테라스 앞에 피어 있는 꽃무릇을 가리켰다.

"저 검은 호랑나비, 대빵만 해."

붉은 꽃 주변을 팔랑팔랑 날고 있는 나비의 크기가 10센티미터 가까이 됐다.

"아, 저거. 이 부근 사람들은 가마쿠라나비라고 불러."

"그렇구나. 확실히 저 검은 날갯죽지 속 흰 무늬가 무사 같아. 그런데 진짜 크네. 날갯죽지도 반질반질하니 까맣게 빛나고 있어."

"그래그래. 반질반질하다고 하면 미키코도 지방 덕분에 피부가 좋아 보여."

미키코를 앞에 두면 이상하게 마음속에서 생각한 대로 말할 수 있었다.

"그거 칭찬이야? 뭐 됐어. 우두커니 서 있지 말고 커피나 내와, 커피. 써서 정신이 이렇게 확 돌아올 만한 거."

"네에네에."

부엌으로 가서 만델링을 기본으로 원두를 갈았다.

"그 소리, 마음이 편안해지네."

원두를 갈고 있으니 테라스에서 미키코가 말을 걸어왔다. 지방에 뒤덮이고 나서부터 목소리에도 윤기가 나는 것 같다.

"금방 되니까 거기서 편안하게 있어~."

테라스를 향해 대답했다. 큰 목소리를 내는 건 오랜만이었다.

"안 그래도 편히 있어."

드리퍼에 뜨거운 물을 둘러가며 커피를 내렸다. 씁쓰레한 향기가 피어올랐다.

그러고 보니 전에 가출했을 때도 미키코의 주문은 '써서 정신이 확 돌아올 만한 것'이었다. 그때는 아빠가 내려줬었다. 아버지를 일찍 여읜 미키코는 우리 아빠를 "아빠, 아빠"라고 부르며 몹시 따랐다. 이제 와서 알아차렸다. 10년 정도 전에 엄마도 세상을 떠난 미키코에게는 가출을 해도 돌아갈 집이 없었다.

호박색 물방울이 다 떨어졌다. 마음속으로 '맛있어지게 해주세요'라고 읊조리면서 서버를 흔들었다.

"기다렸지?"

미키코는 동글동글한 겨자색 컵을 감싸듯이 쥐고 기울였다.

"하아, 후우우. 카라, 가게 내도 되겠어."

"이미 냈거든?"

"아, 실례. 그랬지?"

미키코는 오늘 처음으로 얼굴을 구기면서 웃었다.

"그런데 이거 정말 맛있네. 남이 타준 커피는 각별하지."

한 모금 머금어봤다. 쓴맛 뒤에 과실 맛이 불꽃처럼 퍼지고 스윽 사라졌다.

"저기, 이거 얼마야?"

미키코가 내 얼굴을 들여다봤다.

"무슨 소리야? 돈은 됐어."

"너야말로 무슨 소리야. 누가 돈 낸다고 했어? 참고하려고 물어본 거야."

"뭐야, 그런 거였어? 600엔이야."

"진짜?"

미키코는 가느다랗게 정리한 눈썹을 찡그렸다.

"이 입지에 이 퀄리티야. 아무리 생각해도 너무 싸잖아."

"그래? 아빠도 줄곧 같은 가격으로 팔아왔는데."

"그야 아빠의 경우에는 취미의 연장선상이셨잖아. 더구나 단골도 어느 정도 있었고. 이 카페, 하루에 사람은 얼마나 와?"

구라바야시 씨와 같은 질문을 했다.

"그럭저럭이야."

"그럭저럭이라니, 어차피 네다섯이겠지."

"뭐, 그쯤 되나?"

미키코는 쯧쯧 혀를 차며 검지를 진자처럼 움직였다.

"카라는 언제까지 멍 때리면서 살아갈 셈이야? 너 말이야, 사십 대 중반이나 되는 여자 둘이 앞으로 살아나가는데 돈이 얼마나 드는지 알아?"

"뭐어?"

"뭐어라니, 그 얼굴은 뭐야?"

"지금 여자 둘이라고 안 했어?"

"했어. 그야 둘이잖아, 너랑 나."

태연하게 대답했다.

"왜 둘인데?"

미키코 옆에 놓여 있던 커다란 캐리어에 시선이 갔다.

"미키코, 설마……."

"그래. 나 집 나왔다고 말했잖아. 그 바보 같은 남편 놈이랑 이혼했어. 그러니 여기서 살 거야. 우선 급한 대로 짐은 이것만 챙겨왔어. 나머지는 모레 도착할 거야."

"이혼이라니, 말도 안 돼."

아무리 미키코라도 너무 갑작스러웠다.

"……짐을 보내다니, 대체 어쩔 셈이야?"

헤어졌으면 헤어졌다고 알려줬으면 좋았을 것을 느닷없이 사후 보고라니. 더구나…….

"우리 약속했잖아."

약속?

"그거 혹시……."

"그래, 그 약속."

삼십 대 중반을 지나갈 무렵부터 둘의 대화에 노후에 대한 화제가 올라오게 됐다. 대단한 연애 경험도 없고 결혼하고 싶다는 생각도 없어서 '아마 평생 혼자일 것 같다'고 말하자 미키코가 '그럼 할머니가 되면 같이 살자'고 이야기를 꺼냈다. 외동에 편부모 아래에서 자랐다는 공통점 때문에 둘 다 '가족'에게는 그다지 기대하지 않았다. 하지만 홀로 살아가는 노후는 너무 외로우니 고독을 견딜 수 없어지면 같은 요양원에 함께 들어가자고 했다. 그 자리의 흥분? 위로? 그 정도로만 생각했다. 설마 진심일 줄이야.

"그런 이야기는 분명히 하긴 했지. 그래도 그건 노후 이야기잖아. 미키코는 아직 한참 젊어. 피부 나이만이라면 삼십 대라고 해도 먹힐 거고."

미키코의 납작한 옆얼굴을 봤다. 눈도 코도 입술도 선으로 그린 듯이 가느다랬다. 덕분에 깊은 주름을 찾아볼 수 없었다. 인물이 빠져도 미인으로 보이게 하는 뽀얀 피부도 건재했다.

"그거, 칭찬이야? 너 말이야, 젊은 거랑 젊어 보이는 건 다르다고. 넌 이미 마흔여섯이잖아."

"그건 미키코도 마찬가지잖아."

"나는 아직 마흔다섯이야. 그래도 너랑 달리 이제 곧 마흔여섯이라는 건 자각하고 있어. 어쨌거나 아흔까지 산다고 해도 반환 지점을 지났잖아. 그건 그렇고, 으라차."

미키코는 앉은 채 또 기지개를 켰다.

"흐음, 바람 좋다. 이 테라스 진짜 기분 좋네. 더구나 이런 BGM까지! 어라, 지금 우는 거 뭐였더라."

"곤줄박이야. 것보다……."

"시이시이, 시이시이하고 우네. 처음 들었어. 후쿠이 집 주변은 논밖에 없어서 나무도 제대로 안 자라니까."

옛날부터 불리해지면 미키코는 말을 돌렸다.

"거긴 새라면 참새밖에 없어. 정말 감성이라곤 없는 곳이지. 그에 비해 여긴 천국이네. 지금부터는 이 새들이랑 살 거야."

'곤줄박이가 시이시이 높은 소리로 울 때는 경계하고 있을 때야'라고 가르쳐주려고 하다가 관뒀다.

"야, 이야기 좀 돌리지 마. 이 집에서 사는 게 결정된 사안처럼 말하는데 나 아직 오케이한 적 없어. 애초에 무리일 것 같은데. 너도 내 성격 알잖아. 자랑은 아니지만 음침한 거. 남이랑 한 지붕 아래에 살다니. 아무리 상대가 미키코라고 해도 말이야."

"너무해! 약속했으면서."

미키코는 뾰로통한 표정을 지었다.

"분명 그리 말했어. 그런데 그건 노후의, 훨씬 휘얼씬 먼 훗날의 이야기야. 그때는 불안할지도 모르지만 적어도 지금은, 너도 알잖아, 나 어둡고 까칠하고 지금으로서는 혼자라도 완전 괜찮다는 거. 아니, 오히려 혼자인 편이⋯⋯."

"카라, 남이 하는 말 좀 똑똑히 들어."

날카롭고 나지막한 소리에 가로막혔다.

"이렇게 넓은 집에 혼자 살다니, 아무리 그래도 너무 위험해. 뭐 어때. 예정이 조금 빨라졌을 뿐이잖아."

"어디가 조금이야? 아무리 그래도 너무 일러." 미키코는 고개를 가로저으면서 한숨을 쉬었다.

"몇 번이나 말하게 할래? 약속했잖아. '나중에 같이 살기'로."

어느새 '노후'가 '나중'으로 바뀌어 있었다.

"카라아~~ 부탁 좀 할게. 여기서 살고 싶다니까."

초승달 같은 눈이 이쪽을 올려다보고 있었다.

"말도 안 돼⋯⋯. 바로 대답하긴 그래. 갈 곳이 없는 건 알겠어. 그러니 우선 한 달 정도 여기서 묵으면서⋯⋯."

"역시 우리 카라."

느닷없이 미키코가 양손을 부여잡았다.

"고마워. 나도 그사이에 앞으로 어떻게 처신할지 곰곰이 생각할게."

미키코의 손에서 결혼반지가 빠져 있었다. 촉촉함을 잃

은 손등에는 까뭇까뭇 검버섯이 생겨 있었다. 몰랐다. 손이 이렇게 나이를 먹었다니. 인생의 반환 지점을 지나고 있다는 건 이런 거였나.

"딱 한 달이야. 진지하게 생각해. 그리고……."

"알았어, 알겠다니까."

두 번 반복해서 말할 땐 대체로 모를 때다. 천하의 미키코였다. 한 달 후에도 이러쿵저러쿵 둘러대면서 이곳에 눌러앉을 작정일 테다. 그때는……. 안 되겠다, 머리가 전혀 돌아가지 않았다.

곤줄박이가 시이시이 여전히 경계음을 내고 있었다. 나도 울고 싶었다. 잔에 남은 커피를 들이켰다.

부엌 창문으로 보이는 하늘은 해가 저물었고 어느새 새소리가 곤충 소리로 바뀌어 있었다.

잘게 썬 양파가 프라이팬 위에서 기분 좋은 소리를 연주했다. 살짝 갈색 빛이 돌기 시작하자 토마토를 넣고서 과육을 으깨고 있으니 끼익끼이익 판자가 삐걱대는 소리가 들렸다. 이 집에서 나 말고 다른 사람이 계단 소리를 내는 건 오랜만이었다.

"아~ 잘 잤다."

미키코가 이쪽으로 다가왔다. 이미 몇십 년이나 살았다는 듯이 식탁 의자에 앉았다.

"저 2층 다다미방, 여전히 포근하네. 창문으로 보이는 건 하늘이랑 나무뿐이고. 햇볕도 잘 들어서 낮잠 자기에 딱 좋아."

약불로 줄여 향신료와 조미료를 뿌리고 다진 고기를 넣으면서 미키코에게 말을 걸었다.

"낮잠이라고 할까, 저녁잠이지만."

"내 말이! 꾸벅꾸벅 졸기 시작할 때는 날씨가 화창하더니 눈을 뜨니 저녁이더라? 아~ 어느새 잠들어버렸네 하는 느낌, 그리워라. 독신 시절로 돌아간 것 같아⋯⋯. 아니, 돌아왔지? 가족들 시선도 신경 쓰지 않고 대자로 잤어. 앞으로 나 자유야. 꿈이 아니야."

쿠민의 새콤달콤한 향기가 피어올랐다.

"그래, 꿈 아냐. 현실이지."

재료를 주걱으로 저어 섞으면서 가능하면 다 꿈이기를 바랐다.

터무니없는 하루였다. 이혼 보고만으로도 충분히 놀랐

는데 쳐들어와서 얹혀 지내겠다니. 하는 수 없이 한 달의 유예 기간을 주니 미키코는 "그럼 2층의 카라 방을 쓰도록 할게. 거기 5평이나 되고 침대도 폭신하고 창문도 커서 너무 좋아"라며 신나서 큰 캐리어를 옮겼다.

요 1년 남짓 나는 복도 건너편에 있는 아빠의 방을 사용했다. 옷이나 책 등을 창고에 옮긴 것 말고는 아빠가 있을 때 그대로였다. 붙박이 선반에는 고개 숙인 여자의 실루엣이 그려진 빌 에반스의 LP가 장식되어 있었다. 일상 소지품은 전부 2층에서 옮겼다. 오래된 책과 커피 향기가 섞인 듯한 아빠의 내음은 지금도 방에 감돌고 있었다.

"낮에는 거의 거실에 있으니 기본적으로 잘 때뿐이지만 거기에 있으면 왠지 혼자가 아닌 것 같아. 길고 긴 출장을 간 아빠가 돌아오기를 기다리는 것 같은 느낌이랄까."

얼마 전에 그런 이야기를 했다. 안 할 걸 그랬다. 천하의 미키코였다. 분명 그 무렵부터 이주 계획을 세우고 있었을 터였다.

"카라 짱, 커피 마시고 싶어."

간사한 목소리가 들려왔다.

"뭔가 부탁할 때만 '짱'을 붙이는 거 좀 관둬줄래?"

"너무해. 그렇게 심사가 뒤틀린 목소리를 낼 필욘 없잖

아. 뭐 어때서 그래? 몸이 커피를 필요로 한다고. 막 자다 깼고."

"이제 곧 밥 시간이야. 커피는 식후에 마셔. 저기 냉장고 에 물 있으니 마시고 싶으면 꺼내 마시고."

미키코가 등 뒤로 와 냉장고에서 물병을 꺼냈다.

"컵은 식기 건조대에 있어. 그리고 미안하지만 내 컵도 가지고 와줄래?"

"오케이. 으음. 냄새 좋다아. 오늘 밤엔 카레야?"

미키코가 프라이팬을 들여다봤다. 어느새 화장을 지웠 는지 눈썹이 얼마 없고 눈이 2분의 1 크기가 되어 있었다.

"그래, 아마 내일도 그럴 거고. 우리 집은 하루가 멀다 하고 카레야."

"전혀 상관없어. 난 카레를 좋아하는걸? 알잖아. 그런데 우리 가족은……. 뭐 그건 차차 이야기하도록 하자. 어쨌 거나 난 매일 카레라도 대찬성이야. 이치로(야구선수 이치로 는 7년간 매일 카레를 먹은 것으로 유명하다-옮긴이)처럼 아침부터 카레도 괜찮고."

이 말을 듣자 하니 얹혀 있는 동안에도 식사를 제 손으 로 차릴 생각은 없나 보다.

프라이팬 안의 물기가 졸아들어서 불을 껐다.

"도와줄 생각은 없지? 그냥 물이나 마셔."

"네에네에. 카라는 이 물보다 차갑네."

쟁반에 컵을 얹던 미키코의 손이 물병을 보고 멈췄다.

"그런데 이 물병, 근사하네!"

"그냥 평범한데?"

실리콘 주둥이에 필터가 끼워져 있는 특별할 것 없는 유리병이었다.

"아니아니아니. 안 평범하다니까. 와인병 모양인데다 안에 레몬이랑 그리고…… 이거 뭐였더라?"

"로즈마리. 옛날부터 정원에 피어 있던 거야."

미키코는 그 자리에서 선 채로 물을 따라 마셨다.

"맛있어! 반세기 가까이 살아왔는데 이렇게 맛있는 물을 마신 건 처음이야."

과장되게 고개를 끄덕였다.

"이거랑 같은 물, 전에도 내놨어."

"어라, 그랬어? 뭐 그건 그렇다 치고 대단하네, 카라는. 첫날부터 이렇게 날 대접해주다니."

"누가 대접해준다고 그래? 날 위해서 하는 거거든?"

"그럼 더더욱 존경할 만하네. 아니 부러워. 주부로 살다 보면 자신을 위해서 무언가를 하는 일이 없으니까. 다 가족을 위해서지. 남편이 마음에 들어 하도록 아들이 기뻐하도록……. 그렇게 생각해서 좋아하지도 않는 집안일을 열심히 해. 그런데 가족들은 입만 열었다 하면 불평불만. '맛없어'라는 둥 '덜렁이'라는 둥. 그런 말을 들으면 마음이 갈기갈기 찢어지는 것 같아. 그런데도 할 일은 산더미지. 물에 레몬이랑 허브를 띄워서 차갑게 할 여유는…….”

미키코는 중얼대면서 부엌으로 옮겨왔다.

냉장고에서 밑반찬을 꺼냈다. 하소연이 이어지고 있었다. 카레를 접시에 덜면서 말했다.

“자, 완성.”

초승달 같은 미키코의 눈이 휘둥그레졌다.

“와아, 이게 다 뭐야, 이렇게 예쁘게 담아내고. 달구경 카레네?”

키마 카레(다진 고기를 넣고 수분을 날려서 만드는 카레다. 키마는 인도어로 다진 고기라는 뜻이다-옮긴이) 위에 놓인 달걀을 가리켰다.

“오늘은 음력 8월 보름날이니까.”

“그렇구나. 달구경 날이구나.”

미키코는 하늘 한가운데에 둥그스름하게 떠오른 강황색 달을 지그시 바라보았다.

"이거 모처럼 테라스에서 먹자."

"테라스라니. 조금 전에 막 해가 졌는데? 야, 잠시만."

미키코는 대답을 기다리지 않고 쟁반을 가지고 테라스로 나갔다. 하는 수 없이 일어나 성미가 급한 친구를 따라갔다.

"떴다, 떴어."

미키코가 동쪽 하늘에 떠오른 동그란 달을 가리켰다.

서늘한 바람을 타고 방울을 굴리는 듯한 벌레 소리가 닿았다.

"자, 먹자."

미키코는 손을 모았다.

"잘 먹겠습니다."

"달구경 하는 거 아니었어?"

"달구경도 식후경이지."

이미 스푼으로 카레를 산더미처럼 뜨고 있었다.

"어머, 이거 뭐야? 향신료가 들어가서 본격적인 카레 같은데 엄청 일본 스타일이네? 에스닉이랑 일본의 융합?"

"왠지 맛집 감상평 같아."

보름달을 나타낸 카레의 윗부분을 한 스푼 떠서 먹어보았다. 매운맛 바로 뒤에 부드러운 단맛과 신맛이 따라왔다. 늘 먹던 익숙한 맛이었다.

"그러니까 이 카레는 맛집 감상평을 쏟아내고 싶어지는 맛이라니까."

아빠는 내가 만든 카레를 담담하게 먹었다. 10년 전에 사귀던 남자에게 한두 번 요리를 해준 적이 있는데 아빠와 마찬가지로 묵묵부답이었다. 생각해보면 내가 만든 요리를 면전에다 대고 누군가가 '맛있다'는 소리를 해준 건 처음일지도 모른다.

"마음에 들어서 다행이야."

미키코는 스푼을 입으로 옮기면서 왼손 엄지를 세웠다. 카레는 이미 접시 한가운데의 달걀과 그 주위만 남은 상태였다.

"달구경 달걀은 언제 깨는 스타일이야?"

미키코는 이쪽을 보고 물었다. 얇은 입술 가장자리에 담황색 밥풀이 붙어 있었다. "여기" 하고 자신의 뺨을 가리켜서 알려주자 미키코는 "아"라며 밥풀을 떼어내 입에 넣었다.

"아껴두는 편이라고 해야 하나. 바깥에서 원을 그리듯이 먹어가다가 한가운데에 달걀보다 한 둘레 큰 테두리가 생겼을 무렵에 단번에 깨는 거지."

"이상한 면에서 꼼꼼한 성격이 잘 드러나네. 난 절반까지 먹고 그때 한번에 이렇게!"

스푼을 푹 찌르자 달걀이 걸쭉하게 절벽 아래로 흘러 떨어졌다.

엄마가 갑자기 집을 나간 게 다섯 살 때였다. 같이 살던 할머니는 여덟 살에 돌아가셨다. 그러고서 아빠가 매일 식사를 차려줬는데 사흘에 한 번은 카레였다. 거기에는 늘 달걀이 올라가 있었다. 아빠 나름대로 영양 균형을 고려한 걸 테다. 정신을 차리고 보니 나도 카레에 달걀을 올리고 있었다.

"그런데 이거 뭐야? 엄청 맛있어 보여."

요거트 소스를 뿌린 주사위 형태의 오이를 포크로 몇 개 찔렀다.

"냉장고에 오이가 있어서 라이타로 만들었어."

"라이타?"

"요거트 소스를 뿌린 샐러드야. 카레랑 잘 어울려."

"어머, 평범한 요거트 샐러드랑 꽤 다르네. 뭐지, 이 풍미는?"

"쿠민을 넣어서 그런 거 아냐?"

"그렇구나. 쿠민을 넣었다 이거지? 보름이라 그런가, 명

셰프라 그런가, 여기서 먹는 요리는 왠지 엄청 맛있어."

"그런 소리 하면서 달은 제대로 안 보잖아."

"볼 거야. 지금부터 천천히."

미키코는 눈 깜짝할 사이에 접시에 남은 카레를 먹어치우고 휴우, 하고 배를 문질렀다. 늘어진 원피스 실내복을 입고 있어도 배가 심상치 않게 튀어나왔다는 걸 알 수 있었다.

"와아, 예뻐, 완벽한 보름달이야."

고개를 들었다. 구름 한 점 없는 밤하늘에 달걀색 달이 떠 있었다. 보통의 여름과는 달랐다. 차분하게 몹시 맑은 빛이었다.

"음력 8월 보름은 달이 차고 이지러지는 데에 영향을 받아서 반드시 보름달이 된다고 할 순 없나 봐. 그래도 올해는 보름달이랑 딱 겹쳐진대."

"와아. 정말 그림 같은 달님이네. 그런데 저 모양, 아무래도 토끼가 방아를 찧는 것처럼은 안 보이지? 나 어릴 때도 그렇게 생각했거든."

나한테는 어릴 적에 달구경을 하면서 토끼가 방아를 찧는 이야기를 해주는 엄마가 없었다. 대신 천체관측이 취미였던 아빠가 저 까맣게 보이는 모양은 '달의 바다'라고 가르쳐주었다. "바다라고 해도 물은 없어. 달의 마그마가 분출해서 굳은 평평한 지형이야." 아빠의 설명을 들으면서 어째서인지 가출한 엄마를 생각했다. 아주 멀어 보이는 검은 그림자.

"카라는 저 모양이 뭐로 보여?"

"그러게, 뭘까. 딱히 생각해본 적이 없네. 굳이 말하자면 쌍둥이가 마주하고 있는 느낌?"

미키코가 웃음을 터뜨렸다.

"완전 웃겨. 왠지 카라답네."

"어디가 나답다는 건데? 의미를 모르겠네. 그러는 미키코는 뭐로 보여?"

미키코가 가느다란 눈을 점점 더 가늘게 뜨고서 달을 보고 있었다.

"전갈. 저 토끼 귀라고 불리는 게 집게고 말이지. 이렇게 한쪽 집게를 치켜들고 있는 느낌이야."

일부러 양손으로 집게를 만들어 허리를 꼬고서 이쪽을 보았다.

"틀림없이 전갈이잖아."

"그런 것도 같네. 그런데 네가 전갈자리라서 그렇게 보이는 거 아냐?"

"오, 웬일로 예리하네. 그런데 너야말로 네가 쌍둥이 자라라서 쌍둥이로 보이는 거겠지. 아, 그러고 보니 우리 애 말이야."

"아 짱이었나?"

미키코의 아들은 초등학생일 무렵 딱 한 번 본 적 있었다. 아빠를 닮았는지 눈에 쌍꺼풀이 또렷하고 얼굴이 동그란 소년이었다. 중학생 무렵까지는 근황을 들었지만 그 후에는 그다지 화제에 오르지 않게 되었다.

"그래, 어릴 적에 아쓰시한테 '저 무늬 뭐로 보여?' 하고 물었거든. 나는 이상한 선입견을 심어주고 싶지 않았어. 그 시절에는 느낀 대로 믿으면 된다 싶었거든. 그랬는데 '썩어가는 귤'이래. 검은 부분이 썩은 걸로 보였나 봐……."

다시 한번 달을 올려다보았다. 그런 소리를 듣고 보니 그렇게 보이는 것 같기도 했다.

"이해 못하는 건 아냐. 저 비스듬한 위쪽 둥근 부분이 귤 꼭지 같잖아. 그리고……."

미키코가 곁눈질로 이쪽을 흘겨보았다.

"딱히 동의 안 해도 되거든? 꼬맹이 주제에 좀 더 꿈이 담긴 소리도 못 하나 싶어서 실망했지 뭐야. 그러니까 그게…… 12년인가 13년 전이야. 생각해보면 그 무렵에는 우리 집에서도 달구경을 했었지. 언제부터 안 하게 된 걸까? 벌써 몇 년이나 달을 제대로 본 적이 없다 싶네. 내가 몇 년이나 생기 없이 멍하니 지냈으니까."

달빛 아래에서 머리털이 난 관자놀이 언저리가 하얗게 빛나고 있었다. "이 나이가 돼도 흰머리가 하나도 없어." 만나면 반드시 자랑했던 미키코의 검은 머리는 밝은 갈색으로 염색돼 있었다.

"그럼 오랜만에 달님이랑 이야기 나눠 봐."

빈 접시를 포개어서 쟁반에 얹어 부엌으로 돌아갔다. 느닷없는 동거 선언에 이쪽도 정신이 없었지만, 곰곰이 생각해보면 미키코는 20년 가까이 부부로 같이 살아온 남편과 이제 막 이혼했다. 조금도 배려하지 못했다. 사과의 뜻으로 적어도 맛있는 커피를 내려주자 싶었다. 선반에 늘어선 뚜껑 덮인 캔을 보았다. 지칠 때는 산미가 감도는 과일 향이 좋다. 식후 커피는 에티오피아로 정했다.

"기다렸지?"

등 뒤에서 말을 걸자 미키코는 돌아보며 팔을 뻗었다. 그 손에 겨자색 컵을 건넸다. 미키코는 커피를 한 모금 마시고 음흉한 얼굴로 미소 지었다.

"저기, 나 달구경 하면서 좋은 생각이 났어."

"뭔데?"

미키코의 아이디어는 제대로 된 게 없었다.

"이 집 말이야, 셰어하우스로 만들자."

"응?"

무슨 소리를 꺼내나 싶더니…….

"역시 이 집 2층은 너무 넓어. 창고 방을 만들어도 빈방이 네 개야. 낮잠 자기 전에 체크를 했더니 방이 하나같이 앤티크하고 느낌이 좋더라고. 더구나 2층에 화장실이랑 세면대도 딸려 있고. 그걸 놀릴 수 없잖아."

"놀릴 수 없다니. 그런 소릴 갑자기 꺼내도 곤란해. 미키코 아무리 그래도……."

"알겠어, 알겠다고. 너무 느닷없다고 말하고 싶은 거잖아. 그런데 이런 건 아이디어가 중요하다고."

미키코는 보름달을 가리켰다.

"지금 달의 전갈을 봤더니 아이디어가 뚝 떨어졌어. 우리가 앞으로 이곳에서 무사히 건강하게 살아가려면 셰어하우스밖에 없다고. 이런 걸 신의 계시라고 해."

"왜 달의 전갈이 힌트가 돼준 거야?"

"그냥. 어쨌거나 카라의 호스피탈리티는 셰어하우스 오너의 자질로 딱이야."

"호스피탈리티?"

"호스피탈리티는 환대를 뜻해."

"응, 의미는 알아. 그게 아니라 내가 묻고 싶은 건 내 어디에 환대가 있느냐는 소리야."

"어디라니, 전부지. 이미 환대 그 자첸데? 그리고 여기 엄청 편안한걸? 적당하게 깔끔히 정리돼 있고. 이 적당하다는 게 포인트야. 포근하고 안락해. 게다가 요리는 스페셜하게 맛있고, 내 기분에 딱 맞는 커피를 내려주고."

"나 전혀 신경 안 쓰고 있어."

"그런 점이 좋다니까. 내가 있든 없든 언제나 같아. 그 무심함이 또 기분 좋아. 카라의 경우 기본값 자체에 환대가 포함됐다고 할까. 그래서 분명 셰어하우스 오너로 잘 맞을 것 같아."

호스피탈리티. 단어는 알지만 지금까지 한 번도 입으로 소리내본 적은 없었다.

"그런데 어떻게 사람을 모으자는 소리야? 부동산에 상담할 거야?"

"안 돼. 업자를 통하면 수수료를 떼이니까. 사람을 모으는 건 간단해. 우선 오우치 카페 안에서 공지하는 거지. 그래, 이 부근에 벽보를 붙이는 건 어때?"

등 뒤에 있는 외벽을 가리켰다.

"그리고 SNS. 우선 인스타야. 이건 나한테 맡겨. 집세는, 그렇지. 식사 포함해서 한 사람당 6만 엔 정도로 하고. 그리고 여성 한정."

"식사라니?"

"물론 네가 만드는 거지. 이 퀄리티라면 매일 카레라도 괜찮아. 싫다는 사람은 재료를 사서 여기 주방을 사용하면 되고. 아니, 6만 엔만 내도 된다면 다들 먹을 것 같지만."

"식사가 카레라도 된다면 늘 많이 만들고 있으니 1인분이든 3인분이든 같다고 하면 같지만……."

"나도 여기 살면서 방세 낼 거야. 그래, 친구 할인으로다가 4만 5천 엔은 어때?"

"그건 너무 싸지 않아? 친한 사이에도 기본적인 예의는 지켜야지."

"친한 사이니까 할인이 존재하지. 더구나 전에 네가 말했잖아. 여기 세는 4만 엔이라고. 잘 들어. 내가 여기 있는 것만으로도 매달 월세 플러스 5천 엔이 더 들어오는 거야. 더구나 난 너랑 같이 여길 운영할 거고. 그러니 그래, 공용 스페이스…… 1층의 거실이랑 욕실, 화장실 청소도 할게. 그리고 셰어하우스를 하는 데 있어서 번거로운 이런저런

일, 사람을 모은다든가 집세를 관리한다든가, 2층의 창고 방 짐 정리라든가 전부 해줄게."

안 된다. 셰어하우스를 같이 시작하면 미키코가 여기에 눌러앉을 구실이 생긴다.

"쏠쏠한 이야기잖아. 조금 전에도 말했지만 셰어하우스 경영에서 카라는 아무것도 바꿀 필요가 없다니까. 지금 이대로 오우치 카페에 가끔 오는 손님한테 커피를 내려주고 매일 차리는 맛있는 밥을 그대로 제공하면 되니까. 그렇게 해서 집세가 들어온다면 만만세지! 이렇게 구미가 당기는 이야긴 또 없다니까. 응? 쇠뿔도 단김에 빼라고 하잖아."

쇠뿔도 단김에 빼라. 분명 전화로도 같은 소리를 했다.

"미키코, 그 말 참 좋아하네."

"좋아하지, 단김에 빼라는 건 미래가 열리는 느낌이 드니까."

"그런가. 난 미키코의 아이디어를 들을 때마다 먹구름이 끼는 느낌이 드는데."

"카라는 어둡네."

"나 어두워."

"그런 소리 말고 해보자."

"음, 글쎄. 그렇게 간단히 사람이 모일 거라는 생각이 안 들어. 기대하지 않고 모집만 해보는 건 좋을……지도."

"야호! 그렇게 나와야지."

미키코가 엄지를 세우고 씨익 웃었다.

"셰어하우스 이름은 어떻게 할래?"

"그냥 이대로 '오우치 카페'면 되잖아."

이름은 아무래도 상관없었다. 어차피 아무도 오지 않을 테니까.

● ❀ ●

어제저녁에 미키코의 독기에 한 방 먹어서인지 오랜만에 늦잠을 잤다. 여전히 머리가 멍했다. 이럴 때는 힘이 나게 해주는 커피가 제일이다.

드리퍼에 뜨거운 물을 첫 번째로 두르니 간 원두가 돔 형태로 몽글몽글 부풀어 올랐다. 손을 멈추고 뜨거운 물이 원두 전체에 골고루 퍼지기를 기다렸다.

츠츠피, 츠츠피. 곤줄박이가 기분 좋게 울고 있었다. 그 지저귀는 소리를 지우듯이 소란스러운 수다 소리가 들려왔다.

"여기서 셰어하우스라니. 굿이야, 굿. 굿 아이디어라고.

050

나도 앞으로 카라가 어떻게 살아갈지 너무너무 신경이 쓰였거든. 정말 다행이야. 미키코 씨, 난 있지, 1월 19일생이야. 119 구라바야시라고 불리니까 무슨 난감한 일이 생기면 뭐든 상담하도록 해."

10분 정도 전에 찾아온 구라바야시 씨는 산책하고 돌아온 미키코와 우연히 맞닥뜨리더니 자기 옆에 앉히고 신변조사를 하기 시작했다.

"그렇죠? 실은 저도 119예요. 11월 9일생이거든요. 이걸로 카라 주변에 119가 둘이나 있는 거네요?! 정말이지 카라는 참 행복한 사람이에요. 저렇게 둔감한 타입에는 우리처럼 야무진 사람이 반드시 필요하다니까요. 이러니저러니 해도 이 집, 둘이서 살기에는 너무 넓어요. 더구나 이 풍성한 자연! 이런 재산은 다 같이 공유해야죠. 맞다, 맞다, 조금 전에 깍깍깍깍깍깍깍, 하고 꽤 특이한 새 울음소리가 들린다 싶었는데 뭔 줄 아세요? 다람쥐였어요."

"어머나, 다람쥐 울음소리 들은 적 없어? 미키코 씨는 어디 출신인데?"

"본가는 사이타마 가와구치인데요, 꽤 오래전에 부모님이 돌아가셔서 집을 팔았어요. 그러고 이런저런 사정으로 후쿠이로 시집갔고요. 그 후에 또 이런저런 사정으로 여기에 살게 됐지만요. 우리 집 주변에는 오로지 논밭에 없었거든요. 시골이라도 버젓한 자연이 있는 건 아니에요. 정말이지 야생 다람쥐는 본 적도 없어요."

구라바야시 씨로서는 그 '이런저런 사정'이 흥미진진하겠지만 미키코는 질문을 끼워 넣지 않겠다는 기세로 자신이 결혼 생활을 한 지역을 설명하고 있었다.

뜨거운 물을 세 번째로 두르면서 머릿속으로 어제 일을 빨리 돌려보았다.

정말 여러 가지 일이 있었다. 기간 한정 동거인이었던 미키코가 밤에 문득 셰어하우스를 시작하자는 제안을 했고……. 보름달을 보면서 늦게까지 앞으로의 일에 대해 이야기했다. 결국 미키코의 이혼에 대해서는 듣지 못하고 끝났다. 뭐가 원인이었을까. 위자료는 어떻게 되는 걸까. 저축이 얼마나 있을까. 물음표 여러 개가 떠올랐지만, 수다쟁이 미키코가 아무 말도 하지 않으니 이야기하고 싶지 않거나 이야기할 수 있는 상태가 아닌 걸 테다. 정리되지 않은 감정은 억지로 끄집어내지 않는 편이 낫다.

갓 내린 커피와 무화과 콩포트를 테라스로 옮겼다.

"커피 나왔습니다."

"아, 이거야. 이거."

쟁반을 카페 테이블에 내려놓은 것과 동시에 구라바야시 씨의 관심은 미키코 쪽에서 접시 위로 옮겨갔다. 무화과에 포크를 꽂아 미키코의 얼굴 앞에 치켜들었다.

"미키코 씨, 이거 먹어본 적 있어?"

"아, 그거! 오늘 아침에 냉장고에서 식히는 거 보고 저도 엄청 궁금했어요."

"이건 말이지, 우리 집에서 딴 무화과야. 카라가 매 시즌마다 맛있는 디저트로 만들어주지. 어머, 올해는……."

무화과를 통째로 입에 넣은 구라바야시 씨의 곁에 슬며시 앉았다.

"어머나, 맛있어라! 작년의 화이트와인도 좋았지만 레드와인도 괜찮네."

볼록한 아랫볼이 다람쥐처럼 부풀어 있었다.

"올해는 껍질을 안 벗기고 통째로 씁쓸한 맛이 나는 풀보디 와인으로 졸여봤어요. 시나몬을 많이 뿌리고 카다멈도 넣었고요."

두 눈을 크게 뜬 구라바야시 씨는 엄지와 검지 끝을 딱 붙여서 오케이 마크를 만들었다.

"무화과는 한자로 '無'에 '花果'라고 쓰니까 대가 끊어져서 불길하다는 소리를 하는데 그런 건 순 엉터리야. 꽃

말은 '결실을 맺는 사랑'과 '다산'이어서 원랜 엄청 재수가 좋으니까."

"마트에서 무화과를 사려면 엄청 비싸요. 간식으로 무화과 콩포트라니. 너무 사치스러운데요?"

나는 콩포트를 한입 집어 먹었다. 딱 적당한 단맛과 신맛이 퍼졌다.

"미키코의 말이 맞을지도 몰라. 나도 구라바야시 씨한테 얻지 않으면 무화과를 먹을 기회가 없으니까. 늘 정말 감사합니다."

"어머, 새삼스럽게 무슨 소리야. 우리가 남도 아니고. 음식도 정보도 서로 나누니까 옆집이지."

구라바야시 씨는 얼굴 앞에서 손을 저었다. 여전히 볼은 다람쥐 같았다.

"그대로 먹어도 맛있지만, 난 말이야, 카라의 센스가 좌우지간 맘에 들어. 매해 어떻게 만들어줄지 기대된다니까. 음, 달달한 이슬 같아. 이슬."

미키코도 구라바야시 씨의 말투를 흉내 내 "달달한 이슬이야, 이슬"이라고 읊조리고 있었다.

카페 입구 옆 모밀잣밤나뭇잎이 흔들렸다. 다람쥐가 내려와 눈앞을 가로질러 갔다.

"아, 또 있다. 꼬리가 길어!"

미키코가 환호성을 질렀다.

"저기……."

나무 문 건너편에서 풀색 니트를 입은 여자가 얼굴을 내밀었다. 흰머리가 섞인 쇼트커트였다. 나이는 오십 대 중반쯤 되려나.

"실례합니다. 조금 이른 것 같은데 말소리가 들려서요. 영업하나요?"

개점까지는 아직 30분 가까이 남아 있었다.

"들어오세요."

말을 걸자 여자는 나무 문을 밀어젖혔다. 초록색 타탄체크 무늬의 반려견 캐리어를 끌고 있었다.

"저기 반려견도 있는데……."

"괜찮아요."

여자는 고개를 꾸벅 숙이고 이쪽으로 왔다.

"어서 오세요."

미키코에게 눈짓을 하고 부엌으로 향했다.

"근사해라. 정말 집을 그대로 카페로 만들었네요?"

여자의 허스키한 목소리가 부엌까지 닿았다.

"지금 응대한 사람이 제 공동 경영자인데, 이 친구의 성이 꼬리 미(尾)자에 복은 안으로 할 때의 안 내(內)자로 오우치(尾內)예요. 오우치 카페라는 이름은 성과 집이라는 두 가지 의미를 가지고 있다고 할 수 있죠(카라의 성은 오우치이며 일본에서 오우치는 집이라는 뜻도 가지고 있다—옮긴이). 아. 앉고 싶으신 곳에 앉으세요. 안쪽, 저기 느티나무 밑에도 테이블 있어요. 물론 이쪽 테라스에도 있고요."

미키코가 신이 나서 응대하고 있었다. 메뉴판과 물을 가지고 가자 풀색 니트를 입은 여성은 구라바야시 씨와 미키코가 있는 테이블 옆에 앉아 있었다. 시바견은 그녀의 발언저리에 있었다.

"강아지가 얌전하네요."

쌍꺼풀이 짙게 진 눈이 이쪽을 들여다보듯이 고개를 들었다.

"우리 애가 부끄럼쟁이라고 할까요, 경계심이 많다고 해야 할까요. 강아지인데도 몹시 낯가리는 고양이처럼 굴어요……."

말끝이 기어들어갔다. 경계심이 강한 건 시바견뿐만이 아닌 듯했다. 그녀는 메뉴판을 들여다보았다.

"뭘 마실까. 길을 좀 헤매느라 지쳐서요. 저기, 진하고 산뜻한 느낌이 나는 건 어떤 건가요?"

"글쎄요. 만델링을 베이스로 한 블렌드는 어떠신가요?"

"만델링은 너무 무겁지 않나요?"

여성이 눈치를 살피며 물었다.

"깊이감은 있지만 쓴맛이 살포시 가시는 느낌이에요. 풍미도 부드러워서 무겁지는 않을 거예요."

"그럼 그걸로 부탁드려요."

"네. 잠시만 기다리세요."

부엌으로 향하고 있으니 "저기" 하고 여자의 허스키한 목소리가 들려왔다.

"손님은…… 여기 단골이신가요?"

"네, 그럼요. 단골이라고 할까, 친척이나 마찬가지죠. 옆집에 사는 구라바야시라고 해요. 카라 씨와는……."

구라바야시 씨가 조금 전까지와는 180도 다르게 쇼와 시대(1926~1989년)의 귀부인 같은 투로 자기소개를 했다.

"그리고 이쪽이 친구인……."

"하야시 미키코입니다."

미키코가 이때다 싶어서 구라바야시 씨의 말을 이어받았다.

"제가 카라의 절친이자 오우치 카페의 공동 경영자입니다."

"저기, 그럼 호조 마사코(가마쿠라 막부를 탄생시킨 미나모토노 요리토모의 부인-옮긴이)의 무덤은 어디 부근에 있는지 아시나요? 꽤 전에 한 번 온 적은 있어요. 분명 이 부근이다 싶었는데 헤매고 말아서요."

"어머나, 난감해서 땀 좀 빼셨겠네요. 호조 마사코의 무덤이라고 하면 주후쿠지 절에 있죠. 분명 실수로 한 블록 더 들어오신 것 같네요. 오신 길로 돌아가서 넓은 길까지 나가세요. 그리고 북쪽으로 가다가 왼쪽으로 꺾어 똑바로 가시고요. 길이 뻗어 있는 방향으로 가서……."

드리퍼에 뜨거운 물을 세 번째 두르면서 구라바야시 씨의 길 안내에 귀를 기울였다.

810년 남짓한 시간의 흐름을 전하는 주황색 정문이 떠올랐다. 그 끝자락에서 일자로 쭉 뻗은 포석 깔린 참배로의 양 가장자리를 느티나무가 물들였다. 그 길을 아빠와 자주 걸었다. 이렇게 가까이에 있는데도 한동안 발걸음을 옮기지 않았다. 이번 주말에라도 미키코에게 함께 가자고 해서 걸어볼까.

깊고 진한 향기가 피어올랐다. 주후쿠지 절의 포석을 떠올리게 하는 잿빛 컵에 커피를 따랐다.

"커피 나왔습니다."

테라스로 돌아가 테이블에 컵을 놓자 여자가 고개를 숙였다. 구라바야시 씨와 나눈 대화로 조금 긴장이 풀어졌는지 어느 정도 표정이 누그러들었다.

"강아지랑 같이 가마쿠라 산책, 좋네요."

강아지는 여전히 주인의 발 언저리에서 굳어 있었다. 바로 옆의 꽃무릇 주변에서 가마쿠라나비가 춤추고 있었지만 힐끗거리지도 않았다.

"죄송해요. 낯을 정말 많이 가려서요."

여자가 강아지의 등을 쓰다듬으면서 말했다.

"이름이 뭔가요?"

구라바야시 씨는 팔꿈치를 허벅지에 올리고 강아지의 얼굴을 들여다보면서 물었다.

"츤이에요."

느닷없이 들여다본 동그란 눈이 난처했는지 츤의 꼬리가 축 늘어졌다.

미키코가 뒤에서 여자에게 말을 걸었다.

"츤이라고 하면 세고 돈(메이지 유신의 주역 중 한 명인 사이고 다카모리를 주인공으로 한 드라마로, 츤은 사이고 다카모리의 반려견 이름이다-옮긴이)이죠. 주인 쪽이 사이고 씨를 닮아서 그렇게 붙였나요?"

실은 나도 같은 생각을 했다. 하지만 처음 대면하는, 그것도 손님에게 갑자기 사이고를 닮았다고 지적할 줄이야.

"아니에요."

여자는 즉시 부정했다. 입을 일자로 앙다물더니 갈수록 다부진 표정을 지었다

"제가 아니에요. 이 아이의 얼굴이 그래요. 눈이 새침해서 귀여우니까요."

경직된 목소리가 돌아왔다.

"그런가요? 이거 실례했군요."

대답하는 목소리도 이에 질세라 경직되었다. 얼굴이 밋밋해서 옛날부터 자신과 정반대인 짙은 이목구비를 좋아하는 미키코로서는 악의는 없었을 테다.

곤줄박이가 우는 소리가 몹시 울려 퍼졌다.

여자는 가만히 커피를 마셨다.

"어머나, 뭐야~."

구라바야시 씨가 침묵을 뚫듯이 "후훗" 하고 미소 짓고

미키코의 각진 어깨를 가볍게 두드렸다.

"이 친구도 참. 저 가마쿠라 119가 통역하자면, 당신의 또렷한 이목구비가 사이고 씨를 떠올리게 한다고 말하고 싶었던 거지? 그렇지?"

미키코는 얇은 아랫입술을 살짝 내밀고서는 고개를 끄덕였다.

"맞아요, 그런데……."

"아, 저야말로 죄송해요. 제가 발끈한 것처럼 보였나요? 그럴 의도는 없었는데 그만 얼굴에 드러났나 보네요. 이젠 질렸거든요. 이 아이의 이름을 알려줄 때마다 '사이고 씨를 닮아서 기르는 강아지도 같은 이름을 붙였어요?'라는 말을 듣는 거요."

여자의 짙은 쌍꺼풀이 이번에는 미키코네 테이블을 쳐다보았다.

"그런데 조금 전부터 궁금했는데요. 저 테이블의 디저트……. 메뉴판에는 없었던 것 같은데."

"죄송해요. 이건 개점 전에 저희가 먹던 간식이에요."

한창 말을 하는데 미키코가 다시 끼어들었다.

"우리 간식이기는 한데 손님은 특별히, 그래, 300엔은 어떤가요?"

"300엔이요? 그런데 실은 파는 게 아니잖아요. 그럼 조금 더 깎아주세요."

잠시 후 미키코가 고개를 끄덕였다.

"알겠어요. 그럼……."

여자가 웃는 얼굴로 고개를 가로저었다.

"농담이에요, 농담. 이곳 가마쿠라에서 이렇게 맛있는 커피를 마신 데다 300엔에 무화과 콩포트까지 먹을 수 있다니 거짓말 같아요. 저 콩포트, 추가로 부탁드릴게요. 그건 그렇고 정원도 널찍하네요. 여기서 놀면 즐겁겠다, 츤, 그렇지?"

여자가 츤의 왼쪽 귀를 쓰다듬자 기쁜 듯 꼬리를 힘껏 흔들었다.

"지금은 다른 손님도 없으니 괜찮으시다면 츤이 놀게 해주세요."

여자는 미소를 짓고 고개를 끄덕였다.

"저기, 저 여기서 살아도 될까요?"

"네?"

무심코 되물었다.

"저기 실은 제가 집을 구하는 것도 겸해서 어제 가마쿠라에 왔어요. 오늘은 오전 중에 가마쿠라를 걷다가 오후부터 부동산에 갈까 싶었는데 처음부터 길을 헤맸고요. 그랬더니 바깥 간판에 입주민을 모집한다는 종이가 붙어 있더라고요. 구경할 겸 안을 들여다볼까 싶었죠. 그런데 저기 벽보에는 자세한 이야기는 만나서 하자고 쓰여 있던데 반려견도 입실 가능한가요?"

바깥에 붙은 종이라고?

"아, 네. 그건……."

대답하기 곤란해서 옆을 봤더니 미키코가 씨익 웃었다.

"물론 반려견도 입실 가능합니다."

셰어하우스의 오너인 양 고개를 끄덕이고 있었다.

"그럼요. 가능하죠. 나도 강아지 좋아해요."

구라바야시 씨도 몸을 내밀고 있었다.

"실은 우리 집에도 전에 골든 리트리버를 키웠거든요. 열다섯 살까지 살았어요. 죽은 지 5년 됐고요. 슬슬 강아지가 그리워지던 차였어요. 그건 그렇고 조금 전에 셰어하우스를 시작했다고 막 들은 찬데 벌써 입주민이 오다니. 깜짝이야. 대단하네. 이런 일도 있긴 하네."

쇼와 시대의 귀부인에서 평소의 말투로 돌아온 구라바야시 씨는 손뼉을 치더니 "잘 부탁해"라며 츤의 얼굴을 다시 들여다보았다.

"다행이에요. 소개가 늦었네요. 전 후지무라 사토코라고 해요."

여자가 츤의 턱 밑을 쓰다듬으면서 말했다.

"어제부터 역 근처 호텔에서 묵고 있어요. 저기 그럼 무화과 먹고 난 뒤 주후쿠지 절에 가서 호조 마사코 무덤에 성묘를 하고 다시 돌아와도 될까요?"

"그럼요. 그때 방 구경 하세요. 지금이라면 마음대로 고르셔도 돼요. 마음에 드는 방을 쓰세요. 좋은 징조네요. 셰어하우스를 이제 막 시작했는데. 앞으로 잘 부탁해요. 전 잠시 위에서 정리하고 올게요."

미키코는 거기까지 빨리 말하고 자리에서 일어났다.

"잠시 기다리세요. 무화과 콩포트 가지고 올게요."

나도 일어났다. 구라바야시 씨가 '나머지는 나한테 맡겨'라는 양 이쪽으로 눈짓을 했다.

집으로 돌아가 신난 발걸음으로 계단으로 향하는 미키코를 불러 세웠다.

"잠시만, 어떻게 된 일이야?"

귓가에 속닥이자 범인이 씨익 웃었다.

"아무리 둔감한 카라 너라 해도 이야길 들었으니 잘 알잖아. 아침에 산책하러 가는 도중에 몇몇 곳에 '오우치 카페, 가마쿠라 역에서 걸어서 8분, 빈방 있습니다'라는 종이를 붙였어. 대단해! 이렇게 빨리 반응이 있을 줄이야. 바로 조금 전에 붙였는데. SNS로 홍보할 필요도 없었네. 역시 쇠뿔도 단김에 빼라는 말이 맞아. 뭐, 약간 예민해 보이기는 하지만 조금 전엔 농담도 했으니까. 이것도 인연이야, 인연. 야호! 이걸로 다음 달부터 6만 엔이 더 들어온다!"

곤줄박이가 지저귀는 소리가 들렸다. 츠츠피, 츠츠피 하는 온화한 소리에 뒤섞여 구라바야시 씨의 목소리가 들렸다. 아무래도 입주자에게 설명을 하고 있는 모양이었다.

"처음에는 꽤 긴장한 것 같지만, 봐봐, 이젠 구라바야시 씨 하고도 저렇게 친해졌잖아. 조심성이 많은지 넉살이 좋은지 알 수 없는 비밀스러운 사람이긴 해도 어떻게든 잘 지낼 순 있을 것 같아. 자, 위층을 깨끗하게 치워야지."

내 어깨를 탁 치고 미키코는 계단을 뛰어 올라갔다.

제2장

오징어먹물 미키코

땡 소리가 났다. 미키코는 부엌 선반에 놓인 오븐 토스트기의 문을 열었다. 치즈가 잔뜩 올라간 토스트 두 장이 얼굴을 내밀었다. 해변 내음에 버터 향기가 더해져서 지금 당장이라도 덥석 베어 물고 싶었다.

오래된 괘종시계가 8시를 알렸다.

"사토코 씨 좀 불러올래?"

등 뒤에서 커피를 내리고 있던 카라가 이쪽을 보았다. 자신은 아침 식사를 하지 않지만 매일 이 시간이 되면 두 사람이 먹을 식사를 차려주었다.

"일일이 안 불러도 그 사람, 시간 되면 알아서 내려온다니까."

두 사람 몫의 토스트를 식탁에 놓고 내닫이창을 등지고 정해진 위치에 앉았다. 건너편 자리에 접시를 하나 더 올려놓던 차에 쿵쿵쿵쿵 발로 계단을 구르는 규칙적인 소리가 들려왔다. 말한 대로였다. 말차색 스웨터 차림으로 사토코가 들어왔다.

"안녕히 주무셨어요?"

"좋은 아침이에요."

오늘도 수행원을 데리고 왔다.

"아, 츤도 잘 잤어?"

처음에는 방에 틀어박혀 있기 일쑤였던 츤도 주인과 함께 거실로 오게 되었다. 사토코는 정면에 앉았다.

"푹 주무셨어요?"

그리 말하면서 카라가 쟁반을 가지고 왔다. 내닫이창 앞에 놓인 아빠의 사진, 그리고 나와 사토코 앞에 컵을 내려놓았다.

"아아, 향기 좋다. 얼른 먹어야지. 잘 먹겠습니다~."

모으고 있던 손을 바로 떼어내고 치어 토스트를 베어 물었다.

"맛있어."

해변 내음과 버터의 짠맛이 고소한 향기 속에서 서로 섞였다. 겨자색 컵을 기울였다. 이것도 맛있다!

"이 희미한 단맛이랑 쓴맛이 견딜 수 없을 지경이야. 카라, 오늘은 무슨 커피야?"

"미키코가 좋아하는 과테말라야."

후쿠이에 있었을 적에는 어지간해서 커피를 마시지 않

았다. 가끔 외출해서 마시기는 해도 우유와 설탕을 잔뜩 넣었다. 하지만 카라가 내려주는 커피에는 부수적인 게 필요 없었다.

정신을 차린 김에 토스트를 한입 더 베어 물었다. 아, 이건…… 하고 생각했을 때였다.

"치어 밑에 김이 깔려 있네?!"

사토코의 눈가에 주름이 새겨졌다. 그 발 언저리에서 탐욕스러운 검은 눈동자가 주인을 올려다보고 있었다.

"그래, 오늘은 김이 들어 있어."

"오늘……이라는 건 다른 버전도 있다는 뜻인가요?"

사토코가 묻자 카라는 청자색 컵을 양손으로 감싸듯이 쥐고 고개를 끄덕였다.

"혼자 살던 무렵 점심에 자주 치어 토스트를 먹었어요. 그날 기분에 따라 여러 가지 토핑을 해요. 치즈나 생강을 올리거나 시소(일본의 깻잎으로 불리는 향이 강한 채소-옮긴이)를 잘게 썰어서 뿌리기도 하고요. 그리고 김도……요. 저기, 기억해?"

곁눈질로 이쪽을 보고 카라는 그리운 듯 미소 지었다.

"옛날에 자주 같이 먹었던 김 토스트."

손때가 묻을 만큼 오래 사용한 적갈색 소파, 여전히 제

구실을 하는 검은색 전화기, 토스트와 함께 나온 '원조 김 토스트'라고 쓰인 작은 깃발······.

"잊을 리가 없잖아. 한때 내 주식이었으니까."

카라는 커피를 마시면서 고개를 끄덕이더니 사토코를 보았다.

"옛날에 간다에 있는 찻집에 미키코랑 같이 자주 갔었어요. 거기 김 토스트가 명물이거든요. 처음엔 빵에 김이라고? 생각했지만 먹어보니 엄청 맛있더라고요. 그래서 우리 집에서도 토스트에 김을 즐겨 사용하게 되었죠."

간다 찻집에 푹 빠진 것은 대학생일 무렵이었다. 같은 과이던 카라와 돌아가는 길에 배가 출출하다며 자주 들렀다. 버터 토스트에 김, 간장이 조금 들어가 있었다. 이렇게 간단한데 이 정도로 맛있다면 집에서도 만들어보자고 늘 생각했다. 다만 당시에 살던 원룸의 비좁은 주방 앞에 서는 일은 없었지만 말이다. 집도 머릿속도 어지럽혀져 있어서 요리를 하는 모드로 전환할 수 없었다.

"와아, 간다에 김 토스트를 파는 찻집이 있었군요."

사토코가 토스트를 베어 물면서 말했다.

"엄청 오래됐어요. 편안한 찻집이라서 어쩌다 보면 오래 눌러앉게 되지만요."

"실은 저 2년 전까지 진보초에서 일했어요. 귀갓길에 자주 간다에 들렀고요."

"그래요?"

다정한 목소리로 카라는 사토코의 말에 맞장구쳤다.

"네. 아담한 출판사였어요. 쭉 경리 일을 했고요. 재작년에 쉰이 된 걸 계기로 조기 퇴직을 했어요. 그때까지는 도쿄 동쪽에 살았는데 어쩌다 보니 츤을 만났고, 이왕 이렇게 됐으니 환경이 좋은 곳에서 살고 싶어져서 이곳으로 이사 온 거예요."

쉰둘이었구나. 사토코의 은발 쇼트커트를 몰래 훔쳐보았다. 머리도 염색하지 않고 화장기도 없는 탓인지 조금 더 연상일 거라고 생각했다. 곁눈질로 옆자리를 보았다. 카라 녀석, 나이도 이력도 어디에 살았는지까지도 천하의 구라바야시 씨가 알아내지 못한 걸 선뜻 이야기하게 만들었다.

"간다에서는 어떤 가게에 가셨어요?"

처진 눈이 미소 짓고 있었다. 카라의 얼굴은 신기하다. 눈과 눈 사이도 떨어져 있고 입도 앙증맞게 오므리고 있다. 얼굴이 큰 것도 아닌데 여백이 많다고 할까, 시원해 보인다고 할까. 머리를 늘 뒤로 묶고 있어서 괜스레 말끔해

보인다. 이런 얼굴이라면 상대도 마음을 편안하게 먹을 수 있을 테다. 분명.

"저기, 전 돈가스라고 하면 사족을 못 써요. 간다의 아와지초 부근은 옛날부터 가게가 많거든요."

제법인데? 카라는 결국엔 사토코가 좋아하는 음식까지 알아냈다.

"그렇군요. 그리고 보니 분명 그 부근은 맛집이 많을 것 같아요."

카라에 대해서는 열여덟 살 무렵부터 알고 있었다. 이러니저러니 해도 30년 가까이 어울려왔지만 여전히 잘 모른다. 제 입으로 말한 것처럼 음침하고 혼자 있기를 좋아한다. 그리고 내성적이다. 그런데 남의 말을 잘 들어주고 말하는 상대의 마음을 누그러뜨려준다. 구라바야시 씨가 사흘이 멀다 하고 찾아와 이야기꽃을 피우는 것도 카라의 이런 특기 때문일지도 모른다.

"그런데 돈가스 좋아하세요?"

사토코가 몸을 내밀며 카라에게 물었다.

"아버지가 계실 적에는 자주 먹었어요. 종종 몹시 그리워질 때가 있어요. 맞다, 오늘 돈가스를 튀겨볼까요?"

"괜찮은 생각이네요. 그런데 오늘은 토요일이에요."

2주일 정도 전에 셋이서 앞으로의 식단에 대해 이야기를 나누었다. 그때 토요일은 '카레의 날'로 정했다. ……그렇다고 해도 말이다. 룰은 깨기 위해 있는 거다. 사토코는 고지식한 편이구나.

"까맣게 잊었어요. 그럼 돈가스는 다음번에 먹도록 하죠. 참고로 사토코 씨는 등심 가스 좋아해요? 안심 가스 좋아해요?"

"물론 등심 가스를 좋아해요."

"그래요? 전 안심 가스를 좋아한다고 해야 하나?"

두 사람의 돈가스 토크에 끼어든다면 지금이다.

"돈가스라고 하면 그야 등심 가스지. 따끈따끈한 비계에 겨자랑 소스를 듬뿍 뿌렸을 때의 그 맛이란!"

"알죠, 그럼 알고말고요."

등심 가스를 좋아하는 사토코가 고개를 두 번 끄덕였다.

"자 그럼 튀김옷은 어느 쪽이에요? 저온에서 느긋하게 튀긴 흰색? 아니면 고온에서 바삭하게 튀긴……."

또렷하게 쌍꺼풀 진 눈이 이쪽을 보았다. 사토코에게 개인적인 취향을 질문받은 것은 이게 처음일지도 모른다.

"저는 단연코 황금색이요. 그 색은 세상에서 제일 식욕을 돋우니까요."

"나도요. 맛도 외관도 황금색을 좋아해요. 너무 좋아해요. 오늘 토스트도 치어 주변이 깔끔한 황금색인 데다 적당하게 구워져서 최고였어요. 이런 느낌이라면 카라 씨가 튀긴 돈가스도 기대되네요."

사토코는 자신의 배 주변을 문지르며 발 언저리에 있는 츤에게 말을 걸었다.

"치어 토스트는 지금 여기에 있어. 이미 다 먹어버렸네. 봐, 아무것도 없지?"

반려견에게 텅 빈 접시를 보여주었다.

"츤도 토스트가 엄청 마음에 드나봐요. 봐요, 쩝쩝대고 있어요."

츤은 식탁 의자에 앞발을 걸치고 혀를 내밀고서 쩝쩝 소리를 내고 있었다.

"진짜네."

그리 말하고 카라가 눈을 가늘게 뜨더니 츤을 들여다보았다.

"아니, 츤의 몸도 황금색이네."

츤이 무언가를 파악하고 이쪽을 보았다.

"괜찮아. 아무리 황금색이라도 아줌마는 츤을 먹지 않을 거니까."

"어머나, 미키코 씨도 참."

사토코가 소리를 내 웃었다. 창문에서 가을바람이 들어왔다. 새들도 츠피츠피 기분 좋게 울고 있었다. 자질구레한 걸 놓지 않은, 구석구석 손길이 닿은 식탁. 흐르는 커피 내음. 무난하다고 하면 무난하다고 할 수 있는 수다. 이 소소함이 참으로 포근했다.

한 달 전까지만 해도 이렇게 느긋한 기분으로 아침 식사를 하는 일은 없었다. 아침 5시 반에 일어나 멍한 머리로 부엌에 섰다. 조미료가 가득 채워져 있고 기름때가 져서 빛을 잃은 공간에서 도시락을 싸고 아침을 차렸다. 페트병이나 캔 맥주, 귤, 견과류 캔, 갑 티슈, 리모컨이 엉망으로 어지럽혀진 식탁에서 전 남편은 신문을 읽고, 아들은 스마트폰을 한 손에 들고 아침을 사료처럼 입으로 옮겼다. 대화 따윈 없었다. 시간도 없고 미소도 없고 감사의 말도 없는, 없는 것투성이인 아침 식사였다……. 텔레비전에서는 와이드쇼 해설자가 카랑카랑한 목소리로 외치고 있었다.

"한 잔 더 마실래요?"

사토코의 빈 컵을 들여다보고 카라가 물었다.

사토코는 미소를 지은 채 고개를 가로저었다.

"고마워요. 오늘 커피 정말 맛있었어요. 그런데 이제 배가 부르네요. 저기, 물 좀 줄래요?"

사토코가 트레이닝복 바지 주머니에서 알약 통을 꺼냈다. 요 일주일 동안 상열감이 심한지 사토코는 식후에 갱년기약을 네 알 복용하고 있었다.

"알겠어요."

일어나려고 하던 카라를 손으로 저지했다.

"괜찮아. 내가 가지고 올게."

이 집에 오고 나서 신기하게 타인을 위해 일어나는 게 힘들지 않았다. 부엌 카운터에는 카라가 애용하는 전기 포트와 커피그라인더 말고는 다른 물건이 놓여 있지 않았다. 창문에서는 바짝 마른 수국이 보였다. 색을 잃은 꽃이 이렇게나 멋스러운 줄 몰랐다. 창문 옆에 마련된 선반 위 칸에는 양념, 아래 칸에는 원두가 담긴 캔이 가지런히 진열되어 있었다. 설거지에 욕실, 화장실 청소를 해내고서 깔끔해진 공간을 유지시키는 것이 자신이라는 게 자랑스러웠다.

찬장에서 유리잔을, 냉장고에서 생수를 꺼내 식탁으로 돌아가 사토코에게 건넸다.

"고마워요."

어라? 목소리가 경직돼 있다. 기분 탓인가? 아니야. 조금 전까지 포근했던 분위기가 갑자기 얼어붙었다. 사토코는 유리잔을 들고 미간에 세로로 주름을 새기며 창문을 향해 비추어보았다.

"휴우."

한숨을 크게 쉬더니 카라를 보았다.

"저기, 티슈 있어요?"

카라는 가만히 나무 상자를 내밀었다. 사토코는 티슈를 두 장 뽑더니 사각으로 딱 접고서 잔을 닦기 시작했다.

"이제 깨끗해졌네요."

집요할 만큼 닦은 잔을 츤에게 보여주고 만족스럽게 고개를 끄덕이더니 유리병의 물을 따랐다. 이 태도는 대체 뭐지? 사토코는 약 케이스에서 하얀색 알약을 네 알 집어 들더니 입에 넣었다. 조금 전부터 내가 그 일거수일투족을 지켜보고 있는데 절대로 시선을 맞추려고 하지 않았다.

가슴 밑바닥에서 뜨거운 무언가가 소용돌이치고 있었다. 크게 짓는 한숨, 피하는 시선, 들으라는 듯이 일부러 하는 말. 모든 것을 끊어내서 아물었을 터인 상처가 다시 쿡 쿡 아프기 시작했다.

접시에 남은 토스트를 입에 넣었다. 맛이 밋밋했다. 겨자색 컵 손잡이를 잡았다. 식은 커피가 쌉쌀했다. 그런데도 목구멍으로 흘려보냈다. 밀려 올라오는 분노도 같이 삼키란 말이야.

잘못한 건 이쪽이다. 나는 언제나 덜렁댄다. 컵도 제대로 못 씻으니 비난받는 게 당연하다.

"도대체 어떻게 자란 거야?"

"네가 시원찮으니까 자식도 멍청하지."

"사람이 원 침착하질 못해서."

얼음을 띄운 듯한 눈. 내뱉는 듯한 말. 그 인간들과 똑같았다. 역시 난 잘못한 게 없었다. 나쁜 건 그쪽이었다. 어째서 그렇게 무신경하게 사람에게 쏘아대는 걸까.

"것보다……."

상대는 악랄한 시어머니도, 전 남편도 아니다. 감정을 억눌러야 해.

아니, 역시 무리다.

"잠시만요, 사토코 씨. 날 여기에 없는 사람처럼 취급하는 그 말투 좀 자제해줄래요? 불만이 있으면 이쪽을 똑바로 보고 말해요."

츤이 이쪽을 보았다. 미안, 너한테 하는 소리가 아니야.

"말해서 통할 상대라면 하겠는데요."

"네에?"

사토코는 여전히 시선을 맞추지 않았다. 동요하는 츤의 턱 언저리를 쓰다듬으면서 검은자위가 빠른 속도로 좌우로 동요하고 있었다.

"말이 안 통한다고 할까, 개선되지 않는다고 할까. 저기, 난 생리적으로 지저분한 컵을 못 써요. 당신이 닦은 컵, 꼼꼼히 본 적 있어요? 늘 비늘처럼 지저분한 게 컵 입구 주변에 눌어붙어 있어요. 그건 물때예요. 물기를 제대로 안 닦으니 수돗물의 칼슘이나 마그네슘이 굳어서……."

"네에? 무슨 소리예요. 난 물때 원인을 알고 싶은 게 아니에요."

"미키코, 그렇게 시비조로 나오지 마."

카라가 끼어들었다.

"넌 가만히 있어. 이건 나랑 사토코 씨의 문제니까."

사토코가 마침내 이쪽을 보았다.

"미키코 씨, 카라 씨한테 화풀이를 하다니 번지수를 잘못 짚었어요."

"번지수를 잘못 짚은 건 당신이죠. 갱년기인지는 몰라도 나한테 화풀이하지 마요."

또렷한 눈이 나를 찔렀다.

"전 요 며칠간 사인을 확실히 보냈어요. 더러운 얼룩투성이인 컵을 볼 때마다 한숨을 쉬거나 손가락으로 살짝 닦아냈으니까요. 직접 말하면 상처받겠지 싶어서 전 제 나름대로 신경을 써드렸다고요."

좁혀진 거리를 떠밀어버리는 듯한 사토코의 경어가 귀에 거슬렸다.

"카라 씨가 건네준 컵은 늘 깨끗해요. 왠지 아세요? 건네기 전에 꼼꼼하게 체크를 하고 더러우면 닦아주니까요. 그렇게 상대를 배려해주고 있어요. 당신은 오우치 카페 공동 경영자잖아요. 그럼 그런 걸 조금은 신경을 쓰는 게 어때요?"

까만 눈에 헤아릴 수 없는 불만과 울분이 담겨 있었다. 닮았다. 악마 같은 시어머니한테서 전 남편이 물려받은 또렷한 쌍꺼풀. 아, 이제 알았다. 그래서 이 여자를 보고 있으면 열이 받는구나.

"그렇게 불만이면 직접 해요."

사토코는 콧방귀를 뀌었다.

"직무 유기인가요?"

나지막한 소리가 울려 퍼졌다.

"뭐요? 그게 무슨 소리예요?"

질 수 없다는 듯 위협했지만 적은 조금도 동요하지 않고 말했다.

"설거지와 배식 담당, 물청소. 당신은 그걸 조건으로 여기에 있잖아요. 나 알아요. 제대로 일도 안 하면서 단 4만 5천 엔에 여기에 살고 있는 거요. 더구나 가구가 있고 5평이나 되는 2층에서 제일 좋은 방을 점령하고 있고요."

사토코가 어떻게 그걸 알았지? 옆을 노려보았다.

'내가 한 말 아냐'라는 듯 카라는 고개를 가로저었다. 카라는 거짓말을 하지 않는다. 범인은 옆집 수다쟁이구나. 그건 아무래도 상관없었다. 지금 제일 증오해야 하는 건 눈앞에 있는 너무나도 깐깐한 세고 돈이다.

"점령이라뇨? 난 공동 경영자니까 좋은 방을 쓰는 게 당연하죠. 아니, 분명 넓긴 하지만 거긴 석양이 눈부셔요."

"정말 팔자 좋네요. 석양이 눈부시다는 이유로 늘 2층 다다미방에서 큰 대자로 낮잠을 즐기니까요. 그 다다미방도 공용 공간인데 점령하잖아요. 그런 눈으로 노려보지 마요. 츤이 무서워하잖아요."

조금 전까지만 해도 뾰족하게 서 있던 츤의 귀가 축 처져 있었다.

너, 악랄한 주인한테 학대당하는 거 아니니? 정신적으로 괴롭힘을 당하진 않니? 이 애처로운 강아지가 가여워졌다.

"츤이 무서워하는 건 당신, 세고 돈이겠죠."

"세고…… 너무해요!"

"내가 몇 번이고 말 못할 줄 알아요? 세고 돈, 세고 돈, 세고 돈……. 애초에 뭐예요? 왜 그렇게 깐깐해요? 아까부터 자질구레하게 트집이나 잡고요."

"당신이 딜렁대고 일을 대충대충 처리하잖아요. 그럼 나도 좀 더 자질구레한 부분까지 말할게요. 욕실 청소도 당신 담당이죠? 그런데 당신이 대낮에 드라이어를 사용하면 여기저기에 머리카락이 흩어져 있고……."

"머리카락은 카라도 빠져요."

"그러네요. 제 머리카락일지도 몰라요. 죄송합니다."

카라가 눈치를 살피며 고개를 숙였다. 저기 너 말이야……. 곁눈질로 공동 경영자를 노려보았다. 사과하라는 소리가 아니잖아.

"아니에요. 카라 씨는 검은 머리잖아요. 흩어져 있는 건 갈색 머리예요. 그것도 뿌리만 흰색인 빼빼로 같은 머리카락이요."

나지막하고 허스키한 목소리가 찌르듯이 울려 퍼졌다.

"……듣자 듣자 하니 나 원 참. 떨어진 머리카락을 보면 당신이 쓰러지기라도 해요? 얼룩이 진 잔으로 물이라도 마시면 죽어요? 진짜 더럽게 깐깐하네."

"깐깐한 게 아니라 섬세한 거겠죠. 난 츤한테서 나는 냄새나 빠지는 털이 있어서 늘 신경 쓰고 있어요. 그래서 저절로 시선이 가요. 똑똑히 들어요. 혼자가 아니라 누군가와 함께 사는 건 그런 거예요. 타인을 불쾌하게 만들지는 않는지 신경 쓰는 게 보통이고요. 그런데 당신이란 사람은……."

꼬치꼬치꼬치꼬치. 꼬치꼬치꼬치꼬치. 진짜 진절머리가 났다. 더 이상 듣기도 싫었다. 툰드라 기후 못지않은 분위기에 이제 견딜 수 없어졌는지 츤이 거실 창문 옆에 있는 소파로 자리를 옮겼다. 황금색 등을 이쪽으로 돌리고 러그에 드러누웠다.

소파 등받이에 아끼는 체크무늬 숄이 걸려 있었다. 코듀로이 바지 주머니를 뒤져보았다. 스마트폰과 지갑이 들어 있었다.

"……내가 당신보다 1만 5천 엔 더 많이 낸다고 해서 딱히 불만인 건 아니에요. 다만……."

식탁을 양손으로 내리쳤다.

"잘 알겠어요."

사토코와 카라, 두 사람이 동시에 이쪽을 보았다.

"네에네에. 어차피 내가 잘못한 거겠죠. 내가 세상에서 제일 나쁜 여자일 거고요. 다 맘에 안 들겠죠? 그럼 당신이 좋아하는 카라랑 사이좋게 사세요. 당신이 청소도 완벽하게 해서 4만 5천 엔에 살면 되겠네요. 그럼 잘 지내세요."

자리에서 벌떡 일어났다. 힘에 떠밀려 식탁 의자가 뒤로 넘어졌다. 츤이 돌아보았다. 꼬리가 축 늘어져 있었다.

황새걸음으로 걸어가기 시작했다.

"잠깐만, 왜 그래?"

소파 등받이에서 숄을 집어 들고 걸쳤다. 거실 창문 앞에 벗어둔 운동화에 발을 쑤셔 넣었다. 오른쪽 발꿈치가 잘 들어가지 않았다. 테라스 블록에 발끝을 대고 억지로 밀어 넣었다.

나무 문 위에 있던 새들이 일제히 날아갔다.

"미키코도 참."

등 뒤에서 들려오는 카라의 목소리를 가로막듯이 뛰기 시작했다.

나무들이 바스락바스락 흔들리고 서늘한 바람이 인정사

정없이 불어왔다. 몇 번이나 떼어내도 뺨에 머리카락이 달라붙었다. 아, 진짜 못 살겠네. 미키코는 혀를 차고 싶었다. 홧김에 비탈을 올라왔는데 집을 뛰쳐나온 지 얼마나 지났을까. 애초에 왜 내가 나와야 하는 거지? 보통 나오는 건 엎혀사는 사토코여야 하지 않나? 또렷한 쌍꺼풀에 담긴 증오, 찌르는 듯한 말. 아침의 평온한 식사를 뒤집어엎은 건 그 여자였다. 정말이지 생각만 해도…… 안 되겠다, 안 되겠어. 숄을 다시 걸치고서 성큼성큼 걸어가기 시작했다.

앞에는 풀고사리와 이끼로 뒤덮인 굴이 보였다. 붉은 기둥 문 옆에 '제니아라이벤자이텐 우가후쿠 신사(제니아라이는 '돈을 씻는다'는 뜻으로, 이 신사의 신성한 물로 돈을 씻으면 재물이 불어난다는 이야기가 있다–옮긴이)'라고 새겨진 키만 한 돌이 있었다. 전에도 한 번 이곳에 왔었다. 카라와 함께. 그때는 아직 도쿄에서 사무직으로 일할 무렵이었다.

"동굴을 지나면 신사가 나온다니. 왠지 로맨틱해. 이 동굴 좋은 것 같아. 그 앞에 뭐가 기다리고 있을지 너무 기대돼."

"나도 이런 동굴 좋아해. 그런데 굳이 따지자면 터널 끝자락에 보이는 빛을 보면 어두운 곳에 멈춰 있는 편이 기분이 더 차분해."

옛날부터 어두운 아이였다. 그러면서 이상하게 외적으로는 괜찮았다. 사토코에게도 착한 척이나 하고. 누구보다 카라를 위해주는 나한테 매정하다니 이상하지 않나? 늘 무념무상이지. 내가 같이 셰어하우스를 하자고 했을 때도 그 자리의 분위기를 타고 어쩌다 나온 말이라고 생각했을 게 분명하다. 요 1년간 아빠도 돌아가셔서 더욱 고독해진 카라를 얼마나 걱정했는지 조금도 모르는 거다. 옛날에 카라네 아빠한테 들은 말이 있다. "아직 먼 훗날의 이야기지만 나한테 혹시 무슨 일이 생기면 쭉 카라의 곁에 있어줄래?" 그런데 이렇게 빨리 아빠가 세상을 떠날 줄은 몰랐다. 분명 나도 이혼해서 힘들었다. 하지만 삼류 대학을 반년 만에 자퇴하고 아르바이트만 전전하는 아들의 장래와 마찬가지로 마음의 벗의 앞날도 걱정했다. 그런데 그 녀석은 말이지……. 어딘가 곤란해하는 멍하고 처진 눈이 떠올랐다. 웃기고 있네.

제니아라이벤자이텐의 검은 구멍 속으로 발을 내딛었다. 서늘하면서도 감싸오는 듯한 신기한 온기가 있었다. 그 자리에 멀거니 서서 심호흡을 했다. 가슴 부근에 응어리져 있던 것이 조금 풀리는 느낌이 들었다. 앞으로 보이는 빛을 향해 걸어가기 시작했다.

동굴 앞에 늘어선 하얀 기둥 문을 지나가자 본당이 나왔다. 아직 이른 시간대인 탓인지 참배객은 드문드문 있었다. 사무소에서 선향과 소쿠리를 100엔에 빌렸다.

안쪽 신사 바로 앞, 물의 여신인 이치키시마히메노미코토를 모시는 본당에 새전을 넣고 두 번 인사를 한 뒤 두 번 박수를 쳤다. 기도를 올릴 때는 주소를 말해야 신이 알아준다. 그렇게 알려준 사람은 카라였다. 그 녀석은 보기보다 신앙심이 깊었다.

"가나가와 현 가마쿠라 시 오기가야쓰 ○○○⋯⋯ 하야시 미키코입니다. 참배를 드릴 수 있게 해주셔서 감사합니다. 지금 저는 최악입니다. 모쪼록 더 평온하고 행복하게 살 수 있도록 해주세요. 그리고 절대로 돈에 쪼들리지 않도록 해주시고요."

소망을 담아 절했다.

옆에 있던 향로에 선향을 꽂고 제니아라이벤자이텐 안쪽 신당 동굴로 나아갔다. 신등이라고 적힌 제등이 샘물을 비추고 있었다. 신성한 물이 흐르는 소리에 기분이 좋아졌다. 캔버스 천 재질의 스니커즈가 젖지 않도록 선반에서 국자를 들고 샘물 앞에 쪼그리고 앉았다. 1미터 정도 떨어진 곳에 검은 바탕에 핑크색 난이 그려진 완전 화려한 니트를 입은 여자가 있었다. 나이는 칠십 대 초반 정도로 한 병을 통째로 들이부은 듯한 달콤한 향수 냄새가 났다. 긴 손톱은 연보랏빛으로 칠해져 있었다. 향수 할머니는 포개어진 1만 엔짜리 지폐에 물을 끼얹었다.

바지 주머니에서 세 겹짜리 지갑을 꺼냈다. 5천 엔짜리를 꺼내려다 생각을 고쳐먹었다. 중요한 건 액수가 아니다. 동전 지갑에서 500엔짜리 동전 하나를 꺼내 바구니에 넣었다. 다 씻은 1만 엔짜리 지폐를 장미 손수건으로 정성스럽게 닦고 있는 향수 할머니에게 등을 지고 국자로 물을 떴다.

'정화한 돈은 유익하게 사용하세요.'

주의 문구가 눈에 들어왔다. 이 500엔짜리 동전을 어디에 사용할까. 몇백 배가 되어 돌아오면 노후 자금으로 충당하자.

이혼 서류를 제출한 건 약 한 달 전인 9월 9일이었다. 결혼기념일과 같은 날이었다. 20년 가까이 한 결혼 생활이 어쩌다 끝났을까. 한마디로는 도저히 설명할 수 없었다. 전 남편이 가한 정신적인 폭력, 아들에 대한 교육적인 학대, 바람, 성격 차이. 여러 요인이 혼란스럽게 뒤엉켜서 마음을 옥죄었다. 자신에게도 부족한 면은 있었다……고는 죽어도 생각하지 않았다. "너 같은 인간이 살아갈 수 있는 게 누구 덕분일 것 같아?"가 입버릇인 정신적으로 폭력을 가하는 남편에게 적어도 눈곱만 한 다정한 면이 있었더라면 이런 결과는 나오지 않았을 테다. 위자료는 고작 250만 엔. 그 인간의 연봉인 800만 엔을 생각하면 100만 엔은 더 받아낼 수 있었을 텐데. 그 외에 재산 분할한 것이 500만 엔이고 아르바이트 비를 차곡차곡 모은 게 140만 엔. 그리고 엄마의 유산과 사이타마의 본가를 처분한 돈이 2천만 엔이었다. 여차할 때를 대비한 생활 자금으로 들어놓은 생명보험도 있었다. 그게 전 재산이었다. 하지만 인생은 계속해서 이어진다. 불안 없이 노후를 살아가기 위해서는 한참 부족했다.

이런 날이 올 줄 알았더라면 자격증을 따놓았어야 했다. 맞벌이 비율이 일본에서 제일 높은 후쿠이에서 그 인간은 내가 직업을 가지는 걸 마뜩지 않게 여겼다. "집안일도 제대로 못 하는 주제에." 아르바이트를 가는 것마저도 굵직한 눈썹을 찡그렸다.

'벤자이텐 님.'

소쿠리에 넣은 500엔짜리 동전에 몇 번이나 영험한 물을 끼얹으면서 마음속으로 읊조렸다.

'솔직히 말해서 저, 혼자가 되고서 어떻게 살아야 할지 잘 모르겠어요. 이대로 오우치 카페의 공동 경영자 일을 해나갈 수 있을지 없을지도 모르겠고요. 여기서만 하는 이야기지만 저는 지금 있는 카라네 집이 너무너무 마음에 들어요. 천창이 있고 스테인드글라스도 있어요. 로맨틱해요! 침대도 빨간머리 앤이 잘 것처럼 앤티크하고요. 저 그 집에서 같이 살고 싶어요. 그런데 셰어하우스에 괴팍한 인간이 한 명 있어요. 아, 인간관계는 벤자이텐 님의 관할 밖이었나요? 어쨌거나 오픈한 지 한 달 됐어요. 입주자는 그 사람 말고 아직 오지 않았고요. 카페도 손님이 그럭저럭이에요. 전 제 나름대로 압박감을 주지 않을 정도로 상대를 격려하고 있는데 여전히 덤덤하니……'

"으라차." 향수 할머니가 일어나서 동굴을 나갔다.

그러자 혼자가 되었다. 신성한 샘물이 흐르는 소리만 들렸다. 달달한 잔향이 옅어지던 차에 소쿠리에 있는 500엔을 주웠다.

"그러니 벤자이텐 님, 저는 돈의 소중함은 사무치도록 알고 있어요. 낭비는 절대 안 해요. 이 복을 부르는 돈도 유익하게 사용할게요. 그러니 부탁드려요. 몇백 배가 돼서 돌아오도록 해주세요."

바지 주머니를 뒤졌다. 지갑에 뭉개지다시피 있는 천 조각의 감촉을 느꼈다. 꺼내보자 튤립 무늬의 손수건이었다. 500엔을 닦고 그대로 싸서 주머니에 넣고 일어섰다. 어중간한 자세로 웅크리고 있었더니 허리 부근이 욱신거렸다. 묵직한 다리를 끌면서 동굴을 나가자 우측 안쪽에 작은 계단이 보였다. 전에 카라와 왔을 때도 분명 이 길을 지나갔다.

"위에도 아래에도 계단이 보이면 아무래도 그 끝이 궁금해지지."

"미키코는 늘 조금 앞의 일로 눈이 가나 봐. 진취적이라서 부러워."

"진취적이긴. 지금이 싫으니 조금이라도 앞날이 보고 싶은 거야."

그런 이야기를 나누었다. 그 무렵에는 계단을 내려가는 것도 이렇게까지 힘들지 않았다.

계단 중간에 대나무 울타리와 가로수에 둘러싸인 오래된 민가 앞에 카페 간판이 나와 있었다. 문기둥에 걸려 있는 칠판 메뉴판에 이끌렸다.

'치즈 케이크와 홍차 세트 300엔, 다른 메뉴도 준비되어 있습니다'

핑크색 분필로 쓰인 가격을 두 번 보았다.

300엔이라고?! 이 저렴한 가격, 치즈 케이크가 손바닥만 하나? 그건 그렇고 가격 인상을 검토하고 있는 오우치 카페도 커피 한 잔에 600엔인데. 동전 3개로 세트 메뉴를 먹을 수 있다니 복받은 가격이었다. 벤자이텐 님의 은혜라는 생각만 들었다.

갈색 문을 밀어서 열었다. 종이 딸랑 울렸다. 간접조명이 어둑어둑한 빛을 내뿜고 있었다.

"실례합니다."

안쪽을 향해 외쳤다.

"어서 오세요. 원하시는 자리에 앉으세요."

여성이 부드러운 목소리로 대답했다.

"그럼 아무데나 앉을게요."

어둑어둑한 복도를 빠져나가자 오래된 세간이 나열된 공간 두 곳으로 이어졌다.

나뭇잎 사이로 새어 나오는 햇살이 비쳐드는 창가에 앉았다. 자신 외에는 아무도 없었다. 처음 온 장소인데 왠지 쭉 이곳에서 살아온 것 같은 기분이 들었다.

"어서 오세요."

점주가 얼굴을 내밀었다. 육십 대 중반의 고상한 여자였다. 보브 커트의 머리 색에 맞춘 듯한 차콜색 니트가 잘 어울렸다.

"주문하시겠어요?"

"바깥의 칠판에 적힌 메뉴 말고 다른 것도 있다고 쓰여 있던데요."

"오늘은 애플파이랑 스콘도 있어요."

망설여졌다. 애플파이도 가성비가 좋을 듯했다. 하지만 역시.

"치즈 케이크랑 홍차 세트 주세요."

"네. 잠시 기다리세요."

점주는 미소 지으며 고개를 끄덕이더니 발길을 돌렸다.

이 모던한 공간을 전세 낸 상태라니. 더구나 300엔에. 손때 나게 오래 쓴 적갈색 테이블을 쓰다듬었다. 나뭇결이 고왔다. 오래되었지만 소중하게 사용해온 것만이 가진 정취가 느껴졌다. 오우치 카페 테이블과 느낌이 비슷했다. 가마쿠라에 살고서 알아차렸다. 아니, 떠올렸다. 자신은 이런 것에 둘러싸여 살고 싶었다는 것을 말이다.

매일 식사를 해왔던 후쿠이 집의 테이블은 재질은 물론 촉감도 떠오르지 않았다.

"누가 번 돈으로 먹고사는 줄 알아?" 새된 목소리로 반복되었던 정신적인 학대. 분명 돈에 쪼들리지는 않았다. 그게 행복이라고 착각했던 때도 있었다. 하지만 그곳에서 보낸 하루하루는 자유도 안정도 없었다.

"디저트랑 홍차 세트 나왔습니다."

케이크 세트가 나왔다. 포트에 찰랑찰랑 넘칠 듯 담긴 홍차와 상상했던 손바닥만 한 사이즈보다 몇 배는 큰 치즈 케이크가 나왔다. 정말 좋은 가성비에 먹구름처럼 꼈던 꺼림칙한 기억이 깨끗이 날아갔다.

"이게 정말 300엔이라도 괜찮아요?"

점주가 웃음을 터뜨렸다.

"네. 카페는 거의 취미로 하는 거라서요."

300엔을 건네자 점주는 가볍게 인사를 하고 다크그레이색의 가르송 앞치마 주머니에 돈을 넣었다.

"여긴 원래 지은 지 80년 된 별장인데……."

종이 딸랑 울렸다.

"저기, 실례합니다."

현관 쪽에서 여자 목소리가 들렸다.

"가게 열려 있나요?"

"네. 어서 오세요. 들어오셔서 거기 복도를 지나 이쪽으로 오세요."

점주는 현관을 향해 답했다. 보이지 않는 손님에게 미소 지으며 응대하고 있었다.

"죄송해요. 이야기하던 중이었는데. 세간도 갖춰져 있어서 그냥 놀리기가 아까웠어요. 그래서 빈 시간에 카페를 하고 있고요. 천천히 즐기세요."

점주와 엇갈리듯이 새로운 손님이 다가왔다.

한 손에 홍차 잔을 들고 무심코 공간 입구를 보았다. 들고 있던 잔을 원래대로 놓았다. 순간 홍차를 살짝 흘렸다.

저 여자, 여기까지 따라왔나?

지금 눈앞에서 두리번거리고 있는 카키색 니트를 입은 여자는 사토코와 쏙 빼닮았다. 아니, 그 여자보다 머리가 검다. 더구나 바가지머리다. 가발일지도 모른다. 하지만 사토코의 성격으로 보건대 그런 걸 쓸 리가 없다. 더구나 츤도 없다. 다행이다. 뭐가 다행인지 모르지만 어쨌거나 많이 닮은 타인이었다.

사토코와 비슷한 그 사람은 비스듬히 앞쪽의 등의자에 앉았다. 이 자리에서는 저 굵은 눈썹도 어마어마한 눈도 보이지 않는다……고 마음을 놓은 것도 찰나였다. 목에서 어깨로 흐르는 라인 또한 사토코와 너무나도 닮았다. 도플갱어인가. 아니다, 그건 분명 자신의 모습을 자신이 보는 거렸다. 아, 그런데 같은 인물이 동시에 여러 장소에 출현해서 그걸 타인이 목격한다는 소리도 들은 적이 있다. 좌우지간 바람직하지 않은 일이 벌어질 징조라고 했다. 심장이 벌렁거렸다.

어쩌면 사토코의 생령일지도 모른다. 등줄기가 서늘해졌다. 오늘 아침에 그 눈에는 원망이 담겨 있었다. 그럴 법했다. 우선 진정하자. 홍차를 마시고 치즈 케이크를 먹었다. 하지만 이제는 더 이상 맛을 느낄 수 없었다. 아, 조금 전에 사토코를 세고 돈이라고 부르지 말 걸 그랬다. 엄청난 기세로 케이크를 흡입했다. 이렇게 식감이 좋은데 아깝다. 그리 생각하자 괜히 열이 받았다.

포트에 남아 있던 홍차를 잔에 따라 힘차게 들이켜고 생령과 눈이 마주치지 않도록 주의하면서 찻집에서 나왔다.

◦◖◗◗

하세데라 절의 단풍이 지기에는 아직 시기가 일렀다. 수줍은 듯이 물든 나무들이 흔들리는 가운데 계단을 올라갔다. 하세데라 절이라고 하면 수국이다. 말라가는 차분한 색을 보면서 참배를 하려고 생각해 찾아왔지만, 막상 계단을 올라가기 시작하자마자 알아차렸다. 수국이란 수국은 보란듯이 가지치기가 되어 섭섭할 정도로 시든 꽃잎만 붙어 있을 뿐이었다. 참 나. 오늘은 하는 일이 전부 다 신통치 않다.

제니아라이벤자이텐의 오르막을 시작으로 사스케이나리 신사, 하세데라 절을 오르락내리락했다. 조금 전부터 발바닥이 비명을 지르고 있어서 도로 모퉁이의 큰 돌에 앉았다.

대체 이 계단은 어디까지 이어질까. 나무 틈으로 보이는 파릇파릇함이 조금 그늘지고 있었다. 이제 막 3시를 지났을 뿐인데. 어느새 날이 짧아졌다. 쓸쓸하기도 하고 적적하기도 했다. 이게 가을의 서글픔이라는 건가.

아니, 그런데 내가 낮 시간의 길이를 신경 쓰다니. 사람도 바뀌는 법이구나. 후쿠이에 있었을 적에는 장보기와 아들 학원을 바래다주고 데리러 가면서 경차로 논밭의 단조로운 길을 왕복하는 사이에 하루가 끝났다. 눈을 뒤집어쓴 약간 높은 산들, 구즈류가와 강, 메밀밭. 창밖의 경치를 응시했다면 무언가 다른 걸 찾았을지도 모른다. 하지만 그럴 여유가 없었다.

응? 문득 쳐다보니 옆에 아담한 지장보살님 세 개가 바짝 달라붙다시피 나란히 있었다. 묵직한 엉덩이를 들어 지장보살의 정면으로 이동했다. 나무 팻말에 '인연지장'이라고 쓰여 있었다. 이렇게 말하기는 그렇지만 한가운데에 있는, 얼굴이 제일 괜찮은 지장보살은 나를 꽤 닮았다. 초승달 같은 눈, 애교 있는 입가, 미키코지장으로 개명해도 되지 않을까? 그 오른쪽 옆의 체구가 아담한 건 눈이 떨어져 있고 처져 있는 모습이 카라를 닮았다. 왼쪽 끝자락은……세고 돈과 전혀 비슷하지 않은 온화한 얼굴을 하고 있었다. 우선 세 지장보살에게 합장했다.

"이 마당에 와서 좋은 재혼 상대를 찾을 수 있다고는 생각 안 해요. 전 온갖 인연을 끊고 가마쿠라로 왔어요. 아, 소개가 늦었네요. 저는 가나가와 현 가마쿠라 시 오기가야쓰 ○○○…… 하야시 미키코입니다. 오우치 카페에서 모쪼록 좋은 인연을 맺게 해주세요."

풀색 니트를 입은 사토코가 머릿속을 스쳐 지나갔다. 한 달 전에 조심스러운 시선으로 오우치 카페 나무 문을 열었었지. 그러고 보니 내가 간판에 입주민 모집 종이를 붙이고 한 시간도 지나지 않아 찾아왔었다. 그것도 인연인가? 터무니없는 악연을 끌어들이고 말았다.

"지장보살님, 악연이 인연으로 바뀌기도 하나요? 우선

울어도 웃어도 싸워도 우리는 같은 지붕 아래에서 셋이서 살아가야 해요. 좋은 인연이 아니면 적당한 인연으로라도 만들어주세요. 모쪼록 사이좋게 살 수 있도록요. 부탁드려요."

합장한 채 고개 숙여 인사했다.

묵직한 발을 질질 끌다시피 해서 다시 계단을 올라갔다. 이제 다리가 한계라고 더 이상 무리라고 격하게 저항했다. 그런데도 발걸음을 내디뎠다.

몇 계단인가 올라갔을 때 갑자기 시야가 탁 트였다. 초대형 사이즈의 나무 프레임이었다. 그 건너편에 가마쿠라 거리와 사가미 만이 보였다. 가을 하늘을 베껴놓은 듯한 푸른 바다였다. 반짝거리고 있었다. 그렇구나. 난 이 경치를 만나기 위해 고행 같은 긴 계단을 올라왔다. 인연보살님에게도 기도했다. 이제 하세데라 절에 용건이 없다. 바다가 부르고 있다. 발걸음을 되돌렸다.

절 정문을 나와 일직선으로 유이가하마 해변길을 걸었다. 유명한 노포, 세련된 양과자점이나 카페가 거리 양쪽으로 늘어서 있었다. 에노덴 전철 건널목을 지나 터벅터벅 걸었다. 국도 134호를 건넜다. 마침내 가마쿠라 해변공원으로 나왔다.

"여긴 메이지 시대(1868~1912년)에 가마쿠라 가이힌인이라는 요양원이었어. 그 후에 가마쿠라 가이힌 호텔이 됐지만 전쟁 후에 바로 불에 타서 엄청나게 큰 땅만 남았지."

그렇게 가르쳐준 사람은 카라의 아빠였다.

사무직원으로 일한 지 2년 차였던 가을이었다. 결혼까지 생각하던 남자가 양다리를 걸쳤다는 게 발각되었다. 복사를 하거나 차를 내오는, 명함조차 가지지 못하는 업무가 지긋지긋했다. 이것저것 할 것 없이 진절머리가 나서 가마쿠라로 도망쳤다. 왜 그때 카라 아빠와 둘만 있었을까. 맞다. 카라는 집에서 카레를 만들고 있었다. 둘이서 장을 보러 간 김에 바다까지 산책했다.

인도에 바닷모래가 섞이기 시작했다. 바닷바람이 뺨을 간질였다. 정신을 차리고 보니 걸음이 조금 빨라졌다.

방파제 끝자락에 펼쳐진 바다가 보였다. 빠른 걸음으로 계단을 내려갔다.

와아.

무심코 소리가 나왔다.

가을 햇살을 받아 바다가 유리 가루를 뿌린 것처럼 반짝였다. 까칠까칠한 모래를 밟으면서 이나무라가사키 곶을 바라볼 수 있는 장소를 찾았다. 여기다. 앉았다. 빛나는 수면 끝자락에서 바다와 하늘을 잇는 선이 연한 오렌지빛으로 변하기 시작했다. 평온한 파문에 보였다가 보이지 않는 서퍼를 응시하고 있는데 등 뒤에서 모자의 대화가 들렸다.

"예뻐라. 저기까지 가볼까?"

"싫어. 안 갈래."

"그러지 말고 가보자."

젊은 엄마가 타이르듯이 말했다.

"모처럼 생일이니 저기까지 가서 사진 찍자."

"싫어, 안아줘. 안아달라고."

"쓰무기. 이제 두 살이잖아. 걸어야지."

"싫어, 싫다고."

미운 두 살에 돌입한 쓰무기는 카랑카랑한 목소리로 안아달라고 칭얼대기 시작했다.

"알겠어, 알겠다니까. 혹시 졸린 거 아냐?"

아빠도 함께였구나.

돌아보니 상하로 트레이닝복을 입은 남자의 다리에 살랑이는 핑크색 원피스를 입은 쓰무기가 엉겨 붙어 있었다. 시선이 마주쳤다. 미소 지으니 유모차를 밀던 엄마의 등 뒤로 얼른 숨었다. '낯을 많이 가려서 죄송해요'라고 말하고 싶은 듯 엄마가 고개를 숙였다.

앉은 채 인사를 하고 다시 몸을 틀었다. 서늘한 바닷바람이 어깨에 걸치고 있던 숄을 휘날렸다. 작년 생일에 카라한테 받은 큼직한 체크무늬 천을 되돌려 몸을 감쌌다. 자신을 랩으로 감싸듯이 말이다.

래브라도 리트리버를 데리고 온 중년 여성이 파도가 밀어닥치는 흰 곳을 가로질러 갔다. 그 앞으로는 커플이 바짝 붙어 있었다.

지금은 믿을 수 없지만 20년 전에는 자신도 같은 행동을 했다. 몸을 바짝 붙이고 있던 상대가 설마 정신적으로 학대를 할 남편이 되리라고는 꿈에도 생각지도 못한 채.

후쿠이의 바다는 먹구름 낀 하늘을 그대로 비춘 납빛이었다. 끊임없이 밀려오는 파도는 더욱 격렬해서 흰 물마루만 눈에 띄었다. 그런데도 그날 듬직한 어깨에 기대어 본 바다는 예쁘기만 했다. 나도 참 바보다. 그 고양감을 여전히 기억하고 있다.

"알아요? 일본어로는 바다(海)라는 한자 안에 엄마(母)가 있잖아요. 그런데 그뿐만이 아니에요."

마사카즈는 모래사장에 mère라고 썼다.

"이거 어떻게 읽어요?"

"메르, 프랑스어로 엄마라는 뜻이에요."

그리 말하고 모래 위 mère의 마지막 e와 악센트 기호를 지웠다.

"이것도 메르예요. 바다라는 뜻이죠. 일본어랑은 반대로 프랑스어는 엄마 안에 바다가 있어요. 미요시 다쓰지의 시에도 분명 그런 구절이 있었죠."

마사카즈는 바닷바람에 휘날려 살랑대는 머리카락을 올리면서 말했다. 또렷하게 쌍꺼풀 진 눈에 속눈썹이 길었다. 마흔다섯 살인 지금이라면 '바보야? 왜 똥폼을 잡고 그래'라며 비웃었을 테다. 하지만 스물다섯에 도쿄에서 혼자 사는 삶에 지치기 시작한 자신에게는 터무니없이 근사하게 비쳤다. 프랑스어라는 둥 미요시 다쓰지라는 둥 멋스럽고 지적인 대화에 완전히 매료되고 말았다.

사실 선은 절대로 보기 싫었다. 선 자리를 가지고 온 친척의 체면을 세우기 위해서 어쩔 수 없이 나갔는데, 해변가 레스토랑에 나타난 마사카즈는 상상보다 다섯 배는 멋있었다. 고학력에 큰 키, 고수입, 훈남…… 더구나 마사카즈의 성도 마음에 들었다.

고야마 미키코(幸山 三樹子).

그날과 마찬가지로 모래에 써보았다.

행복의 산에 나무 세 그루(남편의 성인 고야마와 미키코의 한자 이름을 나란히 썼을 때 이와 같은 뜻으로 해석된다-옮긴이). 마사카즈와 나와 그리고 미래에 생기게 될 아이. 행복이 눈앞의 바다처럼 한없이 펼쳐질 것처럼 여겨졌다. 하지만…….

머리를 주먹으로 가볍게 때렸다. 결국 자신에게는 보는 눈이 없었다. 겉모습만 보고 너무 높은 점수를 매겼다. 나중에는 결점만 눈에 띄어 점수를 깎아먹기만 하는 결혼 생활이었다.

솔개가 날고 있었다. 빙그르 원을 그린다고 하지만 그저 바람에 몸을 맡기고 있는 것처럼 보였다. 왠지 이쪽의 머릿속까지 빙글빙글 돌았다. 소용돌이치는 가운데 사토코의 얼굴이 떠올랐다. 그러고 보니 처음 오우치 카페에 왔던 날 그 여자가 말했다. 주후쿠지 절에 가려고 하다가 길을 헤맸고, 그러다가 오우치 카페 앞에 벽보가 붙어 있었다는 둥 어쨌다는 둥 말이다. 그 말을 듣고 영문을 알 수 없었다. 까칠한 주제에 그런 건 충동에 맡기나 보지? 참 이상한 여자였다…….

기념해야 할 오우치 카페 입주민 제1호는 결코 좋은 인상이 아니었다. 여전히 내내 저기압이었다. 오늘 아침에 돈가스 이야기로 조금 포인트가 올라갔다고 생각했더니 우당탕 꽈당, 그 컵 사건이 터졌다.

하지만······. '마사카즈의 마이너스의 법칙'에 따르면 첫 인상은 나쁜 편이 낫다. 마이너스에서 출발하면 그 후에는 플러스인 면을 발견하게 되니까. 아직 사토코를 '꺼림칙한 여자'라고 확정 짓기에는 너무 이른가? 집행유예를 줘야 할까? 아니, 하지만 역시 용서할 수 없었다. 어떻게 해야 할지 모르겠다.

눈을 감았다. 지금은 밀려왔다가 돌아가는 파도 소리에 집중해보자. 유이가하마 해변의 파도는 온화했다. 바짝 다가오듯이 가까이 와서 무언가를 얻었다는 듯 조용히 물러났다. 옛날에 카라네 아빠가 말했다.

"아무 생각 안 해도 돼. 마음이 버거울 때는 그냥 파도 소리를 듣는 거지. 가마쿠라의 바다는 늘 다정하거든."

눈을 감았다. 지평선 위의 오렌지가 짙어져 하늘에 번져갔다.

양다리를 내팽개치듯이 뻗었다. 밀려오는 파도와 같이 숨을 깊이 쉬었다. 아무 생각도 하지 않았다. 또 파도가 밀려갔다. 지금이다. 숨을 내뱉었다. 새로운 파도가 다가왔다. 숨을 들이쉬었다. 지독한 시어머니인지 정신적으로 학대한 남편인지 아니면 사토코인지. 누구야. 날 노려보고 있는 건. 얕보는 듯한 시선을 뒤집어썼을 때 그 통증이 되살아났다. 나가라고! 밀려가는 파도처럼 숨을 내쉬었다.

언제부터인가 하늘은 오렌지색과 연보라색 두 층으로 이루어져 있었다. 건너편에서 또 고요한 파도가 다가왔다. 조금 더, 앞으로 조금 더. 마음을 텅 비우고 파도에 맞춰 심호흡을 반복했다.

"어때? 조금은 홀가분해졌어?"

카라네 아빠의 목소리가 들린 것 같았다.

바지 주머니에서 스마트폰이 진동했다. 화면을 켜보니 라인 표시가 떠 있었다. 이 타이밍에 카라라니.

'카레 완성됐어.'

카레라이스 이모티콘이 찍혀 있었다. 소스 위에서 속눈썹이 몹시 긴 눈이 윙크하고 있었다. 바보야? 이나무라 사키 곶 건너편에 태양이 저물어갔다.

어디서부터인가 그립고 구슬픈 멜로디가 들렸다.

저녁노을이 희미해지며 해가 지는데~.

무심코 흥얼거렸다. 이 멜로디가 흘러나오면 5시다. 아니다. 카라네 아빠가 10월부터는 4시 반에 울린다고 알려줬었다.

천천히 일어났다. 체크무늬 숄을 몸에 두르고 해안을 뒤로했다. 언덕을 올라갔을 때 다시 한번 돌아보았다. 태양은 거의 이나무라가사키 곶 건너편으로 숨어 머리 꼭대기가 아주 조금밖에 보이지 않았다. 오렌지에서 보라색, 옅은 검은색으로 그러데이션된 하늘이 그대로 바다에 비치고 있었다.

"힘들면 다시 와야지."

누구에게 말하는지 알 수 없었지만 말이다.

눈앞에 흰 기둥 문이 보였다. 와카미야 대로로 나가는 입구였다. 옛날에 카라네 아빠와 걸었던 길이다.

"저기, 하나만 물어도 돼요?"

"그럼. 그렇게 물으면 싫다고는 못하지."

"그럼 물을게요. 카라네 엄마가 집을 나간 후에 기분이 어땠어요?"

그때 어려운 질문을 했다. 하지만 물을 수밖에 없었다. 다 품을 수 없는 괴로움을 뛰어넘을 방법을 인생 선배에게 배우고 싶었다.

"힘들었지."

"원망했어요?"

"글쎄. 그런데 계속해서 원망하는 마음에 매달려 있으면 아무것도 시작할 수 없잖니. 나한테는 카라와의 삶이 기다리고 있으니까. 그래서 앞을 봤어. 그뿐이야."

카라네 아빠는 그때 어떤 표정을 지었을까. 안경 렌즈에 석양이 반사되어 알 수 없었다.

와카미야 대로는 직진으로 이어졌다.

해가 졌다. 이제 내 집, 오우치로 돌아갈 시간이다.

●〜〜●

붉은 기둥 문을 왼쪽으로 꺾어 고마치 거리를 가로질러서 요코스카 노선 건널목을 건넜다. 가로등이 비추는 거리를 걷고 있으니 눈앞에서 동물 어미와 새끼가 그림자놀이처럼 가로질렀다. 지금 저거 뭐지? 고양이는 아닌 듯했다.

"뭐야~. 다람쥐 정도로 놀랄 게 뭐 있어. 가마쿠라는 역에서 8분 정도 되는 이 부근에서도 터무니없는 일이 벌어지지. 정말 여러 동물이 있다니까." 구라바야시 씨가 말했다. 흰코사향고양이, 너구리나 미국너구리……. 뭔지 모르겠지만 겐지 산 쪽으로 향하고 있었다.

몇 미터 앞에서 큼직한 느티나무 실루엣이 흔들리고 있었다. 오우치 카페까지는 이제 조금만 더 가면 된다. 어떤 표정을 지으며 돌아가야 될지 모르겠다. 모퉁이를 꺾은 차에 멈춰 섰다. 카라의 글자로 '오우치 카페'라고 쓰인 간판은 아직 나무 문 옆에 나와 있었다. 살짝 까치발을 하고 정원을 들여다보았다. 거실 불빛이 테라스를 비추고 있었다.

숄을 몸에 감싸고 소리가 나지 않도록 살며시 나무 문을 밀었다. 잠깐, 왜 이렇게 조심스럽게 들어가야 하지? 당당하게 들어가자. 황새걸음으로 테라스까지 나아갔다.

"다녀왔어."

거실 창문을 연 순간 카레 냄새에 휩싸였다. 츤이 달려왔다.

'이렇게 늦게까지 어딜 갔던 거야?' 다리에 매달려서 코를 킁킁거리고 있었다. '어라? 너 날 그렇게 좋아했었어? 바다야, 바다. 해변 냄새가 나지? 그런데 다른 사람한테는 비밀이야.' 쪼그려 앉아서 뾰족하게 선 츤의 귀를 쓰다듬었다.

"저, 저기…… 다녀왔어요?"

소파에서 주간지를 읽던 사토코가 돌아보았다. 목소리가 온화했다. 입꼬리가 살짝 올라가 있었다.

"아, 네."

이쪽도 살짝 미소 지어주었다.

응? 왼쪽 뺨에 시선이 닿았다.

당신 누구야? 제법 괜찮아 보이는 여자가 식당의 내 지

정석에 앉아 있었다.

"어, 다녀왔어?"

카라가 부엌에서 나와 여자 앞의 붉은색 컵을 정리하면서 말했다.

"이쪽은 미치나가 아유미 씨야. SNS 모집을 보고 와주셨어. 미키코 이야기를 했더니 만나고 싶다고 하셔서. 그래서 기다리고 있었어. 오늘은 카레 먹는 날이기도 하고. 기껏 오셨으니 같이 드시고 가는 게 좋지 않을까 해서."

미치나가 아유미라는 여자가 만개한 꽃처럼 웃었다. 만약 자신이 남자였다면 첫눈에 반할 정도의 미소였다.

"난 잠시 식사 준비 좀 할게. 둘이서 이야기 나눠."

카라는 부엌으로 돌아갔다.

주머니 안의 500엔짜리 동전을 손수건째로 움켜쥐었다. '벤자이텐 님. 감사합니다. 이렇게 빨리 이득을 얻게 해주시다니. 기다리고 기다리던 오우치 카페 입주민 제2호가 등장했습니다. 더구나 엄청난 미인이고요!' 마음속으로 보고를 하고 미소로 답했다.

"안녕하세요. 전 하야시 미키코라고 하고요, 이곳 오우치 카페를 카라와 함께 경영하고 있어요. 집은 이미 구경하셨죠?"

아유미는 긴 머리를 귀에 꽂으면서 고개를 끄덕였다.

"네. 2층 서양식 방을 봤어요."

"이 부근은 골짜기 밑이고 큰 나무로 둘러싸여 있잖아. 빨리 어두워지니 오후에 늦게 드는 볕도 체크하는 편이 좋을 거라고 추천했어."

부엌에서 들리는 카라의 말을 아유미는 미소 지으면서 받아들였다.

"해가 저물기 시작하면서부터 불투명 유리 너머로 들어오는 볕의 양도 근사했어요. 붙박이 옷장이나 책상, 조명, 문손잡이까지 하나같이 분위기가 있어서 정말 마음에 들었고요."

목소리가 조금 나지막하고 차분했다.

"저는 꼭 입주하고 싶은데 괜찮을까요?"

그리 말하고 아유미는 일어났다. 키가 생각보다 훨씬 컸다. 고개를 깊이 숙였다. 찰랑찰랑한 까만 머리가 흔들렸다. 머리카락까지 미인이었다.

"앉으세요. 어머나, 나도 참. 내가 서 있으면 앉아 있기 난감하시죠."

아유미를 대각선상으로 마주 보는 형태로 창가의 긴 의자에 앉았다.

"2층의 서양식 방이라면 제 옆방이네요. 물론 대환영이에요. 아, 그런데 한 가지 질문이 있어요. 모집 사항에 분명 쇼와(1926~1989년) 출생이라고 써놓았었는데…….."

"조건에 딱 맞아요. 쇼와 58년인 1983년 3월 9일생이거든요."

큼직한 까만 눈동자를 가진 그녀의 눈 가장자리에 주름이 졌다. 이게 나이에 딱 맞는 얼굴이라고 해야 할지, 삼십 대는 너무 옛날이라서 알 수 없었다.

"그래요? 쇼와 58년생이었군요. 지금은 조건을 만족시키지 않아도 되지만 일단 물어봤어요. 그건 그렇고 젊으시네요."

"그렇지도 않아요."

아유미는 미소 지으며 고개를 가로저었다. 이 사람이 있는 것만으로도 오우치 카페가 훨씬 화사해졌다.

"실례인 줄 알지만 나도 모르게 그만 '정말 쇼와 출생이세요?'라고 물었지 뭐야."

라이타를 담은 큰 접시와 컵을 옮기던 카라가 아유미를 보고 미소 지었다.

"그러게. 그 점이 역시 궁금하긴 하지. 그런데 두 번 보게 되네요. 피부도 매끈하고 엄청 곱고요."

"아니에요. 그렇게 보인다면 좋은 화장품 덕이에요. 기미랑 주근깨도 있고, 모공도 딸기 못지않게 넓으니까요."

아유미는 얼굴 앞에서 하얀 손을 가로저었다.

"미키코도 참. 나이 이야기는 그쯤 해."

카라는 이쪽을 보고 미소 지은 후 소파에 있는 사토코를 향해 말했다.

"좀 도와주실래요?"

"네에."

사토코가 일어나 이쪽으로 왔다. 낯을 가리는 주제에 아유미를 보자 싱긋 웃었다.

"카라, 접시 옮기는 거라면 내가 할게."

"오래 기다리셨어. 아유미 씨 이야기 상대가 되어줘."

카라와 사토코는 부엌에서 오늘 먹을 카레를 덜기 시작했다. 강황과 쿠민과…… 나머지는 뭐지? 평소보다 더 짙은 냄새가 났다.

츤이 발 언저리로 다가왔다. 새로운 입주민보다 바다 향기가 더 마음에 드나? 아니면 수줍어하나? 어쨌거나 내 발 냄새만 맡고 있었다.

"아유미 씨, 강아지는 괜찮으세요?"

아유미는 미소 지으며 고개를 끄덕였다.

"오히려 좋아해요. 옛날에 본가에서 토이푸들을 키웠거든요. 엄마를 제일 잘 따르고 저는 주인이라기보다 형제 같은 느낌이었지만요."

"그렇군요. 토이푸들들을 산책시키는 아유미 씨, 마치 그림 같네요."

"아니에요."

아유미는 얼굴 앞에서 또 하얀 손을 가로저었다.

"그 강아지는 챔피언 개의 딸이었는데 이름이 마리였어요. 엄청 자존심이 강하고 산책해도 자기가 가고 싶은 곳으로 악착같이 가는 타입이었고요. 전 여왕님을 모시는 시녀였죠. '공주님 기다리세요' 하는 느낌이었어요."

품 하고 가슴을 오므리고 웃었다. 이렇게 모델 같은 모습을 하고 있는데 전혀 잘난 척하지 않았다. 정말 괜찮은 사람이구나. 그런데 잠시만. '마사카즈의 마이너스의 법칙'에 따르면 첫인상은 나쁜 쪽이 나았다. 너무 마음에 들어서 고득점을 하면 남은 건 감점밖에 없으니까.

아유미와 같은 톤으로 환하게 웃으면서 호의적인 시선으로 보는 건 관두자고 마음속으로 다짐했다.

"식사 준비됐습니다."

카라가 익숙한 모습으로 쟁반을 두 개 옮겨왔다. 뒤에는 사토코가 따르고 있었다.

"어, 이건……."

눈앞에 놓인 푸른색 접시를 보고 무심코 소리가 나왔다. 검은 카레와 흰밥이 딱 절반씩 있었다. 하양과 검정을 잇는 듯 한가운데에 둥근 모형 틀로 찍어낸 빨간 파프리카 네 개가 포개어져 있었다.

"와아, 예쁘다."

아유미가 접시를 들여다보았다.

"오징어먹물 카레예요. 겉보기에는 예쁘지만……."

아유미의 옆에 앉은 카라의 눈이 장난스러웠다.

"확실히 그러네요. 처음으로 오우치 카페에서 하는 식사가 오징어먹물이라는 건 허들이 높을지도 모르겠네요."

아유미의 정면에 앉은 사토코도 씨익 웃었다.

"아유미 씨, 죄송해요. 그런데 오늘은 꼭 먹물 카레를 만들고 싶었어요."

카라가 이쪽을 보았다.

그렇구나, 역시 내 '칭구'다. 눈으로 그리 전하고 양손을 모았다.

"한 냄비 밥을 먹는다는 말도 있고 말이죠."

"미키코, 그건 냄비가 아니라 솥이야."

"카라도 참, 깐깐하기는. 것보다 진짜 맛있어 보인다. 얼른 먹자. 잘 먹겠습니다."

검정과 하양의 경계선을 넘어 스푼으로 떴다.

"맛있어!"

맛에 깊이가 있었다. 오징어의 달달함과 먹물의 깊이감, 거기에 쿠민과 강황과 고수 같은 향신료가 뒤섞였다. 뭐라고 표현할 수 없는 근사한 맛이었다. 처음 오징어먹물 카레를 먹은 그때와 같은, 아니, 그때보다 더 맛있었다.

파프리카 하나를 먹었다. 불타는 듯한 빨강은 타임머신의 스위치였다. 그날의 광경이 선명하게 되살아났다.

"이거 뭐야? 새까매. 맛없을 것 같아."

메뉴판 사진을 보면서 아쓰시는 얼굴을 찡그렸다.

"오징어먹물이야. 오징어가 적한테서 도망칠 때 뿜는 먹물이지. 이게 말이야 맛있어."

정면에 앉은 카라의 아빠가 말했다.

"그런데 까만 카레는 좀 그렇지 않나요?"

그리 말하자 아빠 옆에서 카라가 히죽히죽 웃었다.

"미키코는 음식에 의외로 보수적이구나. 속는 셈치고 먹어봐."

그건 몇 번째 가출이더라? 계기는 아쓰시에 대한 마사

카즈의 교육 학대 때문이었다. 아직 초등학교 4학년인 아들에게 "하루에 5시간씩 공부해"라고 강요하는 어리석은 남편에게 열받아서 아이를 데리고 집을 나왔다. 오우치 카페에 도착한 그날 밤에 아빠와 카라, 나와 아쓰시는 오후 나에 있는 카레 가게로 갔다.

아쓰시는 서빙된 새까만 카레를 먹고서 외쳤다.

"맛있어!"

"정말 맛있네!"

처음 먹은 오징어먹물은 맵고 달달했다. 놀랄 정도로 깊은 맛이 나는 게 바다의 아름다움이 응축되어 있었다.

"그렇지? 이 단짠 맛의 균형이 최고야. 먹어보지도 않고 싫어하는 건 아깝잖니."

웃던 아빠의 얼굴을 보고 아쓰시와 나는 같이 웃음을 터뜨렸다.

"아빠, 이가 새까매요. 무서워라."

"이 녀석들이."

스푼을 든 채 카라도 검은 이로 웃었다.

"진짜네."

아쓰시와 얼굴을 마주하자 서로 이가 검은 상태였다.

"이게 뭐야~."

아빠가 자신의 오른쪽 뺨을 가리켰다.

"어이, 미키, 여기에 점이 두 개야."

뺨을 문지르자 검은 쌀알이 두 개 붙어 있었다. 하하, 하고 웃으며 얼버무리고서 밥풀을 먹었다.

"엄마, 어린애 같아."

아쓰시가 옆에서 웃었다.

"시끄러. 네가 어린애인 주제에 나한테 애라고 하지 마."

"엄마, 무서워~. 입술까지 새까매. 〈웃는 세일즈맨〉(일본의 유명 만화. 주인공 모구로 후쿠조는 조커 같은 미소를 지으며 검지를 내밀고 쿵! 하는 소리와 함께 삿대질을 한다-옮긴이) 같아."

"쿵!"

모구로 후쿠조 흉내를 내서 검지를 내밀었다.

"아, 그만해."

"쿵!"

아쓰시가 깔깔대고 있었다. 그렇게 천진난만한 모습은 오랜만이었다. 아빠도 카라도 웃었다. 뭐가 그렇게 우스웠던 걸까. 아내가 집을 나간 남편과 엄마에게 버림받은 딸, 정신적으로 폭력을 가하는 남편에게 학대당하는 아내와 아들. 조각 몇 개가 빠진 가족이 식탁을 둘러싸고 있었다.

눈앞의 푸른 접시는 오후나의 가게와는 맛도 플레이팅

도 달랐다. 카라가 나를, 아니 오우치 카페를 위해 만든 오징어먹물 카레. 검은 카레를 스푼으로 듬뿍 떠서 입으로 옮겼다. 매운맛 뒤에 희미하게 달달한 맛이 쫓아왔다. 가늘게 썬 오징어를 씹었다. 씹으면 씹을수록 감칠맛이 배어나왔다. 더 꼭꼭 씹었다.

"최고야!"

그리 말한 순간 모두 일제히 웃음을 터뜨렸다.

"미키코 씨, 이요."

사토코가 가리켰다.

"그러는 사토코 씨도 새까매요."

"진짜요?"

이, 하고 이를 보여주자 츤은 꼬리를 흔들었다.

"저기, 미키코 씨."

이가 까만 사토코가 말했다.

"오늘 아침에는 죄송했어요. 제가 말이 심했어요. 요즘 들어 몸 컨디션이 좋지 않아서 짜증이 나 저도 모르게 그만……. 조금 전에는 제대로 사과를 못했는데 지금 알았어요. 응어리가 졌을 때는 같이 웃어서 날려버리는 게 최고라는 걸요."

"맞아요. 분명 폭발하는 것보다 웃는 편이 나아요. 알아요? 오징어먹물 카레를 한 냄비 먹으면 한솥밥 먹는 찐 가족이 된대요."

씨익 웃으니 카라가 검은 이로 말했다.

"여기에 있는 모두의 이가 까맣긴 한데 미키코가 제일 심해. 왜 그렇게까지 까매? 입술까지 새까매."

"쿵!"

카라를 검지로 가리켰다.

"아이, 뭐야~."

츤이 귀를 세우고 멍멍 으르렁거렸다.

제3장

돈가스인가,
카레인가?

사토코

바람이 유리문을 두드렸다. 정원 초목이 술렁이는 가운데 복도 끝자락에서 크으으으응 하고 땅울림 같은 소리가 들렸다. 점점 커지다 최고치에 도달했나 싶더니 일단 멈추고 다시 시작되었다. 크레센도, 갑작스러운 쉼표, 그리고 데크레센도. 조금 전부터 그렇게 반복되었다.

사토코는 갈색 침낭에 들어간 채 몸부림쳤다.

01:56

직접 만든 박스 선반에 놓아둔 디지털시계의 문자판이 빛나고 있었다. 이럴 때 이불이 있으면 머리부터 뒤집어쓸 수 있는데. 이 집에 온 지도 이제 곧 두 달이 지난다. 반려동물 입실 가능에 집세가 저렴하고 보증금도 없었다. 좋은 조건에 이끌려 돌다리도 두드려보고 건너는 자신치고는 드물게 바로 결정했다. 하지만 나는 원래 협조성이 결여된 인간이었다. 생판 남과 동거하는 셰어하우스라는 형태에 익숙해질 수 있을까. 역시 무리라고 깨닫게 되면 다시 이사하는 수밖에 없다. 당면한 문제를 위해 짐을 최소한으로 줄이고 침낭으로 해결하기로 했다.

막상 뚜껑을 열어보자 카라와는 그럭저럭 마음이 맞았다. 별점으로 매긴다면 별점 다섯 개 만점에 네 개라고 할까. 새로 들어온 아유미도 예쁘다고 으스대지 않는 싹싹한 여성으로 별점 세 개였다. 그리고 아무리 애를 써도 마음이 맞지 않아 별점 한 개였던 미키코와 이야기할 때도 표정이 경직되지 않게 되었다. 슬슬 이 앤티크한 서양식 방에 어울리는 침구 세트를 사자는 생각이 들었다. 그러던 차에 시작된 수면 학대. 특히 요 2~3주는 심각했다. 타이밍이 나쁘게 이쪽이 잠이 들기 전에 코골이가 시작되면 새벽까지 괴롭힘을 당했다.

침낭 지퍼를 내리고 오른손을 뻗어 300엔숍에서 산 구 형태의 터치라이트를 건드렸다. 기둥에 새겨진 눈금이 보였다. 어둑어둑한 가운데를 응시했다. 제일 높은 위치에 '15세 · 158cm'라고 새겨져 있었다. 카라의 아버지가 쓴 글자였다.

"내 나이가 얼만데 부끄러워."

"무슨 소리야. 이건 카라의 소중한 성장 기록이야."

"이제 충분히 성장했거든?"

"알겠어. 알겠어. 올해가 마지막이야."

기둥을 앞에 둔 부녀의 대화가 들리는 듯했다. '15세 · 158cm'를 다시 한번 응시했다. 지금까지 몇 번이나 시야에 들어왔을 터인 표시가 오늘은 조금 원망스러워 보였다. 정신을 차리고 보니 왼손 엄지손가락에 검지 손톱을 세우고 있었다. 자신에게는 튼튼하게 성장하는 모습을 신경 써주는 아빠가 없었다.

열다섯이라. 그 무렵 자신의 방 벽에는 엄청나게 큰 화이트보드가 걸려 있었다.

$$(af(x))+(bg(x))'=af'(x)+bg'(x)$$

$$(fg)'=f'g+fg'$$

$$\{f(g(x))\}'=f'(g(x))g'(x)\cdots\cdots$$

여백을 가득 채울 기세인 수식들. 중얼거리면서 손을 움직였다. 납덩이 같은 졸음이 눈꺼풀을 덮쳐와서 아무것도 머리에 들어오지 않았다.

좌우지간 매일 공부, 공부였다. 동아리 활동에 힘을 쏟는 것도, 친구들과 딴 길로 새는 것도 용납되지 않았다.

학교가 파하면 학원으로 직행해서 공부한 다음 9시에 귀가했다. 그리고 11시까지 식사와 입욕을 마치고 그때부터 두 시간 동안 착실하게 새아버지에게서 수학 강의를 들었다. 초등학생일 때 방정식, 중학생 때 미분적분, 고등학생 때 선형대수. 늘 앞의 앞의 진도를 공부하게 했다. 공식을 외우지 못할 때는 화이트보드에 100번 쓰기를 명령받았다.

"아침까지 완벽하게 공식을 외우도록 해." 그리 말하고 방을 나간 바로 뒤에 새아버지는 살인적으로 코를 골면서 공부를 방해했다. 웃기지 마. 거의 40년 전의 분노가 끓어 올라 되살아났다.

"네가 미워서 엄격하게 대하는 게 아냐. 의대에 들어가서 우리 가문을 잇기만 한다면 장래는 평온할 거야. 신랑을 데리고 와서 더욱더 번창하게 하자꾸나."

새아버지는 내가 고3이 된 해의 봄에 뇌경색으로 세상을 떠났다. 경영하던 피부과는 지인의 손에 넘어갔다. "이 래서는 뭘 위해서 널 받아들였는지 알 수가 없네." 새엄마의 원망스러운 말을 흘려들을 수 있게 되었을 무렵 아버지의 위패 앞에 불려갔다.

"지금의 성적으로 의대는 절대로 무리야. 네가 의사가

되는 건 아빠의 꿈이었지만 이제 됐어, 포기했어. 그 대신 명문가 딸들이 다니는 대학에 들어가서 하루라도 빨리 좋은 신랑감을 찾도록 해. 상대는 반드시 의사거나 변호사여야 해."

결국 무난한 여대에 들어갔다. 참는 데도 한계가 찾아왔다. 입학 후에는 결혼 상대 따위는 찾지 않고 아르바이트에 몰두했고, 취직과 동시에 집을 나갔다.

"지금까지 키워준 은혜도 모르고 날 버린다 이거지?"

누가 좋아서 키워달라고 했나. 무슨 소리를 들어도 주눅 들지 않았다.

어느새 바람이 그치고 초목도 얌전해졌다. 복도를 사이에 둔 끝자락에서 들려오는 굉음이 바짝 다가왔다. 발 언저리에서는 츤이 숨소리를 내며 자고 있었다. 전기장판이 쾌적한 듯했다. 배를 위로 한 발라당 자세에 미소가 떠올랐다. 강아지는 인간보다 세 배나 귀가 밝다. 몇 킬로미터 앞의 고주파도 구별해서 듣는다고 한다. 이 살인적인 소음에 신변의 위험을 느끼지 않는 것은 어째서일까.

드르렁, 크호으응, 드르렁, 드르렁.

부탁이니 제발 좀 그쳐줘. 짧은 복도 끝에 자리한 미키코의 방을 향해 염원을 보냈다. 상반신을 일으켜서 침낭에서 나왔다. 추워라. 머리맡에 개어놓았던 후리스를 트레이닝복 위에 걸쳤다. 주머니에 스마트폰을 넣고 도롱이벌레의 허물을 두 겹으로 접고서 방을 나가 계단을 내려갔다.

거실 문틈에서 길고 가느다란 빛이 뻗어나왔다. 분명 아유미가 먼저 피난 온 걸 테다.

"어머, 사토코 씨도?"

자신의 눈을 의심했다. 식탁 의자에 책상다리를 하고 있는 건 미키코였다.

떡 벌리고 있던 입을 닫았다.

"아, 네……. 저기 그게 잠이 안 와서요."

옆에 있던 석유난로에 양손을 쬐면서 히죽히죽 웃고 있던 미키코에게서 시선을 돌렸다. 망 위에서 어째서인지 귤이 구워지고 있었다.

"사토코 씨, 엄청 솔직하네요. 내가 코 고는 줄 착각했죠? 그래서 여기에 있는 게 아유미 짱이라고 생각했죠? 얼굴에 그렇게 쓰여 있어요."

"아니에요."

어떻게든 무마할 작정이었다. 하지만 미키코는 실눈을 뜨고 웃었다.

"그렇게 부정해도 사토코 씨의 눈이 요동치고 있어요.

눈이 크면 이럴 때 불리하네요. 모처럼 왔으니 한잔해요."

테이블에 놓인 빨간 액체가 담긴 피처를 가리켰다.

"뱅쇼예요. 조금 전에 갓 만들어서 아직 따뜻해요. 멀뚱 멀뚱 서 있지 말고 여기에 앉아요."

미키코는 건너편 자리를 턱으로 가리켰다. 하는 수 없이 앉자 미키코는 부엌으로 갔다. 이럴 때 이 여자는 오싹할 만큼 재빨랐다.

"사토코 씨, 술 꽤 하죠? 그렇게 보여요."

가지고 온 먹색 컵에 뱅쇼를 따라 이쪽으로 내밀었다.

"안주는 이걸로 해요."

스토브 위에 있는 구워진 귤 자국이 넓어졌다. 미키코는 겨자색 컵을 기울였다.

"그럼 우선 건배~."

술은 싫지 않았다. 방에 몰래 사둔 컵 술을 자기 전에 마시는 일도 많았다. 마실 때는 혼자서 마신다고 정해놓았지만 우선 컵을 기울였다.

"맛있어라."

무심코 목소리가 나왔다. 레드와인의 알싸한 맛이 사라지고 부드럽고 깊은 맛이 났다.

"그죠? 나도 처음에 카라가 만들어줬을 때는 뭐야? 뜨겁고 달달한 와인? 이라고 생각했어요. 그런데 마셔보니 완전 맛있더라고요. 카라의 레시피는 이것저것 더 들어가지만, 전 완전 대충 만들어요. 시나몬이랑 꿀이랑 클로브…… 그리고 뭐더라? 눈에 띄는 걸 넣어서 냄비에서 데우기만 했어요."

"이거 중독될 것 같은데요?"

뱅쇼는 술맛에 대해 뭘 모르는 여자가 마시는 거라고만 생각했다. 하지만…… 이 은은한 달콤함과 따뜻함은 뒤틀린 마음을 물들였다.

"많이 만들었으니 맘껏 마셔요. 나랑 카라도 종종 한밤중에 마셔요. 그래서 이 집에는 저렴한 와인을 상비하고 있어요. 사토코 씨도 잠이 안 올 때는 찾아다 마셔요. 가스레인지와 전자레인지도 마음껏 사용해도 되니까요."

"네. 그럴게요."

"그렇게 말해도 사토코 씨는 냉장고도 조심스러워서 안 열잖아요."

그러고 보니 이 집에 오고 나서 냉장고를 연 적이 없다. 부엌에 들어선 적도 셀 수 있을 정도밖에 없다.

"그렇게 꺼리는 건 아닌데, 이런 계절에는 딱히 차가운 걸 마시거나 먹지를 않아서요."

"또 그런다. 서운한데요? 공용 공간에 있는 건 모두의 물건이니 자기 집이라고 생각해도 괜찮아요."

미키코는 서글서글하게 웃었다.

자기 집······. 그런 말을 들어도 실감이 나지 않았다. 목조 아파트, 독신 기숙사, 원룸 맨션······. 물건이 많든 적든 방이 넓든 좁든 임시 거처 감각으로 이사를 반복해왔다.

"아, 슬슬 익어가나 보네요."

미키코는 한쪽 무릎을 세우고 집게로 귤을 뒤집었다. 헐렁한 기모 트레이닝복에 보풀투성이인 두터운 남색 양말. 평소부터 '오우치 카페가 마지막 거처'라고 공언해온 만큼 오싹할 정도로 편안해 보였다. 자신도 언젠가 이런 모습으로 한밤중에 마음대로 난로를 켠 다음 와인을 마시는 날이 올까.

2층에서 코 고는 소리가 여기까지 들렸다. 취주악부에 들어간 지 사흘된 부원이 부는 호른 같은 소리였다.

"이 집, 오래돼서 괜히 더 소리가 울려요."

미키코가 천장에 시선을 보내더니 말했다.

"정말 그래요. 갭이 너무 심해요. 설마 저 미인이 이럴 줄이야."

말한 다음에 알아차렸다. 이 수다, 너무 스스럼없었다.

하지만 미키코는 신경도 쓰지 않았다.

"맞아요, 맞아, 아유미 짱은 벌레도 못 죽일 얼굴을 하고서 코골이만큼은 완전 아재라니까요. 완전 의외예요. 그런데 예쁘고 패션 센스도 좋고 성격도 좋으면 너무 완벽하잖아요. 저 정도로 기묘한 코골이 연주를 해주는 편이 인간미가 있죠."

미키코는 아유미를 대단히 마음에 들어 했다. 별점 네 개의 평가는 코골이 따위로는 내려가지 않았다. 하지만 내가 코골이의 주인공이었다면 이렇게 평온하게 받아들여줄까? 아마 무리일 테다…….

"아, 그러게요. 코골이는 미워하되 사람은 미워하지 말아야죠."

난로에 손을 쬐면서 마음에도 없는 소리를 했다.

"이야, 사토 짱, 근사한 말을 다 하고."

미키코의 게슴츠레한 눈이 이쪽을 보았다. 하얀 목이 붉게 물들어 있었다.

"사토 짱 알아요? 아유미 짱, 이번에 카라네 삼촌 가게에 면접을 보나 봐요."

"삼촌요? 아, 그 자이모쿠자에서 로스팅 가게를 한다고 했던?"

"맞아요, 맞아, 종종 여기에 원두를 가져다주죠."

"여기에 온 적이 있어요?"

"본 적 없어요? 아, 그러고 보니 요전번에 왔을 때는 오전이라 사토 쨩이 츤이랑 산책을 나갔을지도 모르겠네요. 카라네 아빠랑 나이 차가 꽤 나는 남동생이라서 지금 예순이 조금 넘었던가 그래요. 턱수염을 기르고 있는데 엄청난 꽃미남에 독신이에요. 로스팅 가게뿐만 아니라 카페도 하고 있고요. 내내 도와줄 사람을 찾고 있었대요."

"자세히 아네요?"

미키코는 얼굴 앞에서 손을 가로저었다.

"그런 거 아니에요. 소문의 근원은 옆집 구라바야시 씨예요. 그 사람, 잘생긴 남자에 있어서는 마약 탐지견처럼 후각이 좋거든요. 삼촌이 올 때는 여기에 꼭 얼굴을 내밀고 평소 같은 모습으로 근황을 알아내니까요. 오, 슬슬 다 익어가네요."

그리 말하고 구운 귤을 접시에 올렸다.

"자, 오래 기다리셨습니다."

나는 박수를 치고 있었다. 정신이 어떻게 된 건가. 온몸이 둥실둥실 떠오르며 평소의 마음 언저리를 가로막고 있던 응어리가 풀어졌다.

미키코는 이미 집게 끝으로 구운 귤 아래쪽에 구멍을 내서 '아 뜨거 아 뜨거'라고 하며 능숙하게 껍질을 벗기고 있었다.

"먹어봐요. 맛있어요."

따끈따끈한 귤을 호호 불어서 먹은 순간 뺨이 누그러들었다.

"귤 통조림 같기도 하죠? 이거랑 와인을 같이 먹으면 느낌이 좋아요. 그 뭐더라, 상그릴라처럼요. 과일이 듬뿍 들어간 와인……."

"상그리아요?"

미키코가 엄지를 세웠다.

"맞아요, 맞아. 귤을 입에 넣고 이걸 마셔봐요. 사이그리아처럼 돼서 맛이 두 배로 좋아요. 입안에서 조미를 한다고 해야 하나?"

들은 대로 귤을 입에 넣고 뱅쇼를 흘려보냈다.

"진짜네. 맛있어요. 그런데 상그릴라, 사이그리아가 아니라 상그리아예요."

"아, 사이제리야(일본의 레스토랑 체인점-옮긴이)랑 섞어 말했네요."

둘이서 깔깔 웃고 있으니 벽시계가 2시 반을 알렸다.

"땡. 이 시계 소리가 참 좋아요. 역시 오래된 물건다워요. 섣달그믐날 밤의 종소리처럼 번뇌를 떨치게 해줄 것 같아요."

미키코는 그리 말하고 다시 컵을 기울였다.

한밤중에 마시는 뱅쇼, 나쁘지 않았다.

"그런데 무슨 이야기더라. 그래그래. 코골이 문제. 조금 전에 알아봤는데 코골이 원인 중 하나로 스트레스가 있대요. 아유미 쨩은 계속 구직 활동을 하고 있잖아요. 어떤 경위로 이곳에 왔는지는 몰라도 저렇게 젊은데 무직이라니. 저 사람 나름대로 초조하고 분명 압박을 받고 있을 거예요. 삼촌 가게에서 일하게 되면 코골이도 조금은 나아지지 않을까…… 나는 짐작하고 있어요. 한동안은 상황을 살피도록 하죠."

뭘 살피자는 소린가. 한시라도 빨리 이비인후과에 가서 약을 처방받는 편이 분명 낫다…… 미키코가 책상다리를 하고서 얼굴만 이쪽으로 가까이 가져왔다. 민낯은 눈썹이 옅어서 표정 없는 가면처럼 무서웠다.

"그리 생각하죠?"

"아, 네."

곰곰이 생각해보면 내 쪽이 더 연상이었다. 하지만 어째서인지 이 여자한테는 거역할 수 없었다.

"좋았어요. 잠의 세계는 치외법권인 걸로 해요."

또 이해심이 깊은 척 가장하고 있었다.

"역시 친절하고 감동을 주는 고객 서비스를 하는 사토 짱. 이건 건배해야지."

쨍, 컵을 건배하고 맥주처럼 꿀꺽꿀꺽 마셨다. 왠지 자신이 아닌 것 같았다.

"그런데 하나만 물어도 돼요?"

미키코는 귤 하나를 입에 집어넣고 씹으면서 이쪽의 얼굴을 들여다보았다.

"사토 짱은 일 안 해요?"

"네?"

"아니, 딱히 비난하려는 건 아니에요. 그런데 사토 짱, 아직 젊잖아요. 분명 전에 진보초 출판사에서 일했는데 관뒀다고 해서요."

"지금은 일할 생각이 없어요."

"유행하는 파이어족인가요?"

"파이어족이요? 아, 조기 퇴직해서 자산 운용으로 사는 거요? 그렇게 근사한 건 아니에요. 난 좀 사정이 있어서 인생 전반에 너무 열심히 살았어요. 내내 어른들이 조종하는 인형으로 살아서 의지 같은 게 없었으니까요. 그래서 뭐든 스스로 선택하는 인생을 동경해요."

뱅쇼, 위험하다. 취기가 돌고 말이 헛돌았다.

"그렇게 말해도 자유를 만끽하려면 누군가가 부양해줘야 하잖아요. 하루라도 빨리 자립하고 싶어서 대학교 졸업과 동시에 집을 나갔어요. 저금을 꼬박꼬박해서 쉰을 넘으면 일을 관두고 좋아하는 것만 하면서 살자고 정했어요."

"아, 그 심정 이해해요. 자신을 억누르고 살아가는 건 엄청 버겁죠. 이래 보여도 나도 내내 남편 안색만 살피면서 살았으니까요."

"어라, 미키티가?"

"어, 미키티는 누구죠?"

가느다란 눈이 점점 더 가늘어져서 이쪽을 흘겨보았다. 하지만 살짝 보이는 검은자가 웃고 있었다.

"그쪽이야말로 조금 전부터 날 사토 짱, 사토 짱이라고 부르면서."

웃음이 솟구쳤다.

"뭐야, 실실 웃기나 하고. 혹시 사토 짱도 술 취하면 웃는 타입이야?"

"아~ 내가 그런가? 남이랑 둘이서 마시질 않으니 잘 모르겠네."

어째서인지 얼굴이 흐늘흐늘 누그러들었다.

"아니, 그 말투 보니 사토 짱은 간사이 사람이야?"

"그럴지도 모르고 아닐지도 몰라."

"무슨 소리야. 뭐 됐어. 그래서 무슨 이야기가 하고 싶었던 거더라."

미키코는 머리를 벅벅 긁으면서 고개를 갸웃거렸다. 귤을 한 조각 입에 넣으면서 "그래그래" 하고 납득이 간다는 듯이 고개를 끄덕였다.

"이혼 전 이야기였어. 후쿠이에 있었을 적에 자주 밤중에 혼자서 맥주를 마셨거든. 그런데 전혀 술맛이 안 났어. 그 무렵에 여러 가지 문제를 짊어지고 있었거든. 그런데 지금은 전부 다 끊어버려서 홀가분해. 그래서 보시는 바대로 소생시킨 서양식 집에서 편안하게 살고 있고 술도 술술 들어가고 있고. 나 같은 경우에는 이혼해서 받은 돈은 저소득 샐러리맨 퇴직금 정도니까. 그것만으로는 초조해서 어떻게 해서든 이 오우치 카페를 번영시키기를 계획하고 있지. 조금 전에 발견했는데 말이야. 이 리뷰는 정말 너무하지 않아?"

미키코는 스마트폰을 켜서 실눈을 더욱 가늘게 뜨고 읽

었다.

"'한적한 주택가에 있는 은신처 같은 카페. 토토로의 집처럼 테라스 자리의 분위기도 나쁘지 않다. 하지만 메뉴가 커피와 디저트 하나는 좀 그렇지 않나? 그 때문인지 텅텅 비어 있었다. 인스턴트를 활용하면 손님이 조금은 늘어나려나? 아니 무리인가? 점주의 분위기가 너무 음침하다' 이거 누구냔 말이야. 이 '돌고 도는 맛집녀'. 당신이 할 말은 아니거든?"

"그러게. 더 나은 리뷰를 달아줬으면 좋았을 텐데."

하는 수 없다. 인기 리뷰어 얼렁뚱땅이가 나설 차례인가. 조만간 우월한 리뷰를 써야겠다. 좀처럼 나오지 않는 별점 네 개를 주면 손님도 두 배로 늘 테다.

"뭐 그래서 카페 경영도 힘들다는 거지. 일 안 해도 되는 사토 짱이 부러워. 용쓰지 말고 어려워하지 말고 느긋하고 즐거운 하루하루 보내도록 하자. 자, 마시자, 마셔."

미키코는 뱅쇼를 따랐다. 머그잔에 콸콸콸. 힘이 넘쳐서 빨간 물방울이 식탁에 튀었다. 한 달 전이라면 용서하지 않았을 테다. 하지만 지금은 덜렁대는 면이 기분 좋았다.

"미키티, 와인 튀었어. 더러워."

"또 그런다, 또. 그런 내가 엄청 좋은 주제에. 내내 궁금했는데 전에 우리 싸웠잖아. 그때 나 제니아라이벤자이텐에 갔거든. 그리고 돌아오는 길에 근처 카페에서 사토 쨩이랑 똑같이 생긴 사람 봤어. 진짜 도플갱거인 줄 알았다니까.”

“뭐어?”

“진짜 쏙 빼닮았어.”

말도 안 돼. 그 녀석이 나타났단 말인가.

“저기, 도플갱거가 아니라 도플갱어야. 그렇구나. 내 생령을 봤구나.”

조금 전보다 더 해롱해롱해졌다. 왠지 뜨겁다. 하지만 난로에 손을 쬐고 있었다.

“실은 말이야……”

거기까지 말하고 컵에 남은 뱅쇼를 들이켰다.

희미한 안갯속을 걷고 있었다. 누군가가 조심스럽게 등을 콕콕 찔렀다. 돌아보았다. 아무도 없었다. 잠시 걷고 있는데 다시 푹푹 떠밀렸다. 손가락보다도 조금 탄력 있는 무척이나 익숙한 느낌이었다.

"끼잉."

눈을 뜨자 옆에 츤의 얼굴이 이쪽을 빤히 바라보고 있었다. 무심코 상반신을 일으켰다. 어느새 지퍼를 내렸는지 침낭은 어깨 아래까지 벌어져 있었다.

06:43

종이 박스 선반에 있었을 터인 디지털시계가 머리 근처에 있었다.

창밖에서 곤줄박이가 코맹맹이 소리로 울고 있었다.

"미안. 목마르지?"

옆에 있는 츤에게 물과 밥을 주고 페트병 물을 마셨다.

어젯밤, 아니 몇 시간 전까지 밑에서 미키코와 한잔했다. 뱅쇼가 담긴 피처가 텅 비자 냉장고에 있던 레드와인까지 땄다. 거기서부터는 드문드문하게만 기억이 났다. 선반 위의 거울을 들여다보았다. 통통 부은 눈을 한 여자가 보였다. 뒤로 넘긴 머리가 삐죽삐죽 튀어나와 있었다.

눈 깜짝할 사이에 아침 식사를 마친 츤은 문 근처에서 앞다리를 쭉 뻗고 엉덩이를 내밀었다.

"알겠어. 산책 가자는 말이지? 2분만 기다려."

빗 대신 손가락으로 머리를 정리하고 나서 옷을 갈아입었다. 니트 모자를 쓰고 점퍼를 걸치고서 산책 도구가 담긴 토트백을 들었다.

"좋았어, 가자!"

소리를 내지 않도록 하며 계단을 내려갔다. 거실 문을 열었다. 아무도 없었다. 일찍 일어나는 입주민을 위해 카라가 불을 켜고서 방을 따뜻하게 데워놓았다.

나무 블라인드가 올라간 거실 창 앞에서 츤은 뒷다리를 한쪽씩 쭉 뻗더니 스트레칭을 마쳤다. 목에 리드 줄을 걸었다.

츠피츠피 츠피츠피.

창문을 열자 곤줄박이에 뒤섞인 박새도 울기 시작했다. 듀엣을 등지고 오우치 카페를 나섰다.

숨을 뱉으니 하얬다. 작은 길을 잠시 걸어가다가 왼쪽으로 꺾고서 주후쿠지 절 뒷산으로 나갔다. 츤은 전신주를 볼 때마다 빠른 걸음으로 가서 소변을 갈겼다. 용무를 마친 장소에 물을 뿌리고 페트병을 토트백에 넣었다. 츤은 다시 걷기 시작했다. 2년 전에 처음 만났을 때는 실내 배변도 마음대로 되지 않아서 탈취제를 손에서 놓을 새가 없었다. 그런데 어느새 이렇게 호흡을 맞춰서 산책할 수 있게 되었다.

마흔이 될락 말락 했을 무렵 딱 한 번 프러포즈를 받은
적이 있었다. 하지만 거절했다. 자신은 제대로 된 딸도 되
지 못했다. 아내나 엄마 역할을 해낼 수 있을 리가 없었다.
가족을 만들 자신도 없어서 내내 혼자라도 괜찮다고 생각
하며 지내왔다. 그런데 어째서인지 쉰을 넘었을 무렵부터
갑자기 외로워졌다. 사람이 그리운 것과는 달랐다. 말을
나누지 않아도 서로 이해할 수 있는 상대가 필요했다. 이
런 자신이라도 필요로 해주는 누군가가 필요했다. 그때 반
려동물 가족 모집 사이트에서 츤을 발견했다.

'가쓰오, 2세, 낯을 가리지만 엄청 장난꾸러기입니다.'

사이트 프로필에는 그렇게 쓰여 있었다. 등쪽 털이 절반
이상 빠져 있던 강아지. 자신도 십 대 무렵 원형탈모증에
걸린 적이 있었다. 이 강아지라면 서로를 이해해줄 수 있
을 것 같았다.

조릿대가 살랑살랑 흔들렸다. 조금 나아가자 묘지가 보
였다. 옆쪽 길로 걸어가다 '겐지 산'이라고 쓰인 표지판과
마주쳤다.

리드 줄을 풀었다. 츤은 나무들에 둘러싸인 계단을 올라
갔다.

"너무 멀리 가지 마."

츤은 서너 계단 올라가자 발걸음을 멈추고 이쪽을 돌아보았다. 서둘러 어둑어둑한 계단을 올라갔다. 따라잡았다고 생각했는데 츤은 다시 앞으로 갔고, 몇 계단 가서 멈춰섰다. 몇 번인가 돌아본 차에 계단은 끊어져 왼쪽에서 뻗은 흙길과 합류했다. 발을 내딛을 때마다 낙엽이 바스락바스락 바스러졌다. 풀고사리와 이끼에 뒤덮인 바위 사이에 도달했다. 쉰을 넘긴 입장으로서는 몸을 사리게 되지만 츤은 조금도 주저하지 않고 성큼성큼 올라갔다.

"기다려. 내버려두고 가지 마."

발 디딜 곳을 확인해가면서 기어가다시피 올라갔다. 바위 사이를 빠져나갔다. 그 위로는 완만한 경사가 펼쳐졌다. 곳곳에 드러난 나무뿌리에 걸려 넘어지지 않도록 하며 나아갔다.

앞으로 조금 더…….

그 직후 시야가 탁 트였다. 큰 나무가 만들어낸 아치 형태의 끝자락을 올려다보았다. 아침 햇살 때문에 빨간색에서 주황색 그러데이션이 반짝이고 있었다.

깍깍깍.

깍깍깍.

딱새가 부싯돌 같은 소리로 울었다. 중앙의 미나모토노 요리토모 상을 감싸듯이 단풍이 가지를 펼치고 있었다. 가마쿠라 막부의 선조라고 일컬어지고 조정으로부터 실권을 빼앗아 무사정치를 확립한 남자를 올려다보았다. 많은 것을 거머쥐었을 텐데 그 눈은 허무했다. 포기도 아닌, 깨달음도 아닌 '무'라고밖에 할 말이 없는 표정이었다. 천하의 요리토모와 유명하지도 않는 시골 사람을 비교하는 건 주제넘지만 친아버지도 자주 이런 표정을 지었다.

츤이 갑자기 안절부절못하기 시작해서 광장 가장자리로 이동했다. 멈춰 선 순간 평소의 습관으로 동쪽을 향해 볼일을 보았다. 나무 아래에서 볼일 타임. 아침의 루틴을 마치고 만족스럽다는 듯이 꼬리를 흔들었다.

"잠시 쉴까?"

광장 옆 벤치에 앉아서 나무들의 품위 있는 경연을 지켜보았다. 큰 졸참나무 아래에서 다람쥐가 낙엽을 주워 덥석 물고 있었다.

깍깍깍.

깍깍깍.

딱새 소리가 울려 퍼졌다.

갑자기 그리움이 솟구쳤다.

먼 옛날에 올라갔던 고향 산과 눈앞의 경치가 겹쳐졌다. 오다 노부나가가 아자이 나가마사를 공격할 때 요새를 지었던 도라고젠 산이었다. 어린이집에 다닐 때였다. 소풍으로 산에 올라가 낙엽을 주웠다. 같이 올 터였던 동생은 직전에 열이 나서 집을 지켰다. 보험 설계사로 일해서 행사에 거의 참가하지 못했던 엄마가 그날은 웬일인지 동반해 주었다.

"예쁜 잎이 어마어마하게 많네."

"그렇지? 카펫 같아."

엄마는 늘 지쳐 있었다. 여동생과 앞다투어 말을 걸어도 "엄마 바빠"라며 상대를 해주지 않을 때가 더 많았다. 하지만 그날은 달랐다.

큰 단풍나무 아래였다.

"손을 접시처럼 만들어봐."

양손을 모아서 접시를 만들었다. 엄마는 주워 모은 낙엽 다섯 장을 그곳에 얹었다.

"와아, 예쁘다."

"이건 말이지, 다 같은 단풍잎이 아니야. 같은 나무라도 다양한 색의 단풍이 나거든."

"무슨 뜻이야?"

"형태는 비슷해 보여도 성격은 한 장 한 장 달라. 나무에 붙어 있는 동안에 잎은 움직여. 나는 장소에 가만히 있기만 하는 게 아냐. 햇님을 많이 쬐는 잎도 있고 비바람에 흔들리는 잎도 있어. 새에 쪼이기도 하고 벌레가 먹기도 하지. 그렇게 다들 자신의 색이 되어가는 거야. 넌 어떤 색이 되려나."

"난 이 중지 밑에 있는 단풍처럼 되고 싶어."

나는 오른손에 놓여 있던 엄마가 입은 스웨터와 같은 붉은색 잎을 턱으로 가리켰다.

바람이 뺨을 어루만졌다. 은행잎이 발 언저리로 옮겨왔다. 얼룩 하나 없는 황금색이었다. 여행을 떠나는 날까지 온전하게 자랐다는 증거다. 잎을 집어 들어 빙글빙글 돌려보았다.

얼마 지나지 않아 이모의 양녀가 되었다. 도쿄에서 종종 놀러 왔던 유복한 이모네 부부는 나를 후계자로 삼고 싶다고 했다. 오일쇼크로 타격을 받아 아빠가 일하던 섬유 회사가 도산한 직후의 일이었다.

"이모는 우리랑 다르게 엄청 부자야. 도쿄에 가면 지금보다 훨씬 풍족하게 살 수 있고 더 잘해줄 거야. 꼭 착하게 굴어야 해."

이모한테 받은 고급 장난감 가스레인지를 앞에 두고 엄마에게 설득당했다. 너무 어려서 양녀가 된다는 의미조차 알 수 없었다. 한동안 같이 살면 돌아올 수 있겠지. 가벼운 기분으로 "응" 하고 고개를 끄덕이고 말했다.

"오늘부터는 나를 엄마라고 불러야 해. 오우미 사투리는 절대로 사용하면 안 돼. 넌 이 아오야마에서 태어났어. 그렇다는 생각으로 살도록 해."

도쿄에 도착해서 이모에게 그 말을 들었을 때 자신이 부모에게 버려졌다는 걸 깨달았다. 큰 텔레비전, 폭신폭신한 침대, 흔들의자, 자신과 키가 같은 스누피 인형, 장난감 상자에 다 들어가지 않는 학습 완구. 아오야마 집에는 뭐든지 있었다. 하지만 무엇 하나 마음을 충족시켜주지 않았다. 자신이 양녀가 되었다는 것과 본가가 궁핍했던 것 사이에 무슨 인과관계가 있었을까. 알 수 없었다. 새엄마는 틈만 났다 하면 눈을 치켜뜨고 말했다.

"널 공짜로 데리고 온 게 아냐. 더 열심히 노력해서 기대에 부응하도록 해야지. 안 그럼 쓸모가 없으니 버릴 거야."

만약 단풍이었다면 자신은 어떤 색이 되면 나무에서 멀어질까.

어릴 적에 꿈꾸던 붉은색과는 거리가 먼 썩어 문드러진

색이었다. 군데군데 상처나 벌레가 파먹은 흔적이 있는 너덜너덜한 잎이었다. 파릇파릇한 새싹일 적에 꺾꽂이당해 넓은 집의 아담한 화분, 양분이 부족한 토양에서 안심하고 뿌리를 뻗지 못한 채 일그러진 어른이 되고 말았다.

일어섰다. 스니커즈에 바짝 말라버린 잎이 들러붙어 있었다. 방해된다니까. 과거를 끊어내듯이 털어냈다.

"슬슬 집에 갈까?"

빨간 잎과 장난을 치고 있는 츤에게 말을 걸었다.

곤줄박이와 박새는 듀엣을 이어나가고 있었다. 살짝 열린 격자 창문에서 아침 바람이 들어왔다. 서늘했지만 기분이 좋았다.

츤과의 산책에서 돌아와 침낭을 베개 삼아 스마트폰을 하고 있었다.

'에노덴 소리를 들으면서 가지는 테라스의 티타임. 반려동물도 동반 가능해서 좋음. 토속적인 그릇도 좋음. 오리지널 블렌드티도 좋음. 그런데 가격이 착하지 않음. 한 잔에 1,500엔은 도대체 뭐람? 오래된 민가라고 하면 듣기에

는 좋지만 지은 지 60년 된 허름한 집이다. 점주는 좀 더 겸손하게 생각해야 한다.'

별점 두 개. 저번 주에 산책하고 돌아오는 길에 츤과 갔던 오래된 민가 카페 리뷰를 다 썼다.

얼렁뚱땡이라는 이름으로 리뷰를 쓰기 시작한 지 이제 곧 6년이 된다. 맨 처음에는 돈가스 가게를 방문한 후 음식 일기 감각으로 썼다. 내내 평가받는 쪽이었기 때문에 상대의 마음을 헤아리지 않고 감상평을 쓸 수 있어서 즐거웠다. 직장에서는 있는지 없는지도 모르는 수수한 중년 여성이 인터넷상에서는 대담하게 행동했다. 뭐가 먹혔는지 모르지만 얼렁뚱땡이는 어느새 인기 리뷰어 축에 들어갔다. 설마 내가 쓴소리를 하는 인기 리뷰어로 이름을 날릴 줄은 정보통인 구라바야시 씨도 알 턱이 없었다. 그리 생각하자 뺨이 누그러들었다.

슬슬 나가볼까. 디지털시계를 보니 1분 전이었다.

"좋았어."

복근 힘으로 일어나 방을 나갔다. 츤도 뒤를 따랐다. 계단을 내려가 문을 열던 차에 괘종시계가 8시를 알렸다. 때앵때앵……. 번뇌를 없애주는 소리, 였나?

"좋은 아침이에요."

토스트 접시를 놓고 있던 미키코가 이쪽을 보았다.

"아, 사토 쨩, 일어났어?"

새벽까지 달렸던 것치고는 멀끔한 미소였다.

츤은 거실 창문 근처에 있는 소파 앞에 앉았다. 오우치 카페 입주자가 늘고 나서부터는 조금 떨어진 곳에서 식사 풍경을 바라보는 일이 많아졌다.

미키코 건너편에 앉는데 아유미가 다가왔다. 회색 원피스에 붉은 카디건을 걸치고 있었다.

"좋은 아침이에요. 다들 모였네요."

카라가 커피를 내려왔다. 눈앞에 놓인 먹색 컵에서 김이 모락모락 났다.

"오늘은 코스타리카랑 에티오피아를 블렌드했어요. 풍미가 아주 풍부해서 재스민 같은 향기가 날 거예요."

오우치 카페에 오기 전까지는 아침에 커피를 마시는 습관이 없었다. 하지만 별점 네 개의 커피를 마시는 사이에 이게 없이는 하루가 시작되지 않았다. 그걸 아는지 카라는 매일 아침에 그날의 커피에 대해서 알려주었다.

"잘 마실게요."

우선 한 모금 마셨다. 쓰다고 생각한 건 한순간이었고 카시스 같은 달콤새큼한 맛이 화악 퍼졌다. 커피는 역시 과실이구나. 그리고 옆쪽의 토스트로 손을 뻗었다. 쿠민을 뿌린 당근라페 밑에서 모차렐라치즈가 쭈욱 녹아 늘어났다.

"이 당근, 맛이 진해서 맛있네요."

미키코 옆에 앉은 아유미가 말했다.

"정말! 자연의 단맛은 대단해."

자연스럽게 말했다.

"가마쿠라 채소를 칭찬받다니 왠지 나까지 기쁘네요."

당근 색깔의 머리끈으로 머리를 한 다발로 묶은 카라는 미소 지으며 고개를 끄덕였다.

"그런데 오렌지색 당근으로 놀라면 안 돼."

미키코가 자연스럽게 끼어들었다.

"가마쿠라 당근은 주황색, 보라색, 노란색으로 그야말로 단풍처럼 컬러풀하니까. 그러고 보니 아유미 짱, 농판에 간 적 있어?"

"농판이요?"

아유미는 고개를 갸웃거렸다.

"가마쿠라시농협연합판매소, 축약해서 농판. 고마치에 있는 농산물 시장이야. 먹보에게는 정말이지 몸이 근질근질할 가마쿠라 농산물 파라다이스야. 하나같이 맛이 꽉 차

있어서 지금까지 먹어본 채소는 뭐였나 싶을 만큼 채소관이 뒤집힐 거야."

썹으면서 엄지를 세우는 미키코를 힐끗 보았다. '가마쿠라 채소 파라다이스', '채소관이 뒤집힌다'. 이건 얼렁뚱땅 이를 표절한 게 아닌가.

"몰랐어요. 그런 시장이 있군요. 여기서 먹는 채소는 맛이 전혀 다르구나 생각하긴 했어요."

아유미는 눈을 가늘게 뜨고 토스트를 먹음직스럽게 먹었다.

"채소가 맛있는 계절이 된 건 다행이지만, 그만큼 낮밤으로 서늘해졌네요."

카라가 컵에 왼손을 가져가면서 말했다.

"다들 방은 괜찮아요? 춥진 않아요?"

"나는 괜찮아. 난방 기구와 할로겐 히터가 있으니까. 비상금으로 산 털이불까지 있고 말이야. 추위야 어서 오라 이거지."

미키코가 엄지를 세웠다. 그 직후 창문 건너편에서 나무문이 벌컥 열렸다.

"대체 누구지? 구라바야시 씨인가? 그런데 이르기도 하셔라."

카라가 등 뒤의 괘종시계를 보았다.

바스락바스락, 바스락바스락 낙엽을 밟는 소리가 이중으로 다가왔다.

"모두 잘 잤어?"

거실 창문이 열리고 구라바야시 씨가 얼굴을 내밀었다.

"어머나, 식사 중이었어? 아침부터 방해했네. 잠시 실례해도 될까?"

차가운 바람이 들어왔다.

"안녕하세요. 오늘은 춥네요. 네. 어서 들어오세요."

아침 공격에도 익숙하다는 건가. 카라는 느긋하게 대답했다.

"그럼 염치 불고하고 들어갈게."

빨간 안경 안에 자리한 동그란 눈이 이쪽을 힐끗 보고 점점 둥글어졌다.

꺼림칙한 예감이 들었다.

"어머나, 뭐 하는 거야? 당신이 없으면 이야기가 안 되잖아."

동행이 있었다. 구라바야시 씨는 창문에 몸을 기대다시피 하고서 손짓을 했다.

"아침부터 놀랐지 뭐야. 와카미야 대로 끝자락에 있는

십자로 부근에……."

보브 커트를 한 여성이 얼굴을 불쑥 내밀었다. 소재는 다르지만 색도 형태도 거의 이쪽과 같은 풀색 니트를 입고 있었다.

"갑자기 찾아와서 죄송해요."

츤이 이쪽으로 와서 식탁 밑에 숨었다.

오른쪽 뺨으로 아유미의 시선을 느꼈다.

"아, 안녕하세요. 저기…… 들어오세요."

카라가 여자와 이쪽을 번갈아 보았다.

"괜찮나요? 그럼 실례하겠습니다."

여동생은 당당하게 집으로 들어왔다.

"나이스 타이밍이네. 호랑이도 제 말 하면 온다더니, 이 사람이……."

미키코만이 태연하게 말했다.

"호랑이도 제 말 하면이라니?"

"어라, 사토 짱, 기억 안 나? 어젯밤이라고 해야 하나, 새벽에 말했잖아. 사토 짱한테는 쌍둥이 여동생이 있다고."

"내가?"

오싹할 정도로 아무것도 기억나지 않았다.

"어머나, 내가 전에 제니아라이벤자이텐 근처 카페에서

사토 짱의 도플갱어를 봤다고 했더니 그거 사토 짱 쌍둥이 동생일지도 모른다면서."

그런 말을 했던가? 전혀 기억이 없다.

"뭐야~, 보셨어요? 맞아요. 제가 그 소문의 동생 레이코입니다."

갑자기 말에 끼어든다 싶더니 레이코는 서슴없이 곁으로 다가와서 이쪽을 보고 씨익 웃었다.

"아니, 갓 짱. 사토 짱은 뭐야?"

"갓 짱?"

거의 동시에 아유미와 카라가 되물었다.

"저기 그건……."

어떻게 무마해야 할까. 망설일 틈도 없이 소파에 앉은 구라바야시 씨가 이야기하기 시작했다.

"아니, 얼마나 놀랐는지 몰라. 농판 근처에서 사토코 씨를 쏙 빼닮은 사람이 두리번거리고 있잖아. 무심코 말을 걸었더니 '오기가야쓰에 사는 후지무라 가스코라는 사람을 찾고 있다고 하고. 그런데 내가 아는 건 오기가야쓰에 사는 후지무라 사토코 씨니까 말이야. 당최 영문을 모르겠더라고."

일어나서 구라바야시 씨에게 고개를 숙였다.

"혼란스럽게 해서 죄송합니다. 사정이 좀 있어서요. 사토코는 통칭이라고 할까, 그렇게 이름을 대고 있을 뿐이에요. 호적상의 이름은 가스코예요."

레이코가 고개를 저으면서 한숨을 쉬었다.

"진짜 믿을 수 없네. 죄송해요. 설마 언니가 가명을 사용할 줄은 몰랐어요."

구라바야시 씨는 얼굴 앞에서 손을 살랑살랑 저었다.

"난 정말 괜찮아요. 다만 조금 혼란스러웠을 뿐이에요. 그리고 이거."

가지고 있던 시장바구니를 치켜들고서는 코에 주름을 새겼다.

"아침 일찍 농판에 가려고 했는데 늦었어. 맞다 맞다, 우리 새언니도 말이야, 실은 미치코(道子)인데 '이 획수라면 쉰까지밖에 못 산다'고 점쟁이한테 듣고 이후로 쭉 미호코(三保子)라고 이름을 대고 있어. 덕분에 75세인 지금도 팔팔하지. 성격이 깐깐한 사람이지만 미호코라는 이름으로 보면……."

구라바야시 씨는 수박 겉핥기식의 지식만 알고 있는 성과 이름의 유래에 대해서 해설하기 시작했다.

"와아, 그렇군요."

"나도 한번 점 보러 가볼까?"

아유미와 미키코는 평소보다 요란하게 맞장구를 치고 듣는 역할을 철저하게 해내고 있었다.

여동생을 곁눈질로 노려보았다.

"뭐야? 갑자기 찾아오고."

작은 목소리로 말하면서 팔꿈치로 쿡쿡 찔렀다.

"그쪽이야말로 뭐야?"

팔꿈치로 도로 찍혔다.

"저기, 여기 서서 이야기하는 것도 좀 그렇잖아요. 괜찮으면 2층 다다미방에서 천천히 이야기하는 게 어때요?"

조금 처진 카라의 눈이 두 사람 사이를 번갈아 오갔다.

"어, 괜찮나요? 감사합니다. 그건 그렇고 집이 근사하네요. 이런 서양식 집은 처음이에요! 2층 구경하는 것도 기대돼요."

레이코는 거침없이 집 안을 둘러보고 있었다.

명치 부근이 욱신거렸다. 넌 늘 그래. 어떤 장소에서도 해맑은 미소를 지으면서…….

"어쩔 작정이야? 이런 시간에 찾아와서."

맙소사. 목소리가 너무 컸다.

"미안해. 나도 미안하다고는 생각해. 그런데 어딜 어떻게 봐도 사토코 씨니까 시간이 너무 이르다는 걸 알면서도 데리고 왔지 뭐야."

구라바야시 씨가 해설을 멈추고 사과했다.

"아, 그런 의미가 아니에요. 죄송합니다. 어쨌든 2층 좀 빌릴게요."

오늘은 고개를 몇 번 숙여야 하는지 모르겠다. 돌아보자 자신과 똑같은 눈이 이쪽을 보고 웃었다.

"얼른 가자."

츤도 레이코의 뒤로 따라왔다.

아무 말도 없이 계단을 올라갔다. 레이코는 삐걱삐걱 소리를 내면서 따라왔다. 짧은 복도를 왼쪽으로 꺾어서 맹장지(나무틀을 짜서 양면에 두꺼운 헝겊이나 종이를 바른 문-옮긴이)를 열었다. "와아, 근사하다"라고 나잇값도 못하고 조잘대는 목소리를 무시하고 다다미방 한가운데에 있는 고타쓰에 들어가 스위치를 켰다. 레이코도 이쪽으로 얼른 와서 건너 편에 살포시 파고들어가더니 기하학적 무늬가 들어간 고타쓰 이불을 목까지 들었다.

"커버 뒤집지 마. 바람 들어오잖아."

레이코는 뾰로통한 표정을 지은 채 고타쓰 이불을 원래
대로 되돌렸다. 뺨에 불거진 엄지손가락 크기의 기미와 팔
자주름에 그만 시선이 갔다. 검게 보인 머리카락도 비쳐드
는 햇볕을 받아서 뿌리 부근이 하얗게 빛나고 있었다. 일
란성쌍둥이의 꺼림칙한 면은 이렇게 자신의 노화를 맞닥
뜨릴 때였다.

"어라, 그 강아지 왜 이쪽으로 온 거야?"

츤은 맹장지 앞에서 굳어 있었다.

"츤이라고 해. 이쪽으로 온 건 널 경계해서고."

"그게 뭐야. 하나도 안 귀여워."

"안 귀여워도 상관없어. 그래도 나한테는 둘도 없는 파
트너야."

"언제부터 길렀는데?"

"2년 전. 가족 모집 사이트에서 발견했어."

레이코는 납득이 간다는 듯 고개를 끄덕였다.

"아, 그래서 너도 사토코(일본에서는 임시 보호자를 '사토오야'
라고 칭하며, '오야'는 부모를 뜻한다. 사토코는 '사토'에 자식을 뜻하는
'코'를 붙여서 자신의 옛 처지를 상징하는 사토코라는 가명을 지었다-옮
긴이)라고 이름을 댔던 거구나. 아니 뭐야? 부모님이 지어

준 가스코라는 근사한 이름이 있는데."

"나한테 그런 부모는 없어. 부모의 의무를 저버린 인간들이니까."

시집가기 전까지 부모 밑에서 살았던 레이코가 뭘 알겠는가.

"그건 그렇고……."

또다. 어색해지면 태연하게 화제를 바꾼다.

"여기 경치가 좋네. 2층에 이렇게 큰 창문이 있는 것도 좋고. 격자창이라고 하지? 알루미늄새시랑 전혀 다르네. 이렇게 구석구석 손길이 간 나무틀로 보이는 경치도 정취가 있고."

그리 말하더니 툇마루의 창 너머로 보이는 나무들을 가리켰다.

"저 빨간 건 단풍, 왕벚나무, 그리고 층층나무잖아. 그리고 저건 뭐더라?"

레이코의 검지 끝에서 황금색의 둥근 잎이 흔들리고 있었다.

"너도밤나무야, 너도밤나무. 말이 나온 김에 하는데 단풍나무가 아니라 화살나무야. 그리고 층층나무가 아니라 조롱나무고. 진짜 설렁설렁이네."

"그래? 갓 짱은 옛날부터 나무 이름을 잘 알았지. 쌍둥이인데 네가 더 유식한 건 왜일까?"

레이코가 씨익 웃었다.

"왜냐니, 레이 짱이 농땡이를 쳐서 그런 거지. 것보다 너 왜 왔어? 여기에 단풍 보러 온 거야?"

"갓 짱. 왜 그렇게 깐깐하게 나와? 당연히 널 만나러 온 거지."

"애초에 언제 이쪽으로 돌아온 거야?"

레이코는 남편의 일 때문에 중국 선전에 살고 있었다.

"반년 전에. 그러고서 내내 갓 짱을 찾고 있었지. 너무하잖아. 쭉 소식불통이니. 전화도 라인도 착신 거부를 하다니 무슨 일이야."

"알아서 뭐하게."

말은 차갑게 내뱉었지만 이렇게 분신과 있으면 참으로 마음이 차분해졌다. 안 되겠다. 미간에 힘을 주고 배 깊숙한 곳에 잠든 분노를 불러 깨웠다. 쉽게 용서한다면 또 우습게 보인다.

레이코와 마지막으로 연락을 한 건 3년 전 여름, 새어머니가 죽은 직후였다.

집을 나가고 나서는 좀처럼 얼굴을 마주하지 않았지만

그 여자의 바람대로 버젓한 장례식을 올려주었다. 참석한 새어머니의 친구들은 판에 박은 듯이 말했다. "이렇게 성대하게 보내주다니 친구가 좋은 아이를 얻었구나." "우리 애는 내가 죽어도 이렇게 안 해줄걸? 갓 짱은 정말 대단해. 데리고 온 아이라고는 생각 못 하겠어." 사람을 물건처럼 말하는 무신경한 말에 속이 부글부글 끓어오른다고 레이코에게 말했다. 그리 말하고서 위로받기를 원했다. 하지만 모니터 건너편의 레이코는 히죽거렸다.

"그렇게 화낼 거 없잖아. 양녀가 뭐가 나빠서? 내내 떨어져 있어서 잊어버렸어? 시가에서 '얻다'는 좋은 말이잖아. '하늘에서 내려주신 것'이라는 의미니까."

"뭐? 일일이 오우미 사투리로 해석하면서 약 올리는 거야? 내 기분을 네가 뭘 안다고 그래?"

"뭐야. 기껏 위로해줬더니."

"위로해줬다고? 네가 얼마나 대단하다고 그래?"

"대단하다는 듯이 말하는 건 갓 짱, 너잖아. 어릴 적부터 고생한 보람이 있어서 평생 일 안 해도 될 정도의 돈을 상속받았다고 자랑한 주제에."

"누가 자랑했다고 그래? 난 돈이라도 상속받아야지, 라고 했는데."

"나 참. 갓 짱, 왜 그렇게 바로 폭발하고 그래? 깐깐하게 말해서 사람을 상처 주는 게 즐거워? 그러니 수양딸로 보내졌지. 나도 네가 이제 지긋지긋해."

"누가 할 소리를 해? 너 지금 진짜 약 올리는 표정 짓고 있거든?"

"그래? 갓 짱은 나보다 두 배로 짓궂은 표정이거든? 진짜 못 봐주겠네."

일란성쌍둥이의 싸움은 멈출 줄을 몰랐다. 서로 어디를 어떻게 공격하면 완전히 누를 수 있는지 순간적으로 알고서 가시 돋친 말을 주고받았다. 그날 둘이서 한없이 상처를 주고받았다. 그 후 5년은 만나지 않아도 된다고 내심 생각했다. 전화번호도 차단했다.

"애초에 내가 있는 곳은 어떻게 알아냈어? 남편한테 부탁해서 해킹이라도 했어?"

레이코의 남편은 프로그래머다.

"뭐? 무슨 소리야? 조사는 무슨. 네가 직접 연락했잖아."

"뭐? 누가?"

"그러니까 네가."

"언제?"

레이코는 흥 하고 입가를 끌어올렸다.

"갓 짱은 술버릇이 정말 나쁘네."

주머니에서 스마트폰을 꺼내 부재중 통화 화면을 켰다.

"새벽 2시에 발신 번호 표시 제한으로 연락한 고주망태는 갓 짱 너잖아."

스피커를 켠 스마트폰을 고타쓰에 올렸다.

'레이. 갓 짱이야~. 예~이. 오랜만안. 가마쿠라로 이사 왔어~. 오기가야쓰라는 곳이야. 지금 사는 곳은 무지이 좋아~. 다이쇼 시대에 지어진 레트로하고 토토로가 살 것 같은 서양식 집이거등. 일본에 돌아오면 놀러 와아~.'

고타쓰 이불을 머리부터 뒤집어쓰고 싶어졌다. 뭐야, 이 이상한 상태, 혀가 꼬부라진 것 같아…….

"살다 살다 나 원 참."

레이코가 히죽 웃었다.

'날짜가 바뀌어서 10월 29일. 오예~! 갓 짱, 레이 짱. 생일 축하해! 해피 버스데이 투유, 해피 버스데이 투미 해 피…….'

"알겠어. 알겠으니 이제 치워."

손을 뻗었지만 늦었다. 레이코는 재빨리 스마트폰을 집어 들고 다시 한번 더 도라에몽 퉁퉁이의 노래 같은 해피 버스데이 송을 재생했다.

"이제 그만하라니까."

고타쓰 상판에 머리를 박았다.

레이코는 마침내 재생을 멈췄다.

"갓 짱은 여전히 음치네. 노래하는 게 아빠랑 똑같아. 영어인데 히라가나로 들려."

어깨를 들썩이며 큭큭 웃었다.

"너도 아재처럼 노래하잖아."

"그래서 난 취해도 남 앞에서 노래는 절대 안 해."

"그런데 레이 짱은 남이 아니잖아."

아뿔싸.

"그래. 우린 남이 아냐. 일심동체지."

레이코가 씨익 웃었다.

"뭐야, 그 의기양양한 표정은. 너, 나 떠본 거지?"

"그래 떠봤어. 갓 짱이랑 화해할 수 있다면 몇 번이라도 떠볼 거야."

레이코가 고타쓰 안에서 발바닥을 붙였다. 딱 맞는 똑같은 형태의 발. 그리운 온기가 전해졌다.

"갓 짱, 여전히 체온이 높네."

"너도 그래."

"이거 옛날에 자주 했었지."

발바닥을 꾸욱 밀어왔다.

"그러게. 추운 날에는 말이지."

같은 힘으로 되밀었다.

초록색에 흰색으로 기하학적인 무늬가 그려져 있는 고타쓰 이불을 만지작거리면서 레이코가 말했다.

"우리 집 고타쓰는 이렇게 멋스럽지 않았어. 그래도 너랑 같이 들어가면 훨씬 따뜻했지."

저렴한 고타쓰 이불 위에는 할머니가 아크릴 실로 짠 꽃무늬 고타쓰 커버가 덮여 있었다. 그리고 옆에는 화로가 있었다. 거기서 자주 고구마를 구워 먹었다.

양녀가 되고 나서는 1년에 한 번만 귀성하는 걸 허락받았다. 휴대전화도 없었던 무렵 집 전화로 통화를 할 수 있는 건 한 달에 한 번이었다. 편지는 새어머니가 검열했다. 연말에 집으로 돌아가면 제일 먼저 둘이서 고타쓰에 들어가 몇 시간이나 계속 수다를 떨었다.

"기억해? 돌아가신 할머니가 고타쓰 안에 군고구마를 잔뜩 넣어뒀잖아. 엄마 눈이 늘 세모가 됐었지."

레이코는 눈을 손가락으로 치켜올리며 웃었다.

"기억하지, 기억해. 옆에 있는 화로로 데우면 되는 걸 할머니는 고타쓰에 넣으니 못 말리겠다며 중얼중얼 불평을 해댔지."

"그런데 할머니는 넣은 걸 까먹어서 또 넣었었지."

"게다가 알지?"

"그거 말이지?"

레이코가 고개를 끄덕이는 것과 동시에 둘은 입을 모아 말했다.

"고타쓰 뜨개!"

털실 커버의 코 곳곳에 걸려 있던 할머니의 흰머리나 말라비틀어진 귤이나 군고구마 껍질. 지금의 자신이라면 견딜 수 없을 것이다. 하지만 그 무렵에는 달랐다. 레이코와 같이 코에서 쓰레기를 뜯어내 고타쓰 위에 늘어놓으며 놀았다. "할머니, 너무 지저분해." "덕분에 너희가 깨끗한 걸 좋아하게 됐잖아." 불만을 부려도 태연한 얼굴을 한 할머니를 좋아했다.

"갓 짱, 나……."

"왜?"

"이혼했어."

"또? 그럴 줄 알았어."

레이코가 이혼한 건 이걸로 세 번째다. 이쪽에 돌아올 터인 남자 운을 전부 다 빨아들인 것처럼 쉽게 만나고 쉽게 사랑하고, 바로 이혼하고 바로 헤어졌다.

"응. 지금은 요코하마에 살고 있어. 이혼은 몇 번을 해도 침울하네. 그래도 네가 도쿄에 갔을 때 느낀 슬픔에 비하면 아무것도 아니야. 분신의 절반이 떨어져나간 것 같았어. 결국엔 남자는 그 큰 구멍을 채우는 용도일 뿐이야. 그게 상대한테도 전해지겠지. 정신을 차리고 보면 삐거덕대고 있어. 그래도 하는 수 없지."

고타쓰 안에서 딱 붙인 발이 부드럽게 밀어왔다.

"나한테는 츤 같은 상대가 없었으니까. 이혼하고 혼자가 되니 널 만나야겠더라고."

"츤은 나한테 둘도 없는 파트너야. 하지만 당연히 너랑은 달라. 넌……."

한 계단 한 계단, 계단을 힘껏 밟는 소리가 다가왔다.

"잠시 실례해도 될까요?"

맹장지 건너편에서 적당히 나지막한 목소리가 들렸다. "멍" 하고 츤이 대답한 뒤에 "들어오세요" 하고 답했다.

"이야기하시는 중에 죄송해요."

카라가 커피를 가지고 와주었다.

"브라질이랑 엘살바도르를 블렌드했어요. 씁쓸한 맛이랑 달달한 맛의 균형이 좋아요. 드세요."

레이코는 고타쓰에 놓인 컵에 얼굴을 가까이 가져갔다.

"와아, 감사합니다. 향기가 엄청 좋네요."

"오늘 점심에 카레를 만들려고 하는데 괜찮으시다면 레이코 씨도 같이 드실래요?"

"네? 그래도 돼요?"

츤이 꼬리를 흔들 때와 같은 눈으로 레이코는 카라를 보았다.

"정말 괜찮으세요? 이런 못난 제 동생의 몫까지 챙겨주시고."

카라는 미소 지으며 고개를 끄덕였다.

"그럼요. 뭔가 드시고 싶은 거 있으세요?"

"돈가스 카레요."

두 사람이 동시에 말했다.

"알겠습니다."

카라가 훗훗 웃으며 방을 나갔다.

"저 사람이 집주인이야? 좋은 사람 같아."

"응. 덕분에 살기가 아주 좋아."

카라가 내려준 커피를 마셨다. 희미한 쓴맛 안에서 부드러운 달달함이 점점 스며 나왔다.

"후우, 맛있다."

먼저 입을 댄 레이코가 위를 향해 눈을 감았다.

"쌉쌀함에서 달콤함으로 몇 겹으로 퍼지는 그러데이션. 커피의 심오함을 남김없이 만끽할 수 있는 스페셜블렌드. 맛있어……라고 얼렁뚱땅이라면 이런 코멘트를 하겠지."

"너, 알고 있었어?"

짓궂은 눈이 이쪽을 보았다.

"팬이거든."

레이코는 미소 지으며 머그잔을 기울였다.

거실 문을 열자 츤이 소파 앞까지 갔다.

"아, 왔네."

내닫이창을 등지고 앉아 있던 미키코가 손을 흔들었다. 옆에서 아유미도 미소 짓고 있었다.

두 사람의 건너편 자리에 앉자 카라가 카레를 얹은 쟁반을 옮겨왔다.

"와아, 돈가스가 커."

아유미가 미소 지으며 파란 접시를 들여다보았다.

눈앞에 놓인 카레에 시선을 빼앗겼다. 채소가 녹아서 섞인 심플한 소스가 돈가스의 고소함을 부추기며 코를 간질였다.

"와아, 이 냄새 못 참겠어."

나는 무심코 말했다.

"저 카레랑 돈가스, 둘 다 엄청 좋아해요. 돈가스 카레라니 너무 사치스러운 거 아니에요?"

"맞아 맞아. 얼른 먹자."

아유미의 말에 고개를 끄덕인 미키코가 "잘 먹겠습니다"라고 말하더니 제일 큰 돈가스와 카레를 입에 넣었다.

"맛있어! 정말 다른 차원의 맛인 것 같아."

엄지를 세운 미키코를 보면서 비계가 제일 많은 오른쪽 가장자리의 한 조각을 카레의 바다 밑으로 파묻었다. 이건 나중의 즐거움으로 보관해둘 생각이었다. 오른쪽에서 두 번째 돈가스를 입에 넣었다. 바삭바삭한 튀김옷을 깨고 돼지고기의 감칠맛이 넘쳐흘렀다. 이번에는 스푼으로 소스만 떠서 먹었다. 맛있었다. 가마쿠라 채소의 달달함과 향신료의 향기로움이 서로 녹아들어 울려 퍼졌다.

마찬가지로 오른쪽에서 두 번째 돈가스부터 먹기 시작한 레이코가 옆에서 한숨을 쉬었다.

"휴우, 왠지 신음하게 되는 맛이네요."

"그렇게 말씀해주시니 기쁘네요."

카라는 조금 수줍은 듯이 웃었다.

"카라는 특별히 요리를 잘하지만 애초에 돈가스 카레는 반드시 남이 만들어주는 게 더 맛있어."

미키코가 남은 돈가스 세 조각을 스푼으로 소스와 섞으면서 말했다.

"그럴지도 모르겠네요. 돈가스를 튀기는 동시에 카레를 만드는 건 꽤 힘드니까요. 그 품과 시간과 배려심이 양념이 돼서 녹아들어 있는 법이죠."

그리 말한 아유미는 밥, 소스, 돈가스, 삼위일체의 상태로 입으로 옮겼다.

"녹아들었다고 하니 레이코 씨, 오우치 카페 식탁에 앉아 있는 게 엄청 익숙해 보여요."

미키코의 말에 동생이 고개를 들었다.

"실은 저 언니보다 전부터 여기에 살고 있는 것 같은 기분이 들어요."

"야 좀!"

팔꿈치로 쿡 찔렀다.

"죄송해요. 얘는 금세 나대요."

미키코는 고개를 가로저었다.

"나대는 게 어때서. 두 사람이 같이 있는 걸 보고 있으니 좋네요. 레이코 씨, 앞으로도 종종 놀러 와요. 아니, 역시 닮았네요. 아, 얼굴이 닮은 건 당연하지만, 뭐랄까 분위기가 엄청 닮았어요."

"나랑 레이코가?"

"저랑 갓 짱이요?"

두 사람이 얼굴을 서로 마주 보았다.

"네."

카라도 미키코와 같이 고개를 끄덕였다.

"언뜻 보면 정반대지만 깊숙한 부분이 쏙 빼닮았어요. 맞다, 동전이라고 할까, 50엔짜리 동전 앞뒷면 같은 느낌이에요."

"맞아 맞아. 뒷면이랑 앞면 같은 느낌이네. 그런데 카라, 왜 50엔짜리야?"

나와 레이코. 누가 앞면이고 누가 뒷면일까. 아마 레이코도 지금 같은 생각을 하고 있을 테다.

"글쎄. 왜일까. 난 50엔짜리 동전 무늬를 좋아하거든. 앞면도 뒷면도 마찬가지로. 그래서인가?"

50엔짜리 동전……. 둘 다 한가운데에 구멍이 뚫려 있는 점이 비슷할지도 모른다.

"흐음. 역시 카라. 영문을 모르겠어."

미키코가 어깨를 들썩이며 웃었다.

"어쨌거나 부러워요. 두 사람을 보고 있으니 일심동체라는 느낌이라서."

"그러게. 그리고 보니 나랑 아유미 짱이랑 카라 모두 외동이잖아. 사토 짱이랑 레이코 씨가 너무 부러워."

미키코를 비롯해 이곳에 있는 모두는 내가 인생의 절반을 외동으로 지내왔다는 사실을 모른다. 한가운데에 자리한 제일 큰 돈가스에 카레 소스를 입히고 밥과 같이 떴다. 이 느낌……. 그날의 광경이 선명한 상이 되어 펼쳐졌다.

본가에서 가족으로 보낸 마지막 날. 아빠가 뭐가 먹고 싶냐고 물어서 망설이지 않고 "돈가스 카레"라고 대답했다. 실업자 신세라서 가사를 담당하던 아빠는 "그래? 특출하게 맛있는 걸 만들어줄게"라고 몇 번이나 고개를 끄덕였다. 그 무렵 집은 가난했지만 아빠는 고급 등심을 사왔다.

마지막 만찬인 돈가스 카레는 입에서 살살 녹을 만큼 맛있었다.

"아빠는 돈가스랑 카레, 뭐가 더 좋아?"

아빠는 돈가스 카레를 너무 좋아해서 '가스코와 레이코

의 이름은 돈가스 카레에서 따왔지'라고 농담을 섞어서 말하곤 했다.

"또 성가신 질문이나 하고. 으음, 글쎄 어느 쪽이라고 해야 하나."

아빠는 스푼을 놓고 팔짱을 꼈다.

"둘 다 고르기 힘드네."

실은 돈가스라고 말해주기를 바랐다.

"카레도 돈가스도 둘 다 결정하기 힘들 만큼 좋아해. 갓짱. 돈가스 카레는 돈가스가 없으면 안 되고 카레가 없어도 안 되잖아. 둘 다 모여서 돈가스 카레가 되니까. 무슨 일이 있어도 돈가스랑 카레 둘 다 같이 있어야지."

아빠의 목소리가 떨리고 있었다.

"왜 그래?"

"아무것도 아냐."

쌍꺼풀이 진 큼직한 눈동자가 젖어 있었다. 아빠는 카레의 바다에 묻혀 있던 한 조각을 떠서 접시에 올려주었다.

"갓 짱은 좋겠네."

옆에 앉은 레이코가 스푼을 입에 물고 이쪽을 보았다.

"거 봐."

아빠한테 받은 돈가스를 과시하고 있으니 갑자기 옆에

서 팔이 뻗어와 엄마의 품에 이끌려갔다.

"아파. 너무 세게 안지 마."

엄마는 숨이 막힐 만큼 강하게 끌어안았다.

"미안……. 갓 짱, 미안해. 조금만 더 세게 안게 해줘."

실은 싫지 않았다. 엄마의 품에 오늘도 내일도 쭉 안겨 있고 싶었다.

"엄마도 돈가스도, 카레도 둘 다 마찬가지로 엄청 엄청 좋아해."

엄마의 목소리도 떨리고 있었다.

"어라, 츤 뭐해? 간지러워."

레이코가 스푼을 한 손에 들고 테이블 밑을 들여다보고 있었다. 어느새 파고들어온 츤이 여동생의 오렌지색 양말 냄새를 맡고 있었다.

"그거, 츤 나름대로 애정 표현 하는 거야."

"진짜? 츤, 잘 부탁해."

레이코의 스푼에는 소스 바닥에 잠겨 있던 비장의 한 조각이 올라가 있었다.

나도 숨겨둔 한 조각을 파서 찾아냈다. 튀김옷에 감싸인 등심. 협주하는 걸쭉한 채소, 그 다정한 달콤함을 부각시키는 양념의 매운맛이 코를 찔렀다. 알록달록한 재료, 양념, 그리고 요리하는 사람의 마음. 무엇 하나 빠져서는 안 된다.

돈가스와 카레 같은 자매가 어쩌다 떨어져 한 명이 양녀로 보내어졌을까. 옛날 어른들이 모두 돌아가신 지금으로서는 알 수 없다.

내내 풀 수 없었던 수수께끼에 휘둘려왔다. 하지만 이제 풀지 않아도 된다. 그 마지막 만찬에서 느낀 엄마의 품속 온기, 아빠의 눈물은 진짜였다. 수수께끼 풀이보다 중요한 것을 떠올리게 해준 카라의 카레는 별점 다섯 개였다. 아니, 아니다, 더더욱.

Beyond the stars, 별을 넘어섰다.

제5장

러브애플

아유미

피이효로로로 하고 우는 소리가 내려왔다. 머리 위에서 솔개가 원을 그리고 있었다. 아유미는 천천히 페달을 밟았다. 갓 산 영국제 접이식 자전거, 브롬톤이 하늘에 녹아들었다.

국도 134호 건너편에는 바다가 펼쳐져 있었다. 바닷바람이 귓가를 쓰다듬어나갔다. 핸들을 오른쪽으로 꺾었다. 몇 미터 앞 파란 간판 옆에서 미모사 꽃이 흔들리고 있었다. 브레이크를 밟아 뒷문으로 돌아선 다음 자전거를 세웠다. 옆에는 노란색 파슐리 자전거가 자리했고, 프레임 옆면에 'DANS LE VENT'라고 파란색 글자로 쓰인 플레이트가 달려 있었다. 같은 영국제인 게 왠지 기뻤다.

바버 재킷 주머니에서 재빨리 손거울을 꺼냈다. 흐트러진 머리를 매만지고 자신을 향해 미소 지었다. 마스카라도 완벽하고 립도 완벽하고 모공도 없었다. 문손잡이를 잡아당겼다.

"안녕하세요."

아침 인사가 회전음에 지워졌다. 재킷을 벗고 에이프런을 하고 그 자리에 우두커니 섰다. 오른쪽 안에 있는 로스팅기 앞에 사각 등이 자리하고 있었다. 남자가 배기 댐퍼를 열고 있었다.

탁 타닥 하는 크랙 소리가 가로로 긴 공간에 울려 퍼졌다. 드럼의 온도가 올라가 원두가 튀기 시작한다는 신호다. 이걸 '1차 크랙'이라고 부른다고 엊그제 막 배운 차였다. 크랙 음은 원두의 개성이었다. 연주하는 음악은 원두의 숫자만큼이나 다양했다.

"오, 왔어?"

검고 흰 수염이 마구잡이로 자란 남자가 돌아보았다. 오우치 다다히토였다. 잿빛 라운드 니트에 남색 에이프런이 잘 어울렸다. 조금 처진 눈은 카라와 닮은꼴이었다.

"상당히 빨리 왔군."

시선은 바로 로스팅기로 돌아갔다. 원두를 꺼내서 색을 확인했다.

"네. 이 시간에 오면 아침에 로스팅하는 모습을 볼 수 있지 않을까 싶어서요."

그날의 날씨에 맞춘 '바람 블렌드'를 개점 전에 로스팅하는 게 점주인 다다히토의 일과였다.

"흐음, 열심이군."

"열심이라고 해야 할지, 뭐라 해야 할지……."

"혹시 사랑해?"

"네에?"

숨이 막힐 듯했다.

장난스러운 눈이 웃었다.

"커피를 말이야."

"아, 네에."

시선을 둘 곳이 없었다. 로스팅기에 각인된 F · ROYAL 이라는 은색 글자를 응시했다.

"커피에 반했지? 가만히 서 있지 말고 이리로 와."

다다히토는 턱으로 곁을 가리키고 팔짱을 꼈다.

일단 멎은 크랙 음이 또 파직파직 하고 기분 좋은 소리를 내기 시작했다. '2차 크랙'이었다. 벽에 걸린 시계를 보았다. 1차 크랙에서 2분이 경과했다. 향기로운 내음이 공간 전체에 가득 찼다.

"좋았어, 로스팅 완료야."

열이 가해진 원두가 드럼에서 원형 냉각기로 우수수 떨어졌다. 남은 열기로도 로스팅은 진행되었다. 호두색 원두가 망 위에서 재빨리 휘저어지다가 한곳에 섞였다.

"2차 크랙이 시작된 직후에 불을 꺼야 해. 시티로스트라는 거지. 산미 중심이던 원두에서 적당하게 쌉쌀한 맛이 배어나올 거야. 그렇다고 해도 원두의 종류나 그날의 습도에 따라 완성도가 달라지지만. 커피 로스팅은 같은 작업이 반복되는 게 아냐. 매일 새롭지."

다다히토는 상온으로 돌아온 원두를 쟁반으로 옮겼다. 햇볕에 탄 손가락이 얼룩이 있거나 형태가 이상한 것들을 하나씩 제거해나갔다.

"어?"

쟁반 구석에서 손이 멈추었다. 긴 검지와 엄지가 원두를 휙 집어 들었다.

"손 내밀어봐."

"네?"

여자치고는 너무나도 큰 손바닥. 쥐고 있던 주먹을 펼쳐서 스윽 내밀었다. 다다히토는 그곳에 둥근 원두를 얹었다.

"줄게. 그거 피베리라고 해."

"피베리요?"

"평범한 원두는 홀빈이라고 해서 타원형이잖아. 열매 하나에 씨가 두 개 있고. 그런데 그건 둥글고 열매 안에 씨가 하나야. 영양이 응축돼 있어서 일거양득으로 맛있지. 한

그루에서 3퍼센트 정도의 확률로만 딸 수 있는 데다 커피
농가에서 미리 선별되기 때문에 어지간해서 보기 힘들어."

손바닥에 놓인 피베리에 얼굴을 가져갔다. 희미하게 달
달하고 향기로웠다.

"과자 코알라 마을에 가끔 섞여드는 눈썹 있는 코알라
가 있잖아. 그거랑 같아. 피베리를 발견하면 럭키 아이템
으로 제거하지 않고 그대로 판매하지."

무심코 웃음을 뿜고 말았다.

"내가 이상한 소리라도 했어?"

"아니요……. 눈썹 있는 코알라를 찾아내고서 기뻐하는
다다히토 씨가 떠올라서 저도 모르게 그만 웃었어요."

다다히토는 흥 하고 콧방귀를 뀌었다.

"환갑이 지나도 기쁜 건 기쁜 거야."

아이처럼 입술을 삐죽 내밀었다.

"그렇죠. 럭키 아이템이라니, 감사합니다."

둥근 원두를 꼬옥 쥐고서 카고 바지 주머니에 넣었다.

다다히토는 원두를 계속해서 선별해나갔다. 쟁반 안에
서 원두가 움직일 때마다 캐러멜처럼 달고 씁쓸한 향기가
피어올랐다.

"좋았어. 완료."

봉지에 채워 넣는 타이밍은 로스팅을 하는 사람에 따라 다르다. 15분 정도 재워두고 시작하는 게 다다히토의 스타일이었다.

"아유미 씨는 갓 로스팅한 커피 마셔본 적 있어?"

"아니요."

"그래? 그럼 오늘 바람에 딱인 모닝커피를 대접하도록 하지."

점포로 이어지는 문을 날렵하게 열어주었다.

라이트 로스팅한 원두의 색처럼 갈색인 L자형 카운터 앞에 세 자리, 그리고 창가에 테이블석이 하나로 결코 넓지 않은 가게지만, 다양한 커피의 정령이 자리하고 있었다.

다다히토는 카운터 안쪽으로 들어갔다. 나는 건너편 스툴에 앉았다. 눈앞에서 원두가 갈렸다. 드르르륵 드르르륵 하고 리드미컬하게. 오우치 카페에서 사용하는 것과 같은 사자 마크 커피밀이었다. 카라의 아빠와 나이 차는 열 살이었다. 같은 가마쿠라에서 형은 카페, 동생은 로스팅 가게라니. 두 사람은 어떤 형제였을까.

정신을 차리고 보니 눈앞의 남자만 생각하고 있었다.

드리퍼에 융이 세팅되고 갓 갈아낸 원두가 들어갔다.

"분명 아유미 씨는 쓴맛이랑 신맛이 균형감을 이루는

걸 좋아했지?"

며칠 전에 무심코 한 대화를 기억해주고 있었다.

"맞아요. 아직 커피를 마신 기간이 짧아서 '좋아한다'는 정도도 아니지만 카라 씨가 내려준 커피는 맛있다고 생각해요."

뜨거운 물을 천천히 두르면서 다다히토는 고개를 끄덕였다.

"카라가 내린 커피 맛있지. 어릴 적부터 형한테 단련받았으니까."

가게에 뜨거운 물과 호박색 물방울 소리가 울려 퍼졌다. 물방울이 떨어지는 간격이 길어졌다. 다다히토는 서버에 얼굴을 가까이 가져갔다.

"마지막 한 방울까지 드립할지 안 할지 두 가지 파로 나뉘어지는데 나는 드립하는 스타일이지."

등 뒤의 선반에 진열된 머그잔을 두 개 가져와 카운터에 나란히 놓았다. 파도 무늬 컵에 호박색 액체를 부었다.

"잘 마실게요."

쓰다……고 생각할 틈도 없이 희미한 달콤함과 상큼함이 퍼졌고, 한 번 더 씁쓸한 맛이 돌아왔다.

한숨이 새어나왔다.

"혀가 춤추는 것 같아요."

이 맛을 제대로 전할 수 없을 듯했다.

다다히토가 웃었다.

"마음에 들었는지 아닌지는 보면 알아."

숨결이 닿을 만큼 얼굴이 가까웠다. 이쪽의 고동이 전해
지지 않을지 불안해졌다.

"저기, 오늘은 어떤 원두를 섞으셨어요?"

"콜롬비아를 베이스로 한 시티로스트야. 봄날의 부드러
운 바닷바람을 연상시키지. 그리고 두 가지는 뭐라고 생각
해?"

한 모금 머금고 천천히 맛을 보았다. 이 머그잔에 그려
진 파도 같은 온화한 맛이었다. 희미하게 감귤 계열의 과
일을 떠올리게 했다. 그리고 적당히 쓴맛이 찾아왔다가 스
윽 사라졌다.

"음. 콜롬비아에…… 에티오피아랑 케냐인가요?"

머그잔을 기울이던 다다히토가 고개를 갸웃거렸다.

"아깝네. 정답은 콜롬비아랑 만델링, 과테말라가 4:3:3
이야. 온화하지만 자기주장을 하는 이 쓸쓸함은 만델링 특
유의 것이지."

멋들어지게 땡이다.

"역시 커피 전문가가 되려면 아직 한참 멀었어요."

"그래도 콜롬비아는 맞혔잖아."

"처음에 콜롬비아 베이스라고 가르쳐주셨잖아요."

"그랬나?"

그가 후훗, 하고 소리를 내었다. 이렇게 마음이 편안한 건 바람 블렌드 덕분일까? 아니면 이 사람과 함께이기 때문일까? 아마 양쪽 다일 테다.

"좀 더 공부를 해야겠어요. 손님한테 질문받았을 때 제대로 대답하고 싶거든요."

"적당히 해도 괜찮아."

"적당히라고 해도 어느 정도가 적당히인지 그것도 모르겠어요."

"내가 자리를 비웠을 때 손님이 맛에 대해 질문을 하면 '맛은 그날의 바람에 따라 바뀝니다'라고 대답하면 돼."

다다히토가 일어났다.

"어, 벌써 다 드셨어요?"

머그잔을 들여다보자 비어 있었다.

"아, 오전 중에 배달을 끝내고 싶거든. 포장 좀 해서 다녀올게."

"어디로요?"

"하야마. 그 후에 볼일이 있으니 언제 돌아올지는……
모르겠네. 다녀올게."

뒷문으로 나간 다다히토가 창 너머로 보였다. 미소 지으
며 한 손을 들고 있었다. 서둘러 바깥으로 나갔다. 노란색
자전거가 달려갔다. 파란 간판 옆에 미모사가 흔들렸다.
바람에 이끌려 이대로 돌아오지 않는 게 아닐까. 문득 그
런 불안감에 휩싸였다. 뒷모습은 바다를 향해 사라졌다.

"다녀오세요." 혼자 읊조리고 가게로 돌아왔다. 머그잔
을 들고 싱크대 앞에 섰다. 주머니에서 스마트폰을 꺼내서
무선 이어폰을 꼈다. 익숙한 룸바 리듬이 흘러나왔다.

옛날에 아랍의 높은 스님이

사랑을 잊은 남자가 나타나자

황홀한 향기가 가득 나는

호박색의 음료를 알려주었다

호박색을 띠는 음료를 로스팅하는 법을 알려준 남자의
파도 무늬 컵을 씻었다. 컵 주둥이에 원두 기름이 남아 있
었다. 여기에 입술을 대고 싶다……. 아니, 그건 변태나 하
는 짓이다. 생각을 고쳐먹고 거품이 잔뜩 묻은 수세미로

문질렀다.

종이 울렸다. 서둘러 손에 묻은 거품을 씻어냈다.

어서 오세요, 하고 말할 틈도 없었다. 연갈색으로 탄 주근깨투성이인 중년 여성이 거만한 표정으로 들어왔다. 노란색 티셔츠에 얇은 남색 점퍼를 걸치고 있었다.

"다 군은?"

술기운이 감도는 것처럼 목소리가 허스키했다.

"배달 갔어요."

아직 개점 전인데……라는 말을 삼키고 웃는 얼굴로 답했다.

"당신은 알바생이야?"

위에서 아래로, 아래에서 위로. 시선이 거침없이 한 번 왕복했다.

"오랜만에 원두 사러 왔는데 언제 돌아와요?"

"글쎄요. 하야마에 가셨는데 개인적인 용무도 마치고 온다고 하셔서요. 저기, 원두에 대해서 뭔가 질문하실 게 있으시면……."

"알바면 내 취향 몰라."

목소리가 카랑카랑해졌다.

"다시 올게요. 다 군이 돌아오면 미즈에가 왔었다고 전해줘요."

내리꽂는 듯한 시선을 남기고 가게를 나갔다.

미즈에라니 누구지? 가슴 밑바닥에 잔물결이 밀려왔다. 하지만 바로 잔잔해졌다. 여자로서 질투를 받고 있는 게 조금 자랑스러웠기 때문이었다.

●〜◗

경보기의 빨간 램프가 깜박거리기 시작했다. 새된 소리가 머리에 울려 퍼졌다. 시간으로 치면 불과 1, 2분. 그런데 터무니없이 길게 느껴졌다.

바람을 타고 레일이 삐걱대는 소리가 들렸다. 얼마 지나지 않아 메뚜기 같은 전철 얼굴이 보였다. 바다색 전철이 지나갔다.

차단기가 올라갔다. 숨을 내뱉고 건널목을 건넜다.

이마코지 거리를 오른쪽으로 꺾자 민가가 늘어났다. 전신주에 가부라키 기요카타 기념미술관 안내가 붙어 있었다. 아침 이슬이 방울져 떨어지는 화초를 배경으로 걷는 소녀의 연보랏빛 기모노. 이 그림을 볼 때마다 영문을 알 수 없지만 미소 짓게 된다.

어딘가에서 휘파람새가 호오호르르 봄의 방문을 알렸다. 벌써 몇 년이나 이 지저귀는 소리를 듣지 못했다. 예전에 살던 니시도쿄의 거리에는 바로 옆에 큰 공원이 있었다. 귀를 기울이면 들렸을지도 모르지만, 그럴 마음이 들지 않았다. 엄청난 실연 뒤 이어졌던 직장 내 괴롭힘. 사랑도 일도 잃은 후유증으로 마음 깊숙한 곳이 내내 껄끔거렸다. 하늘의 표정도 새의 언약도 꽃의 향기도 알아차리지 못한 채 지내고 있었다.

계기는 우연히 본 케이블 방송이었다. 화면에 비춰진 가마쿠라의 사계절의 변화가 몹시 마음에 스며들었다. 사람에게 상처받은 마음은 사람으로밖에 치유할 수 없다는 소리를 들은 적이 있다. 하지만 희비가 교차하는 생업을 손에서 놓고 담담하게 시간을 새겨나가는 자연의 힘 또한 경시할 수 없다. 슬슬 잿빛 삶에 종지부를 찍자. 자신과 계절을 되돌리자고 생각해서 이 동네로 이사 왔다.

호오호르르.

연둣빛 새는 어디에 멈춰 있을까. 정원수나 산울타리를 바라보면서 걸었다. 봄에 피는 풍년화, 향기가 풍성하게 나는 납매, 황금화라고 일컬어지는 산수유. 이 시기에 노란꽃이 많은 건 활동하기 시작한 곤충들이 좋아하기 때문이라고 들은 적이 있다. 내내 색을 잃고 있던 자신에게 봄의 색을 띠는 꽃들은 눈부셨다.

모퉁이를 돌았다.

꽃의 향기를 희미하게 머금은 바람이 뺨을 간질였다. 그 끝자락에서 미모사가 흔들리고 있었다. 황금색의 작은 봉봉, 깃털처럼 폭신폭신한 꽃. 푸른 나무 문 앞에 서서 새삼스럽게 알아차렸다. '돈루반'의 입구와 같은 색이었다. 오우치 카페 문을 열었다. 여전히 개점 전임에도 미모사색의 니트를 입은 구라바야시 씨가 테라스에 앉아 있었다.

"다녀왔어? 당신이 오길 다들 기다리고 있었어."

손을 흔드는 구라바야시 씨의 옆에는 미키코와 사토코가 있었고, 그 사이에 앉은 츤이 이쪽을 보고 멍멍 짖었다.

"아유미 짱, 여기에 앉아. 구라바야시 씨가 새로운 입주민 건으로 상담할 게 있대. 그래서 급히 가족회의를 하게 됐어."

미키코가 건너편 담장 쪽 자리를 가리켰다.

"그래요? 기다리게 해서 죄송해요."

방으로 돌아가고 싶은 마음을 접고 앉았다. 츤이 다가와서 발 언저리에 코끝을 댔다. 카라가 집에서 나왔다. 손에 든 쟁반에는 말차색, 겨자색, 회색 컵이 있었다.

"아, 왔어요? 다행이에요. 슬슬 산책하고 돌아올 즈음이 겠다 싶어서 지금 커피를 내린 차거든요. 아유미 씨 몫도 바로 내릴 테니 잠시만 기다려요."

카페 테이블에 각자의 전용 컵을 놓고 다시 부엌으로 돌아갔다.

"아유미 씨, 오랜만이네. 최근에 알바는 어때?"

동그란 얼굴이 다가왔다. 며칠 전에도 만났는데 구라바야시 씨의 시간으로는 '오랜만'인가 보다.

"네. 덕분에 즐겁게 하고 있어요. 소개시켜주셔서 정말 감사합니다."

구라바야시 씨는 오른손의 네 손가락을 인사를 하듯이 접었다.

"됐어요. 됐어. 그 자이모쿠자의 꽃미남한테서 알바생을 구한다는 이야기를 들었을 때 바로 당신 얼굴이 떠오르지 뭐야. 좌우지간 당신 얼굴이었다니까."

안경 안에 자리한 동그란 눈이 재빠르게 위아래로 움직였다.

"날씬하고 외모가 근사하잖아. 더구나 여기서 매일 맛있는 커피를 마시니 원두도 잘 알 테고. 이미 완전히 마스코트걸이겠지 뭐."

미키코가 고개를 끄덕였다.

"돈루반에는 나도 한 번밖에 간 적이 없지만 가게가 근사하잖아. 아유미 짱이 그 해변 로스팅 가게에 있으면 완전 잘 어울릴 거야."

사토코가 미소 지으며 미키코의 말을 이어받았다.

"그렇고말고! 엄청 예쁜 마스코트걸이겠지."

순간적으로 손을 가로저었다.

"설마요. 우선 이제 '소녀' 나이가 아니에요."

미키코가 미간에 주름을 새겼다.

"이봐, 무슨 소릴 하는 거야. 다양성을 추구하는 이 시대에. 마흔 전후의 마스코트걸이 있는 게 뭐 어때?"

이쪽을 가볍게 흘겨보았지만 입가는 웃고 있었다. 미키코와는 허물없는 사이였다. 하지만 다양성이라는 말이 쉽게 입에 오르자 조금 불쾌해졌다.

"커피 나왔어요."

카라가 커피 두 잔을 가지고 와서 이쪽에 빨간 컵을 놓고 구라바야시 씨 건너편에 앉았다.

"자, 건배."

미키코가 컵을 치켜들었다.

"왜 건배야?"

청자색 컵을 든 카라가 미키코에게 물었다.

"지금 정했어. 이게 오우치 카페 패밀리 룰이야. 카라, 일일이 태클 좀 걸지 마."

"그래, 카라. 기껏 다들 마시고 있으니 건배 정도는 하면 어떠니?"

구라바야시 씨는 말차색 컵을 이쪽으로 가볍게 부딪치더니 한 모금 홀짝였다.

"아, 맛있다. 정원을 보면서 마시는 카라가 내린 커피는 가마쿠라에서 제일이야. 특히 이 계절! 이보다 더한 기쁨이 어디 있겠어."

테라스 타일과 정원 경계에 피어 있는 토끼풀 주변에 배추흰나비 두 마리가 날고 있었다. 발 언저리에 있던 츤도 흰 왈츠에 넋을 놓고 있었다.

"확실히 카라 씨가 내린 커피는 각별하죠."

나도 모르게 이렇게 말하고 있었다. 잡스러운 맛이 없고 온도도 딱 적당했다. 과일 같은 달콤한 맛과 산미가 느껴졌으며, 적당한 쓴맛이 다가서듯 왔다가 사르르 사라졌다.

"카라 씨, 오늘 원두는 뭐예요?"

사토코의 물음에 카라가 고개를 끄덕였다.

"오늘은요, 에티오피아랑……."

이 깊은 맛과 씁쓸한 맛은 잊을 수 없다. 엊그제 가게에서 다다히토가 내려준 것과 닮았다.

"저기 혹시 만델링이랑 블렌드했어요?"

다다히토를 아주 닮은 눈동자가 커졌다.

"대단해요. 정답이에요!"

"대단하네. 역시 꽃미남한테 단련된 보람이 있어."

손뼉 치는 구라바야시 씨의 말을 카라가 이어받았다.

"에티오피아는 아로마 향이 나요. 홍차로 말하자면 얼그레이 같은 향이죠. 그 산미를 만델링의 쓴맛이 잘 보충해 줘요. 그런데 이거 말고도 씁쓸한 원두가 여러 가지가 있는데 잘 아시네요."

"우연이에요……. 요전번에 점장님한테 만델링에 대해서 이제 막 배운 차라서요. 씁쓸함이라고 할까, 깊이가 닮았다 싶었어요."

"와아, 산미 플러스 씁쓸한 맛으로 이런 깊은 맛이 되는구나. 에티오피아랑 만델링은 왠지 나랑 사토 짱 같아."

미키코가 컵을 기울이면서 말했다.

"뭐야, 나랑 미키티? 어느 쪽이 쓴맛 담당인데?"

사토코가 묻자 평평한 얼굴이 히죽 웃었다.

"물을 게 뭐 있어. 안 그래? 내가 산뜻한 산미로 사토 짱을 감싸는 듯한……."

"뭐야. 반대인 것 같기도 한데. 뭐 됐어. 어찌됐거나 별점 다섯 개의 맛이니."

"사토코 씨, 맞아요. 에티오피아랑 만델링. 어쨌거나 발군의 파트너인 걸로 하죠."

"역시 아유미 짱, 말 한번 잘하네. 그럼."

마시던 커피를 놓고 미키코는 의장인 양 헛기침을 했다.

"맛있는 커피를 맛보고 가족회의의 본론으로 들어갑니다. 구라바야시 씨, 새로운 입주민에 대한 상담이 뭔지 말해주시겠어요?"

그때까지 기분이 좋아 보였던 구라바야시 씨의 옆얼굴이 조금 그늘졌다.

"실은 그게 말이지. 애아빠의 전직 상사 부인으로 가토 지에코 씨라는 분이 있는데……."

구라바야시 씨가 말하는 '애아빠'는 남편이었다. 한두 번밖에 본 적이 없지만 물에 빠지면 입부터 뜰 것 같은 아내와는 정반대로 조용한 사람이었다.

"아, 그런데 그 전직 상사는 7, 8년 전에 세상을 떠나서 지금은 천국에 거주 중이야. 가토 씨는 오후나의 큰 저택에서 아들 일가랑 살고 있었는데……."

오후나라고 하면 같은 가마쿠라 시다. 구라바야시 씨의 안경 안에 자리한 둥근 눈이 물기를 띠기 시작했다.

"그게 말이야, 너무한 거 있지? 듣는 사람도 말하는 사람도 눈물 없이는 못 듣고 말 못 한다니까. 가끔은 화가 나기도 하고. ……가토 씨, 나이 일흔셋에 금지옥엽 키워온 아들한테 갑자기 집에서 내쫓겼지 뭐야. 지금 호텔에서 묵고 있는데, 내내 전업주부로 지내 와서 인간관계도 넓은 편이 아니라 어디에 부탁을 해야 좋을지 몰라서 가마쿠라 119인 나한테 연락하셨어. 그래서 혹시…… 혹시나 말이야, 남는 방이 있으면 여기에 살게 해줄 수 있을까. 인품은 내가 보증할게. 나이가 좀 신경 쓰일지도 모르지만 요즘 세상에 칠십 대는 팔팔하잖아. 더구나 여기서만 하는 이야기지만……."

통통한 엄지와 검지가 원을 그렸다.

"저축도 연금도 그럭저럭 있나봐. 노후에 대해서는 차차 천천히 생각해도 되지 않을까. 나로서는 우선 어딘가에 안착시켜드리고 싶어. 어때? 당분간 여기서 신세를 좀 져도 될까?"

무릎 위로 빌듯이 손을 모아 오우치 카페 입주민들을 둘러보았다.

맞장구를 치던 카라는 팔짱 끼고 있던 팔을 풀었다.

"그런 사정이라면 저로서는 꼭 모시고 싶네요. 비어 있는 방은 2층 창고방이랑 1층 서고가 있어요. 둘 다 2.5평밖에 안 되지만요."

구라바야시 씨는 고개를 가로저었다.

"2.5평 정도라고 해도 여기 집은 꼼꼼하게 지어졌고 인테리어도 근사하잖아. 그걸로 충분해. 가토 씨도 아닌 밤중에 홍두깨로 집에서 쫓겨나 짐도 적을 테니까."

"나도 이의 없음. 카라, 모신다면 2층이 낫지 않을까? 지금은 어쩌다 창고로 쓰고 있지만 구라바야시 씨가 말한 대로 버젓한 서양식 방이기도 하고. 한 시간만 있으면 거기에 있는 거 서고로 옮길 수 있어. 다들 그래도 되죠?"

미키코는 입주민들의 얼굴을 보면서 말했다.

"물론 그런 사정이라면 저도 이의 없어요. 뭐든 말하세요. 이사도 도와드릴게요."

내 말에 사토코도 고개를 끄덕였다.

"물론 이의 없어요. 나도 이사 도울게요. 그런데……."

거기까지 말하다가 얇은 입술을 일자로 다물었다.

"그런데 뭐? 사토코 씨?"

구라바야시 씨가 고개를 갸웃거렸다.

"저기 그 가토 씨라는 분이 오시는 건 대환영이에요. 그런데……."

몸을 살짝 앞으로 내밀고 다리 언저리에 있던 츤의 등을 쓰다듬으면서 말했다.

"조금 전의 구라바야시 씨가 말씀하신 '아들한테 내쫓겼다'는 이야기가 신경이 쓰여서요. 뭔가요? 고려장 같은 건가요? 그 아들 너무하는 거 아니에요?"

"그렇지. 너무해. 그런데 가토 씨는 '아들을 그렇게 키운 자기 잘못'이라고 해. 듣자 하니 아들이 회사를 퇴사하고 시작한 음식점이 순식간에 망했대. 그래서 나름대로 빚을 져 오후나의 집을 팔아야만 했고. 문제는 거기서부터였지. 이사한 아파트에 가토 씨를 데리고 가지 못한다고 하는 거야. 비좁고 수험생도 있어서라면서. 더구나 말이야. 한 번 더 못을 박듯이 '엄마잖아……. 내 상황도 좀 이해해줘'라고 했대. 오랜 세월 살았던 집도 빼앗겼는데 아무리 그래도 너무하는 거 아냐? 나도 참 무슨 소리까지 하는지, 미안해……."

구라바야시 씨는 검지로 안경을 끌어올리고서 눈물을 닦더니 코를 훌쩍였다.

뭐야 그게? 말도 안 된다. 도리에 벗어나는 데도 정도가 있다. 최악이잖아……. 가토 씨의 아들을 비난하는 모두의 목소리가 멀어져갔다.

'내 상황도 좀 이해해줘.'

이 세상에서 제일 잔혹한 그 한마디 탓에 과거로 되돌아갔다.

3년 전 봄날이었다. 유학하던 영국 서픽의 농원에서 그 남자가 토마토를 수확하면서 말했다.

"어젯밤에는 계속 사귀어나갈 수 있다고 생각했어. 지금도 아유미를 좋아해. 그런데……."

헤이즐넛 색깔의 눈동자가 이쪽을 보았다.

"그런데? 그런데 뭔데?"

전날에 "좋아해. 쭉 같이 있고 싶어"라고 들은 차였다. 나도 같은 마음이었다. 하지만 해결해야만 하는 큰 문제가 있었다. 자신이 어떤 사람인지, 무엇을 숨기고 살아왔는지 말이다. 그라면 이해해줄 거라고 믿고 털어놓지 못한 과거를 고백했다. 잠시 침묵한 후 그는 말했다. "그래도 좋아. 널 좋아하는 마음은 변하지 않아." 몸이 떨리기 시작했다. 드디어 만났다. 영혼의 일부분.

그런데 단 하룻밤 만에 버려졌다. 나를 괴물처럼 보았던 직장 동료들……. 거기에 흐르고 있던 구역질이 날 듯한 냄새가 다시 이곳을 지배했다.

그는 눈을 내리깔다시피 하면서 갓 수확한 토마토를 내밀며 말했다.

"미안…… 내 상황도 좀 이해해줘."

"아유미 씨?"

카라가 얼굴을 들여다보았다. 모르는 사이에 눈물이 뺨을 타고 흘러내렸다.

"아, 미안해요. 나도 모르게……."

새 입주민의 이름이 순간적으로 나오지 않았다.

"그…… 가토 씨의 심정을 생각하다 보니……."

"역시, 다정하네. 얼굴뿐만이 아냐. 마음도 예뻐."

구라바야시 씨는 눈을 가늘게 뜨고 이쪽을 보았다.

아니다. 나는 늘 자신에 대한 생각만 했다. 거짓투성이인 인생을 어떻게 무마할지 그것만 말이다.

어딘가에서 휘파람새가 울었다. 올려다본 하늘에서 파랑이 사라지고 몽롱한 옅은 잿빛 베일이 펼쳐져 있었다. 배추흰나비도 어딘가로 가버렸다.

"조금 전까지 날씨가 좋았는데."

사토코가 불쑥 말했다.

"봄 날씨는 변덕이 심해. 하나구모리(벚꽃이 피는 시기에 자욱하게 끼는 구름-옮긴이)라고 해야 하나. 왠지 우울하네."

구라바야시 씨가 사토코를 보고 "노노"라고 검지를 진자처럼 움직였다.

"이 세상에 우울한 날씨는 없어. 이런 하늘 자체를 양화천이라고 해. 구름이 상공의 서늘한 공기에서 꽃을 지켜줘서 예쁘게 피도록 해주지. 그리 생각하면 구름 낀 봄 하늘도 나쁘지 않지?"

"역시 구라바야시 씨. 공부가 됐어요."

미키코가 머그잔을 기울였다.

"그냥 아는 체 좀 해봤어. 실은 나도 엊그제 가토 씨한테 듣고 처음으로 양화천이라는 말을 알았거든."

구라바야시 씨는 혀를 내밀고 희미하게 웃었다.

갓 간 원두가 담긴 드리퍼에 뜨거운 물을 부었다. 섬세하게 갈린 고동색 알갱이가 되살아난 듯 산 모양으로 부풀어 올랐다가 김과 더불어 향기로운 내음이 펼쳐졌다.

"왠지 긴장되네요."

"그래요? 엄청 익숙한 느낌으로 보이는데요?"

건너편에 앉은 카라는 카운터 너머로 이쪽의 손 언저리를 응시하고 있었다.

"엄청 좋은 향기가 나기도 하고요."

서버에 물방울이 떨어졌다. 뜸을 들이고 끝냈다. 뼈가 앙상한 손등이 눈에 띄지 않도록 포트를 들고 뜨거운 물을 두 번째로 둘렀다.

"오늘 아침에 점장님이 갓 로스팅한 '바람 블렌드'니까 원두 자체는 맛있을 거예요. 잘 내리고 있는지 어떤지는 몰라도요."

'원두의 잠재력은 로스팅으로 끄집어내. 나머지는 어떻게 추출하느냐고. 중요한 것은 뜨거운 물과 원두의 접촉 방식이야. 어떻게 하면 기분 좋게 양쪽이 스며드는지는 정답이 없어. 나름대로 방법을 발견하도록 해.' 다다히토에게서 그런 말을 들었다. 어디까지나 균등하게. 숨을 죽이고 둥글게 세 번째 물을 둘렀다. 뜨거운 물과 원두가 서로 녹아드는 희미한 소리가 울려 퍼졌다.

"핸드드립으로는 카라 씨에 비하면 아직 햇병아리 수준이지만 제일 좋아하는 건 이 시간이에요."

"그 말 이해해요. 예를 들어 조금 짜증 나는 일이 있거나 영문도 모르게 우울해지는 때에도 커피를 내리는 순간만 큼은 우울함을 잊을 수 있잖아요. 맨 처음에 커피를 마셨을 때의 그 포근한 느낌을 떠올리는 거죠. 그러면 눈앞의 일에 집중할 수 있다고 해야 하나. 호박색 액체가 떨어지는 걸 바라보고 있는 동안에 마음속의 까칠했던 부분도 사라지는 거죠. 아, 미안해요. 중요한 시간에 수다나 떨고. 슬슬…… 다 됐죠?"

커피가 다 내려진 차에 드리퍼를 치우고 파도 무늬의 머그잔에 나눠 부었다.

"오늘은 만델링을 베이스로 한 파나마랑 브라질 블렌드예요. 맛은…… 카라 씨한테 내가 설명하는 건 부처님한테 설법을 하는 거나 마찬가지이려나?"

카라는 큭 웃고서 고개를 젓더니 머그잔을 받아들고 고개를 끄덕였다.

"맛있어요. 아유미 씨 대단하네요. 이렇게 맛있게 내리다니. 앞으로 단골손님도 불만이 없을 거예요."

소량으로 나눠 부은 바람 블렌드를 맛보았다. 어딘가 그리운 흙내 나는 쓴맛 다음에 과일의 산미가 퍼지다 사르르 끊어졌다. 봄의 기운을 희미하게 느꼈다. 의외로 잘 내렸을지도 모른다.

"조용하네요. 기분이 엄청 차분해져요."

카라가 벽의 나뭇결을 바라보면서 말했다.

"점장님이 말했어요. 오감으로 커피를 맛보길 바라니까 이 가게 BGM은 없애기로 했다고요. 얼마 전까지는 음악이 없으면 허전하다고 생각했어요. 그런데 깨달았어요. 조용한 점내에 있으면 커피의 음악이 들려온다는 걸요. 안쪽 공간에서 로스팅기가 도는 소리, 원두가 튀는 소리, 물이 끓는 소리, 원두를 가는 소리, 뜨거운 물을 붓는 소리, 물방울이 떨어지는 소리……. 가루와 뜨거운 물이 만나서 서로 녹아들어 커피가 되어가는 그 과정에서 아주 좋은 소리가 나니까 늘 귀를 기울여야 한다고 생각하게 됐어요."

카라는 미소 지으며 고개를 끄덕이고 커피를 마셨다. 봄바람이 창문을 두드렸다.

"오감으로 커피를 맛보다니 역시 형제네요. 아빠도 입버릇처럼 말했어요. 아빠는 재즈를 엄청 좋아했는데 거실에서 커피를 마실 때는 바람 소리나 새소리에 귀를 기울였어요. 그러고 보니 이거."

파도 무늬의 머그잔을 그리운 듯 쓰다듬었다.

"옛날에 우리 집에도 같은 게 있었어요. 내가 실수로 깼지만요."

"카라 씨, 혹시 여기서 커피 마시는 거 처음이에요?"

"……그러게요. 늘 다다히토 씨가 오기만 하니까요. 요
전번에 미키코가 가자고 했는데 공교롭게도 그날 바빴거
든요."

카라는 삼촌인 다다히토를 '씨'를 붙여서 부른다. 어딘
가 서먹하게 느껴지는 건 자신뿐일까.

뒤편에서 문을 여는 소리가 울려 퍼졌다.

"호랑이도 제 말 하면 온다더니……. 점장님이 돌아오신
모양이에요."

로스팅기가 있는 방에서 무언가 소리가 났다. 잠시 후에
다다히토가 다가와 곁에 섰다.

"어, 왔어? 웬일이야?"

카라는 파도 무늬 머그잔을 가볍게 치켜들고 고개를 숙
였다.

"오셨어요? 바람 블렌드 맛있게 마셨어요."

"아유미 씨가 내린 커피 맛있지?"

"네. 좀 놀랐을 정도로요."

"이 친구 재주가 꽤 좋아."

다다히토의 손이 어깨에 툭툭 닿았다. 그 손끝을 보는

카라의 눈이 조금 매서워진 듯한 느낌이 들었다.

"맞다, 이거요."

카라는 슬머시 시선을 돌리더니 옆의 스툴 위에 있던 KINOKUNIYA라고 초록색 글자가 쓰인 종이봉투를 카운터로 옮겼다.

"구라바야시 씨한테 받은 물건이에요."

"뭐야 뭐야?" 다다히토는 어린아이처럼 종이봉투를 들여다보았다.

"오, 머위꽃된장이네. 이거 맛있지. 술안주로도 최고고."

풀색 된장이 담긴 용기를 양손으로 꺼냈다.

"구라바야시 씨네 정원에서 딴 머위의 꽃대로 만들었대요."

카라는 이쪽을 보고 말했다.

"주먹밥 재료로 쓰거나 파스타로 만들어 먹어도 맛있어요. 올해는 아유미 씨가 있으니 가게에도 가져다주라고 부탁받았어요."

"벌써 머위의 계절이구나. 기분 좋네. 아유미 씨, 이번에 머위꽃된장 파스타 만들어줄게. 그런데 이심전심이네. 이쪽도 때마침 글래디스 씨한테……. 잠시만 기다려봐."

손바닥을 뒤로 향하더니 다다히토는 로스팅기가 있는

공간으로 달려갔다.

"글래디스 씨라니요?"

"〈아내는 요술쟁이〉라는 드라마 있잖아요. 거기에 나오는 옆집 아줌마예요. 무슨 일이 있을 때마다 사만다가에 찾아오는데 분위기가 구라바야시 씨랑 닮았어요. 아빠가 구라바야시 씨랑 이야기할 때 재미있어하면서 글래디스 씨라고 불렀거든요. 그래서 다다히토 씨도⋯⋯."

다다히토는 토마토가 가득 담긴 삼베로 된 토트백을 두 개 끌어안고 돌아왔다.

"자, 이거. 글래디스 씨 거랑 오우치 카페 거. 하야마에서 지인이 토마토 농장을 하는데 배달하러 갔던 길에 들렀거든. 글래디스 씨한테는 아유미 씨를 소개받았으니까 더 빨리 감사 인사를 하고 싶었는데. 짐이 되는 것 같아서 미안하지만 가져가줄래?"

"네. 그럼요. 그런데 우리 집에도 이렇게 많이 주시다니. 괜찮아요?"

"응. 오우치 카페 건 카레용이라고 생각해서 주는 거야. 사토 씨⋯⋯였나, 내일 새로운 사람이 들어오지?"

"사토 씨가 아니라 가토 씨예요."

옆에서 속닥였다.

"그래그래 가토 씨. 내일은 카레의 날이라고 들었거든. 환영회에서 토마토 카레라도 만들면 좋지 않을까 해서."

"고맙습니다. 글래디스 씨가 엄청 기뻐할 거예요. 더구나 토요일의 카레로 뭘 만들까 망설이던 차였거든요."

다다히토가 큭 하고 웃었다.

"토요일의 카레라. 왠지 복날의 장어 같네. 뭐, 토마토로 기운이 날 맛있는 거 만들어봐."

갓 수확한 토마토를 기쁜 듯 바라보는 카라를 다다히토는 가만히 지켜보고 있었다. 두 사람 사이에 흐르는 어색한 분위기가 조금 누그러든 것 같았다.

종소리가 딸랑딸랑 울렸다.

"아~ 드디어 만났네."

귀에 익은 허스키한 목소리가 공기를 찢었다.

"오, 어서 와."

"정말이지, 다 군은 요전번에 오랜만에 왔더니 없고 말이지. 그 이후에 몇 번이나 들여다봤는데 늘 부재중이라니, 어떻게 된 일이야?"

집오리 같은 입이 애교스러운 목소리를 냈다. 옛 친구를 대하는 태도가 익숙한지 다다히토는 어깨를 가볍게 으쓱했다.

"여기 앉아도 돼?"

눈에 띄게 늘어진 턱이 카라의 옆을 가리켰다.

"그럼요. 전 이제 나갈 거니까요."

카라는 컵에 남은 커피를 들이켜고 일어났다.

"좀 더 느긋하게 있다 가도 돼."

카라는 미소 지으며 고개를 가로저었다.

"오늘은 구라바야시 씨의 심부름으로 왔을 뿐이니까요. 더구나 저녁 장도 봐야 하고요. 토마토 감사합니다."

카운터의 토마토를 끌어안고 가게를 나갔다.

미즈에는 부자연스럽게 긴 속눈썹을 깜박거리면서 그 뒷모습을 노려보았다.

"저 사람 누구야?"

"조카."

"조카라면 그……."

"그래."

다다히토는 무언가 말을 하고 싶어 하는 미즈에를 미소로 봉인했다.

"미안. 기껏 와줬는데 내가 없어서. 그래서 오늘은 뭐 마실래?"

"아, 응. 그러게. 과테말라…… 아 역시 구름 블렌드를 마실까?"

귀에 거슬리는 목소리를 뒤로하고 수도꼭지를 힘껏 비틀었다.

가게 창문으로 비쳐드는 햇빛이 꽤 희미해졌다. 시곗바늘은 5시에 가까워지고 있었지만 미즈에는 여전히 카운터석에 계속 눌러앉아 있었다. 이 두 시간 남짓한 시간 동안 손님이 몇 사람 왔다. 원두를 사기만 한 게 아니었다. 가게에서 커피를 마시고 가려고 하는 손님이 늘어도 그녀는 자리를 양보하려고 하지 않았다. 플러스 200엔에 리필해주는 커피는 진즉에 다 마셨다. 카운터석 한가운데에서 턱을 괴고 다다히토의 움직임을 눈으로 쫓았고, 틈만 나면 말을 걸었다.

이 여자는 '자이모쿠자의 구라바야시 씨'라고 해도 좋을 듯했다. 어쨌거나 남의 뒷담화를 좋아했다. 단, 구라바야시 씨와 결정적으로 다른 점은 저질스럽고 배려심이 부족하다는 점이었다. 아무리 단골이라고는 하지만 일일이 맞장구를 치는 다다히토에게까지 화가 났다. 뾰로통한 허스키 목소리가 점내에 울려 퍼졌다. BGM이 없으면 곤란한 건 이런 순간이다 싶었다.

"○코는 옛날부터 늘 우등생인 척했잖아. 옛날에는 나처럼 껄렁한 애들을 깔봤으면서 자랑이라던 딸애가 그 꼴이니 원……."

이 가게의 단골이기도 한 여자의 딸이 미혼모가 되어 본가로 돌아온다는 이야기가 일단락되었다. 그때 파도 무늬의 머그잔을 씻고 있던 다다히토가 말했다.

"커피 한 잔 더 마실래?"

미즈에는 웃음을 터뜨렸다.

"그게 뭐야? 오차즈케(교토 지방에서는 에둘러 말하는 문화가 강한데 오차즈케를 대접한다는 소리는 우리 집에서 당신에게 줄 수 있는 음식이라고는 물에 말은 밥뿐이라는 뜻으로 이만 돌아가 달라는 의미다-옮긴이)라도 먹으란 소리야? 나더러 집에 가란 소리지?"

"이해했어?"

다다히토가 눈으로 웃었다.

"미안한데 가게를 슬슬 닫고 싶어서."

미즈에는 눈을 가늘게 뜨고 다다히토 등 뒤의 시계를 보았다.

"폐점인 6시까지 아직 시간이 꽤 남았는데?"

입가를 한쪽만 치켜올렸다.

"진짜 미안. 오늘은 일찍 닫으려고. 볼일이 좀 있거든."

"……알겠어. 나도 엄마 밥 차려줘야 하니까."

다다히토보다 3학년 아래라서 겹치는 친구가 많음. 전직 서퍼. 돌싱. 자녀 없음. 직업 없음. 그녀는 바다가 보이는 본가로 돌아와 노모와 둘이서 살고 있음. 긴 체류를 통해 알게 된 프로필이었다. 번거로운 단골은 마침내 스툴에서 내려왔다.

"그럼 오늘은 이쯤에서 집에 갈까."

다다히토를 향해 손을 가볍게 흔들었다.

"그래, 또 보자."

밝은 갈색으로 물든 머리카락. 몸의 윤곽이 또렷하게 드러나는 니트에 청바지. 나이를 알 수 없는 뒷모습을 배웅하고 있으니 미즈에가 돌아보았다.

"그러고 보니 말하는 거 깜박했네. 그 조카 말이야."

미움이 담긴 눈이 이쪽을 보았다.

"왠지 짜증 나. 관계를 적당히 정리하는 건 어때?"

큰 소리를 내고 문이 닫혔다.

다다히토가 마침내 돌아온 정적을 깨듯이 말했다.

"휴. 저 녀석은 엉덩이가 무거워서 난감해."

애매한 미소를 띠고 카운터에 남은 컵을 치웠다.

옛날에 다다히토와 카라 사이에 무슨 일이 있었나? 어째서 그렇게 어색할까. 더구나 저 미즈에라는 여자가 한 말은 뭘까. 몇 가지 궁금증이 목까지 밀려올라왔다. 묻고 싶었다. 하지만 지난 일을 돌이켜봤을 때 자신은 어떤가? 질문받고 싶지 않고, 말하고 싶지 않은 게 산더미처럼 있었다. 모두 집어삼키고 컵을 씻었다.

"아유미 씨, 지금 시간 있어?"

등 뒤에서 목소리가 들렸다.

"네?"

돌아보자 조금 처진 눈이 웃었다.

"자전거로 잠시 같이 가줄 수 있나 해서."

거품투성이인 컵을 떨어뜨릴 뻔했다.

"네. 저기 시간은 있는데 어디로 가나요?"

"모르는 채로 기대하면서 가는 게 어떨까? 그럼 5분 뒤에 뒷문에서 봐."

다다히토는 로스팅기 공간으로 사라졌다.

'기대하면서 가는 것.' 다다히토의 말을 사탕처럼 혀 위로 굴려보았다. 두 배의 속도로 설거지를 마치고 가게를 정리했다.

뒷문으로 나가자 문에서 조금 떨어진 곳에서 다다히토

가 손을 가볍게 흔들었다.

"어라, 그 옷은."

"그래, 이 옷."

같은 바버 재킷을 걸치고 있었다.

"실은 나도 세트로 가지고 있어."

"죄송해요. 저 몰랐어요."

"사과할 게 뭐 있어. 이쪽이 그냥 입는 걸 꺼렸을 뿐이지. 그런데 오늘처럼 바람 부는 날에는 역시 바버가 최고지. 지금부터는 근처에 배달을 부탁할지도 모르니 이 가게 작업복으로 삼으면 세트라도 부자연스럽지 않아."

다다히토는 옆면에 'DANS LE VENT'라고 적힌 자전거를 밀면서 걷다가 가까스로 푸른 기를 남긴 하늘을 올려보았다.

"가마쿠라답군."

터지려는 웃음을 참고 큼직한 등 뒤를 쫓아갔다. 밟기 시작한 페달이 가벼웠다.

다다히토가 자전거를 왼쪽으로 꺾었다. 집으로 돌아가는 관광객을 곁눈질하고 와카미야 대로를 빠져나가 국도 134호로 나갔다. 멀리 에노시마가 보였다. 오른쪽으로 평탄한 호를 그리는 바다는 태양의 흔적을 받아 옅은 군청색으로 빛나고 있었다. 끈적한 바람이 이마에 닿았다가 관자놀이를 스쳐 지나갔다. 앞을 달리는 황록색 바버가 기우는 태양 속에서 검게 빛났다. 가깝고도 먼 큼직한 등……

그날도 등을 쫓고 있었다. 야자나무가 늘어선 미나미보소의 바닷가 길. 방과 후, 그와 둘이서 자전거를 타고 달렸다. 열네 살이었다. 교복 차림의 그는 페달을 밟으면서 돌아보며 말했다.

"그러고 보니 3반의 유카가 너랑 데이트하고 싶대."

바람 소리에 섞여 못 들은 척하고 페달을 밟았다.

"야, 듣고 있어? 유카가 데이트하고 싶대. 너랑 말이야. 엄청 마음에 들었나봐."

"닥쳐. 관심 없거든?"

그에게 있어서 자신은 친구였다. 그러나 나에게 그는 첫사랑이었다. 아무리 바람이 불어도 휘날리지 않는 까까머리가 싫었다.

바닷물 향기와 더불어 머리카락이 나부꼈다. 그로부터 뭐가 달라졌을까. 머리를 길러도 마음은 뛰어넘지 못했다. 그런데도 지금은 앞으로 나아가고 있다.

기울어지기 시작한 태양이 바다 위로 황금색 길을 그리고 있었다. 길은 완만하게 경사가 져 있었다. 맞바람이 불어왔다. 기어를 올렸다. 다다히토의 바버 옷자락이 낙하산처럼 부풀었다. 뒤를 쫓아가던 내 옷자락도 부풀었다. 둘이서 바람을 탔다.

다다히토가 핸들을 왼쪽으로 꺾었다. 이어서 핸들의 방향을 바꾸었다.

자전거는 이나무라가사키 곶의 주차장에서 멈췄다.

하늘과 바다가 눈앞에 펼쳐졌다.

"이쪽으로 와."

다다히토가 곶으로 향했다.

수평선이 물들기 시작했다. 조금 전까지 황금색이던 바닷길이 점차 붉은빛을 띠기 시작했다. 에노시마 건너편에는 군청색 후지산이 떠오르고 있었다.

삼각대를 세우고 파인더를 들여다보는 남자들, 바다를 등지고 셀카봉으로 촬영하는 여고생들, 어깨를 딱 붙이고 있는 커플, 시시각각 변하는 빛의 표정을 바라보려고 곶에는 수많은 사람이 모여 있었다.

"아래로 가."

발 언저리를 확인하면서 바위 밭으로 내려갔다. 구석에

먼저 온 손님 한 명이 바다를 바라보고 있었다.

다다히토가 앉은 자리에서 몸 하나가 떨어진 바위에 앉았다. 134호를 달리는 차 소리가 사라지고, 바위에 부딪쳤다가 사라지는 파도 소리만 울려 퍼졌다.

"앉아 있기에는 좀 불편하겠지만 노을을 바라본다고 생각하면 특등석일 거야."

습기 찬 바위 표면은 까끌까끌했지만 바다를 바라보기에는 이보다 더 좋은 장소는 없었다.

"그러고 보니 쭉 묻고 싶었는데……."

"네?"

'묻고 싶다'는 말에 무심코 몸을 사렸다.

"아유미 씨는 어떤 방에서 지내?"

다행이다. 집 이야기구나.

"2층의 대략 4평 정도 되는 방이에요."

"다다미방 옆 말이지?"

"네."

"역시. 그럴 것 같았어."

노을 속에서 다다히토의 얼굴이 누그러들었다.

"그 방에 지금도 책상 있어?"

서쪽 벽에 붙박이 책상과 책장이 있었다. 앤티크한 느낌이 마음에 들었다.

"네. 그런데 그걸 어떻게 아세요?"

"그거 옛날에 내가 썼거든."

"네? 그럼 혹시 그 책상의 글자……."

THE ANSWER IS BLOWIN' IN THE WIND

책상 끄트머리에 빈말로도 잘 썼다고는 할 수 없는 필체
로 새겨진 철학적인 문구였다.

"응. 대학 시절에 팠어. 조각칼로. 〈바람에 실려서〉의 가
사야. 형의 영향으로 밥 딜런에 푹 빠졌었거든. 하는 행동
이 어리숙하지. 그렇구나. 그 책상, 아직 건재했구나."

"점장님도 옛날에 오우치 카페에 사셨어요? 몰랐어요.
더구나 그 책상을 사용했다니. 저 그 불투명 유리창 엄청
좋아해요."

"아, 그 파도 무늬 말이지?"

"맞아요. 맞아. 해 질 녘에 들어오는 빛이 반짝반짝 반사
되거든요."

"나도 그 창문 좋아했어. 그 유리, 장인의 솜씨인데 다이
쇼 유리라고 해."

"다이쇼 유리요?"

"응. 일그러져서 파도처럼 일렁이듯 보이는 게 특징이잖아. 그때가 그립네. 옛날에는 자이모쿠자에 살았었는데 아버지가 돌아가신 후에는 요시미 절에서 토지임차권을 사서 그 집으로 이사를 왔거든. 맨 처음에는 어머니랑 형이랑 나랑 살았어. 그사이에 형이 결혼해서 카라가 태어났고……. 그런데 여러 가지 일이 있어서……."

거기까지 말하고 다다히토는 먼 곳을 보았다.

이 사람의 과거에는 무슨 일이 있었을까. 아마 앞으로도 가르쳐주지 않을 테다. 코에서 턱으로 빠져나가는 능선이 붉게 물들어갔다. 그 옆얼굴을 그저 응시하고 있었다.

"그야말로 바람에 실려서 여러 곳을 빈둥대며 여행을 다녔고, 도착한 도쿄에서 잠시 일했어. 이곳으로 돌아와 로스팅 가게를 시작하려고 했더니 신기하게도 형도 커피에 흠뻑 빠져 있더군. 그때부터였나, 또 종종 만나게 된 게."

어느새 수평선이 연보라색으로 물들기 시작했다.

"별로 중요하지도 않은 이야기를 했네. 그것보다 이거."

바버 주머니에서 작은 삼베 주머니를 꺼내더니 이쪽으로 내밀었다. 안에는 토마토 하나가 들어 있었다.

"내일 생일이지?"

"네? 그렇긴 한데 그걸 어떻게······."

"알려준다면 글래디스 씨밖에 없겠지? 작년에 누구 좋은 알바생이 없는지 상담을 했을 때 3월 9일생(일본에서 3과 9를 연달아 읽으면 상큐가 되고, 이는 영어의 땡큐를 의미한다-옮긴이)의 미인이 있다고 하더군."

붉은 빛 속에서 처진 눈이 웃었다.

"아유미 씨. 엄청 열심히 일해주잖아. 내 고마운 마음을 담아 토마토를 먹으면서 여기 석양을 볼까 싶었어. 하루 이르지만 생일 축하해."

다다히토는 주머니에서 토마토를 하나 더 꺼내더니 이쪽으로 치켜들고 베어 물었다.

"기뻐요······. 고마워요."

받아든 토마토의 묵직함을 손바닥으로 확인했다.

"뭐 하나 이야기해도 될까?"

장난스러운 눈이 이쪽을 보았다.

"토마토는 멕시코가 원산지인데 대항해시대에 유럽으로 전해지면서 이름이 바뀌었대. 영국에서는 러브애플이라고 한다네."

"러브애플이요?"

"응. 이름은 로맨틱하지만 이 새빨간 색으로 된 외관은 처음에 전혀 받아들여지지 않았나봐. 독이 있다는 소문이 돌았대. 그래서 금단의 과실로 비교되지 않았나 하는 말이 있어. 너무하지 않아? '이건 너무 빨개서 위험해'라면서 2세기 동안이나 먹지 않았다니. 막상 먹으면 이렇게 맛있고 건강한 음식인데."

"만약 점장님이 이 무렵에 영국에 살고 있었더라면 러브애플을 먹었을 것 같나요?"

"아마 먹었겠지. 난 욕망에 충실하고 세간의 시선 따위는 개의치 않으니까. 좋은 건 좋은 거고 원하는 건 원해. 그야 누가 뭐라고 하든 토마토는 맛있을 것 같으니까."

붉게 숙성된 하늘에 토마토를 비추어보았다. 서늘한 바람이 바다 향기를 실어왔다. 금단의 과실이구나. 한 입 베어 물었다. 팽팽하던 얇은 껍질이 터지며 달콤새큼한 맛이 퍼졌다.

◦◍◗

10시가 조금 지나자 농판의 인파도 일단락되었다. 높은 천장 아래로는 마주 본 L자형으로 둘러싼 작업대가 늘어서 있었다. 루콜라, 적근대, 유채꽃, 치커리…… 잎채소 옆

뿌리채소 코너에서 카라는 우두커니 서서 '하나에 200엔'이라고 손으로 쓴 팻말이 붙은 소쿠리에서 양파를 하나 집어 들었다.

"이렇게 말이죠, 둥글둥글하고 꼭대기가 여물어 있는 게 맛있어요."

카라는 손바닥으로 황금색 구를 굴리고 있었다.

"그렇군요."

나도 같은 소쿠리에서 하나를 들었다. 껍질에서 윤기가 나고 확실히 묵직했다.

"이거라면 월등히 맛있는 카레를 만들 수 있을 것 같아요. 벌써부터 기대되네요."

카라는 고개를 끄덕이고 건너편에서 단골과 세상 사는 이야기를 하는 아주머니에게 100엔짜리 두 개를 건넸다.

"이것도 안 가져갈래? 캔디비트. 통썰기 하면 소용돌이 모양으로 나와."

아주머니는 양파를 신문지로 싸면서 붉은 순무를 닮은 비트를 둥그스름한 턱으로 가리켰다.

"샐러드에 어울려요?"

"딱이지. 달달해서 생으로도 먹기 좋아."

카라는 비트를 들고 가만히 응시했다.

"그럼 이것도 주세요. 아, 안 싸주셔도 돼요. 그대로 주세요."

추가로 200엔을 건네고 비트를 받아 에코백에 넣었다.

"난 이거면 오케이예요. 아유미 씨는 다른 거 뭐 필요한 거 없어요?"

고개를 가로젓자 카라는 미안한 듯 이쪽을 보았다.

"미안해요. 나 우유부단해서 장 보는 게 느려요. 미키코랑 같이 장을 보러 올 때마다 '왜 그렇게 굼떠? 너랑 두 번 다시 안 와'라고 자주 혼나요. 짜증나지 않았어요?"

"전혀요. 굳이 따지자면 나도 카라 씨랑 같은 타입이에요. 이쪽이야말로 미안해요. 마음대로 따라와서요."

자신의 생일을 축하하기 위한 장을 보는데 따라오다니 생각이 너무 짧았다. 하지만 오늘은 카라와 단둘이서 시간을 꼭 보내고 싶었다.

"아니에요. 오히려 이렇게 둘이서 장을 보러 와서 다행이에요. 아유미 씨의 취향도 알았으니까요."

카라는 가마쿠라 채소가 담긴 에코백을 치켜들고 미소 지었다. 둘이서 농판을 나와 집으로 갔다. 화창한 하늘에서 솔개가 기분 좋은 듯 원을 그리고 있었다.

"날씨가 좋네요."

하늘을 올려다보고 카라가 큭 웃었다.

"왜 그래요? 카라 씨, 왜 갑자기 웃어요?"

"아, 지금 무심코 '소춘처럼 좋은 날씨네요'라고 말할 뻔했어요. 저 바로 얼마 전까지 소춘 같은 날씨가 오늘 같은 날씨라고 생각했어요. 소소하게 봄을 발견한 듯한 날씨 말이에요. 그런데 실은 가을의 끝자락에서 겨울의 시작에 걸친 따뜻한 날을 뜻한대요."

"맞아요. 소춘은 가을의 끝자락에서 느낀 봄 같은 햇살을 말해요. 그런데 좀 의외네요. 카라 씨는 엄청 박식하잖아요."

"그럴 리가요. 오히려 뭘 잘 몰라요. 전 낯을 가리다가도 익숙해지면 갑자기 뭔가를 가르쳐주고 싶어 하고 말하고 싶어 하는 사람이 되나 봐요. 자잘한 지식을 알게 되면 바로 말하고 싶어지니 그렇게 보일 뿐이에요. 엉터리예요. 엉터리면서 착각이 심하죠."

카라는 짓궂게 웃었다.

"소춘은 인디언 서머라고도 하잖아요. 저 이것도 초봄이라고 착각했지 뭐예요. 미키코한테 지적받고 처음 알았어요. 음침하고 친구가 별로 없으니 잘못 기억해도 수정받을 기회가 적을지도 모르죠."

"카라 씨가 음침하면 전 뭐예요? 음침한 데다 습하기까지 해서 최악이죠."

"그럴 리가요. 아유미 씨, 담백한 성격이잖아요. 어둠이랑은 전혀 상관없는 느낌인데요?"

"아니에요. 실은 바닥을 알 수 없는 늪처럼 질퍽질퍽하고 걸쭉걸쭉해요."

"또 그런다."

조금 처진 눈이 웃었다.

몇 미터 앞에서 경보기의 붉은 램프가 새된 소리를 내며 깜박거리고 있었다. 바다색 전철이 지나갔다.

건널목 앞까지 오니 차단기가 올라갔다. 평소에는 우울하게 기다리는 시간이었는데 오늘만큼은 이곳에 멈춰 서서 시간을 벌고 싶었다. 집에 도착하기 전까지 어떻게 해서든 이야기하고 싶은 게 있었다. 어젯밤부터 내내 이야기를 꺼낼 방법을 생각했는데, 막상 상황이 닥치자 머리가 새하얘져서 무엇부터 이야기해야 좋을지 알 수 없었다.

건널목을 건너 이마코지를 가로질러 주택가로 들어갔다. 카라는 느긋한 발걸음으로 길거리의 정원수를 바라보면서 걸었다. 찍찍찍찍 하고 어디서부터인가 새가 지저귀는 소리가 들렸다.

"아, 봐요."

카라는 검지를 비스듬히 위를 향해 가리키고 읊조렸다.

"저기 저거요."

앞쪽 집의 울타리에서 들여다보이는 매화나무에 동박새가 멈춰 있었다. 붉은 꽃잎 속에서 흰 아이라인이 비쳤다.

"동박새는 꽃의 꿀을 엄청 좋아한대요. 이 계절이 되면 매화나무에 앉은 동박새가 엄청 많아요."

두 사람의 시선이 신경 쓰였는지 동박새는 붉은 꽃 안에서 스텝을 밟다시피 하다가 날아가버렸다.

"너무 뚫어져라봤나?"

카라도 고개를 끄덕였다.

"동박새가 수줍었을지도 모르죠."

서로 웃은 후에 대화가 끊어졌다. 한 걸음 더 내딛고서 이야기하자. 마음속으로 반복하는 동안에 모퉁이까지 오고 말았다. 오우치 카페 입구 근처에서 미모사가 흔들렸다. 슬슬 타임리밋이었다.

"카라 씨."

"왜요?"

미모사 꽃 앞에서 걸음을 멈추었다. 노란색의 작은 봉봉이 모여 있었다. '괜찮아요. 용기를 내요.' 그리 말하는 듯했다.

"우리는 이 꽃을 미모사라고 부르지만 식물학자 입장에서 미모사는 존재하지 않는대요."

"그래요?"

"네. 정식명은 아카시아 딜바타라고 한대요. 유럽에서 가지고 왔을 때 미모사 아카시아랑 헷갈리다가 어느새 아카시아가 생략됐대요. 참고로 미모사는 함수초를 뜻해요. 색은 핑크지만 형태가 엄청 많이 닮았나봐요."

"그랬군요. 전혀 몰랐어요. 아유미 씨야말로 엄청 박식한데요?"

이미 그 말에 대답할 여유가 없었다.

"저도 마찬가지예요. 여자로 보이지만 사실 여자가 아니에요……."

말끝이 떨렸다.

"네?"

카라의 표정이 굳었다.

"미안해요. 미모사를 예로 들면 오히려 이해하기 힘들죠……?"

오른쪽 뺨에 시선을 느꼈지만 미모사의 노란색만 바라보다 말을 이어나갔다.

"미치나가 아유미라는 생물학적인 여자는 이 세상에 없어요. 저는 LGBTQ의 T예요. 트랜스젠더라고 하죠. 유전자는 남자고요. 그런데 이것만큼은 믿어줘요. 마음은 철이 들었을 무렵부터 내내 여자였어요."

카라는 아무 말도 하지 않았다.

가족은 알고 있는지. 언제부터 여장을 했는지. 수술은 했는지. 어째서 목소리가 여자 같은지. 가슴이 있는 것처럼 보이는 건 왜인지. 여자와 남자, 어느 쪽을 좋아하는지. 지금까지 화살처럼 질문을 뒤집어써왔다. 카라도 묻고 싶은 질문이 산더미처럼 있을 터였다. 하지만 아무것도 묻지 않았다. 경악하지도, 무서워하지도, 실망하지도 않았다. 다 꿰뚫어보는 듯한 올곧은 시선이 이쪽을 응시하고 있었다.

"이런 제가 여성 한정인 오우치 카페에 들어오는 건 안 되죠? 미안해요. 그런데 누가 뭐라 하든지 제 내면은 여자예요. 알아줬으면 해요. 모든 걸 받아들여주기를 바란다고는 말 안 할게요. 그저 이 가마쿠라에 쭉 살고 싶어요. 있는 그대로의 자신으로 이곳에 있고 싶어요. 무슨 말이 하고 싶은지 나도 모르겠어요. 그래도 어쨌거나 말해야 한다는 생각은 했어요. 미안해요…… 먼저 집으로 갈게요."

숨이 막힐 듯했다. 푸른 나무 문을 지나 집으로 들어가

2층으로 올라갔다. 그리고 자신의 방에 달려가서 뒷짐을 지고 문을 닫았다. 어제 피운 아로마 캔들의 잔향에 휩싸였다. 샐비어와 씨솔트가 어우러진 바다 향기였다. 평소에는 안락한데 오늘은 아니었다. 쿵쾅대는 가슴이 진정되지 않았다. 다이쇼 유리 건너편의 풍경이 희미하게 보였다. 어쩌지. 말하고 말았다. 정신이 나갔다. 어째서 말해버렸을까. 스스로 정한 일인데 후회하는 마음이 파도처럼 밀려왔다. 매트리스에 푹 엎드렸다.

철이 들었을 때부터 몸과 마음이 뒤죽박죽이었다. 남자라는 그릇에 여자인 자신이 계속 허우적댔다. 마음속에 잠겨 있던 기억이 억지로 떠올랐다.

스물셋이었을 때 회사 동기 여자에게 고백을 받았다. 연애 대상은 될 수 없지만 사람으로서 호감이 가는 상대였다. 망설이고 망설이다가 사귈 수 없는 이유를 말했다. 그러자 일주일 후 온 회사에 '성소수자'라는 게 널리 알려졌다. 옆자리 남자 사원이 히죽거리며 말했다. "난 그쪽 취향이 아니니 덮치지 마." 자신을 괴물처럼 보는 시선에 견딜 수 없어져서 회사를 관뒀다.

스물다섯 살 정월이었다. 지바의 본가로 돌아가 엄마에

게 모든 것을 털어놓았다. 자신을 속이고 살아가는 게 한계다, 앞으로는 여자로 살아가고 싶다, 그렇게 선언했다. 하지만······.

"너한테 여성스러운 면이 있는 건 나도 알고 있었어. 네 인생이야. 그리 바란다면 도쿄에서 원하는 대로 살면 돼. 다만 이 일은 둘만의 비밀로 하자. 난 누구한테도 말하지 않고 무덤까지 가지고 갈게. 그러니 무슨 일이 있어도 아버지한테는 말하지 마. 외동아들이 여장을 하고 살아간다는 걸 알면 그 사람 정신이 나갈 거야. 그러니 부탁할게. 친척 모임에서는 지금까지처럼 평범하게 남자로 있어줘."

엄마는 오열했다. 자신이 여자로 살아가는 게 부모님을 상처 입히는 일일까. 엄마, 울고 싶은 건 이쪽이야······. 엄마의 손을 가만히 계속 잡아주는 수밖에 없었다.

'LGBTQ'라는 말이 널리 알려져도 자신을 에워싼 상황과 살아가는 괴로움은 그 무엇 하나 개선되지 않았다.

헤이즐넛색 눈동자의 남자에게 차이고 귀국한 후에는 부동산 회사에서 일했다. 채용해준 인사팀 남자 직원은 모든 것을 안 후에 술자리에서 술 냄새를 푹푹 풍기며 속삭였다.

"여자로 보여도 옷 안에는 남자인 그대로지? 실은 나도 바이라서 남자라도 괜찮아."

"그런 거 아니에요."

"뭐야? 혹시 동남아시아 같은 데서 수술했어? 뗐어? 그건 그것대로 보고 싶네."

무릎으로 뻗어오는 손을 힘껏 뿌리쳤다. 순식간에 '여장 남자'라는 소문이 퍼졌다.

신뢰도, 우정도, 연애도 있는 그대로의 자신을 드러내는 순간 자취도 없이 무너졌다. 모든 것이 180도 달라지고 두 번 다시 원래대로는 돌아오지 않았다. 그렇다면 아무 말도 하지 않고 지내는 게 제일 나을 테다. 외양이 남자일 때는 마음의 성을 감추었고, 여자의 외양으로 살기 시작하고 나서는 몸의 성을 감추었다. 있는 그대로의 자신으로 있을 수 없다는 답답한 마음으로 하루하루를 보내왔다.

이제 지쳤다. 오늘로 서른일곱이다. 이제는 그냥 자신의 모습으로 살아가고 싶다.

매트리스에서 일어나 붙박이 책상 앞에 앉았다.

THE ANSWER IS BLOWIN' IN THE WIND

사십 몇 년 전에 나뭇결에 새겨진 거무스름해진 글자 끝에 다다히토한테서 받은 피베리를 마침표처럼 놓았다.

우연히 본 프로그램에서 가마쿠라에 매료당했고 우연히 SNS의 모집 글을 발견해서 이 오우치 카페로 왔다. 그리고 지금 옛날 이 방에 살았던 남자의 곁에서 일하고 있다. 우연인지 필연인지, 그런 건 아무래도 상관없다. 자신의 의지로는 어찌할 수 없는 일에 계속 사로잡혀서 괴로워하기만 했다. 그렇다면 바람에 맡긴 인생. 있는 그대로 살아가자.

자신을 그리 타일러도 마음속의 잔물결이 가라앉지 않았다. 피베리를 바지 주머니에 넣고 문을 열었다. 토마토가 바짝 졸아든 냄새가 났다.

계단을 내려갔다. 식탁 한가운데에 미모사가 장식되어 있었다. 오늘부터 새로 입주하게 된 노부인이 불안해하는 듯한 등을 보이고 앉아 있었다. 곁에 있던 사토코가 돌아보고 말했다.

"아유미 씨, 이쪽은 가토 지에코 씨, 조금 전에 오셨어."

"안녕하세요. 미치나가 아유미입니다."

건너편 자리에 앉기 전에 고개를 가볍게 숙였다.

"앉은 채로 인사해서 미안해요. 가토라고 해요. 앞으로 잘 부탁드려요."

베이지색 니트를 입은 가토 씨는 차분한 목소리로 말하더니 허리부터 위를 사뿐히 접었다. 구석구석 손질된 잿빛의 가르마가 보였다.

"아유미 씨는 오늘이 생일이에요. 그래서 겸사겸사 가토 씨의 환영회도 겸해서 카레 파티를 열기로 했어요. 구라바야시 씨한테 들었을지도 모르지만, 오우치 카페는 매주 토요일 메뉴가 카레로 정해져 있어요. 그리고……."

사토코는 곁에 앉은 새로운 입주자에게 오우치 카페에 대해 계속 설명하고 있었다.

각각의 자리 앞에는 가마쿠라 채소 샐러드가 놓여 있었다. 빨강, 노랑, 보라…… 알록달록한 리본 모양의 당근 위에 캔디비트 두 개가 이쪽을 보고 있었다.

카라와 미키코가 부엌에서 카레를 옮겨왔다.

"어라, 아유미 씨. 때마침 잘됐어요. 지금 부르러 가려고 했는데."

카라는 아무 일도 없었던 듯 접시를 놓았다. 파란 접시에 토마토색 소스, 옆에 원통형으로 썬 토마토가 곁들여져 있었다.

"예뻐요."

순간적으로 어색함을 잊고 말이 새어나왔다.

"신선한 토마토의 맛을 살리려고 무수분 카레로 만들어 봤어요."

카라는 여느 때의 미소로 말했다.

"맛있겠어요. 저, 토마토 카레 처음 먹어요. 생각보다 빨가네요."

자신의 접시를 들여다보는 사토코의 말에 미키코도 고개를 끄덕였다.

"맞아 맞아. 겉보기에는 토마토 칠갑에 새빨갛지만 맛은 카레야. 어, 냄새에 혹했어? 츤도 왔네."

거실 소파 앞에 앉아 있던 츤이 사토코의 다리 언저리로 다가왔다.

"얼렁얼렁 먹자."

직사각형 테이블의 짧은 모서리에 앉은 카라는 비스듬히 앞에 있는 미키코를 보면서 웃었다.

"미키코도 참, 늘 얼렁얼렁 먹자고 한다니까. 그럼 여러분 손을 모읍시다."

모두가 일제히 "잘 먹겠습니다"라고 말했다.

붉은 소스를 떠서 입으로 옮겼다. 응축된 토마토의 맛 속에 양파와 치킨의 감칠맛과 향신료가 서로 어우러져 녹아 있었다.

"이거 뭐야? 진짜 맛있어! 토마토, 양파, 치킨은 그냥 먹어도 최고의 조합인데 거기에 카레 풍미가 더해지니 못 참겠네."

미키코가 스푼을 엄청난 기세로 움직이면서 말하자 사토코도 이어서 말했다.

"나도 이거 내 취향이야. 별점 다섯 개. 토마토 카레라고 처음 들었을 때는 왠지 묽은 카레를 상상했는데 역시 카라 씨, 물을 넣지 않다니. 가토 씨, 어때요?"

"네. 엄청 신기하네요. 맛있게 먹을게요."

갑자기 이야기를 걸자 당황한 듯했지만 그 말에 거짓은 없는지 접시의 카레는 확실히 줄어가고 있었다.

"다행이에요. 그 말 듣고 한시름 놨어요. 실은 토마토 카레 오늘 처음 만들었어요. 삼촌이 토마토를 주면서 카레를 만들어보면 어떻겠냐고 했을 때 내심 '뭐 토마토로?'라고 생각했어요."

카라의 말에 미키코는 고개를 두 번 끄덕였다.

"역시 꽃미남 삼촌. 센스도 죽이네. 나도 이렇게 보여도 극보수적인 사람이니까 '토마토 카레 그게 뭐야?'라고 생각했어. 그런데 먹어보니 와아."

엄지를 세우더니 이쪽을 보았다.

"아유미 짱은 어때? 오늘 주인공 중 한 사람인데 왠지 조용하네."

"엄청 맛있어요. 원래부터 토마토를 엄청 좋아하기도 하고요."

그쯤에서 이야기를 마칠 터였다. 하지만 입술이 제멋대로 움직였다.

"저기 잠시만 개인적인 이야기를 해도 될까요? 카라 씨한테는 조금 전에 같은 이야기를 했는데……"

카라가 걱정스러운 눈으로 이쪽을 보았다. 하지만 이야기를 한다면 이 타이밍밖에 없었다. 바지 주머니에서 다다히토에게 받은 피베리를 꽉 쥐었다.

"저…… 지금까지 모두에게 큰 거짓말을 했어요. 여기 입주 조건은 여성인데 죄송해요. 저, 남자예요. 저 스스로 인식하는 성은 여자지만 몸의 성은 남자라서 트렌스젠더인데……"

"뭐어?"

미키코의 작은 눈동자가 부자연스러울 정도로 크게 흔들렸다.

"어, 잠시만. 오늘 3월 9일이죠? 이거 새로운 만우절인가요?"

아무도 아무 말도 하지 않았다.

미키코는 시선을 떨어뜨리고서 접시에 남은 카레를 그러모았다.

토마토 카레를 둘러싼 온화하던 분위기가 순간적으로 얼어붙었다. 동박새가 우는 소리만이 울려 퍼졌다.

"게나 프라이드치킨을 먹을 때는 말수가 적어지잖아. 토마토 카레도 마찬가지로 맛있으니까 다들 입을 다물게 되네…… 미안, 아유미 짱, 전혀 거들어주지 못하고 있네."

입주했을 때부터 여러모로 신경을 써주던 미키코는 생각 이상으로 깜짝 놀라서 어찌할 바를 몰라 하고 있었다. 역시 말하지 말았어야 했나. 이젠 그냥 진실을 말하고 싶었다. 그리 절실히 생각했는데 지금의 행동은 자신의 이기심인 걸까.

카라가 만들어준 토마토 카레를 떠서 입으로 옮겼다. 시큼했지만 달달했다. 고수, 쿠민, 강황, 칠리페퍼…… 여러 향신료가 서로 녹아 있었다. 그렇다, 서로 녹아들고 싶은 것이다, 나도 더 자연스럽게. 하지만 미움받을지도 모른다. 두려움의 대상이 될지도 모른다. 그런데도 어느새 있는 그대로의 자신으로 이 멤버들에게 녹아들고 싶었다. 자신도 모르게 눈물이 뺨을 타고 흘러내렸다.

미키코가 등 뒤의 내닫이창에 있던 갑 티슈를 들고 와서 앞에 놓아주었다.

고마워요…… 말로 하지 못하고 고개를 숙였다. 코를 훌쩍이고 있으니 종아리 부근에 작은 생명체가 축축한 코를 갖다대고 있었다. 츤은 진즉에 알아차렸나? 내가 여자가 아니라는 사실을.

"아유미 씨, 왜 그렇게 미안해하는 거야?"

사토코가 입을 열었다.

"그거야……."

이유를 제대로 말할 수 없었다. 지금은 그저 사과하는 수밖에 없었다.

스푼을 움직이던 손을 멈추고 사토코는 이쪽을 똑바로 보았다.

"사과할 필요 없어. 뭐가 잘못된 거야? 아유미 씨, 마음은 여자잖아. 그럼 아무 거짓도 없는 거잖아. 여기 입주자 조건도 만족했고 말이지."

"그래 그래."

미키코가 맞장구를 쳤다.

"애초에 입주자 조건이라고 해도 그냥 대충 쓴 거야. 내가 생각나는 대로."

"더구나 숨기는 게 있다고 한다면 나도 미키코 씨도 내내 숨기는 게 있어."

사토코가 덮어씌우듯이 말했다.

"응?"

"아유미 씨가 들어오고 나서 한동안 코골이가 심했어. 그래서 그사이에 잠을 전혀 못 잤어."

"사토 짱, 그 말은 좀······."

미키코가 미간에 주름을 새기면서 사토코를 보았다.

몰랐다. 그리고 보니 갓 잠이 들 때 즈음 자신의 코골이 때문에 잠에서 깬 적이 있었다. 그런데 설마 복도를 사이에 둔 방까지 굉음이 났을 줄이야. 구멍이 있다면 숨고 싶었다. 뺨이 붉어지는 걸 스스로도 알 수 있었다.

"죄송해요. 저도 참······."

사토코가 고개를 가로저었다.

"전혀 미안해할 거 없어. 코골이는 단순한 생리 현상이잖아. 사과할 것도 창피해할 것도 없어. 내가 그냥 걱정했을 뿐이야. 수면무호흡증이 아닌가 해서. 그거라면 일상생활에도 지장이 있으니까. 그런데 미키코 씨가 '아마 스트레스성일 테니 상황을 지켜보자'고 했어. 실제로 요즘 들어 전혀 안 들리게 됐으니까."

"그래도 알려주시질 그랬어요. 고마워요."

아마 아직 토마토처럼 얼굴이 빨개져 있을 테다. 그런데도 거북한 사람 취급을 당하는 것보다는 이게 훨씬 나았다. 적어도 요 몇 분간의 커밍아웃 후의 어색함을 잊을 수 있었다.

"생판 남이 한 지붕 아래에서 사는 걸? 아무것도 숨기는 게 없는 편이 더 이상해. 그런데 알다시피 난 사이타마에서 태어나 후쿠이에서 삶의 터전을 일궈왔던 전직 시골 아줌마야. 아유미 짱이 한 커밍아웃으로 지금 심장이 벌렁거리고 있고. 혹시 앞으로 배려가 부족한 소리를 할지도 몰라. 그래도 이상할 만큼 너무 신경 쓰는 것보다는 훨씬 나을 거야. 그러니 난 지금처럼 지낼게. 너도 그럴 거지?"

미키코는 비스듬히 앞에 앉은 카라를 보고선 한숨을 쉬었다.

"야, 넌 왜 아까부터 가만히 웃고만 있어? 무섭게 말이야. 어디까지 마이페이스로 굴 작정이야?"

카라는 친구의 말을 못 들은 척하고 동박새가 대합창하고 있는 정원을 바라보고 있었다.

"그거 알아? 메지로오시(메지로는 동박새를 뜻하며 오시는 서로 밀고 당기는 모습을 뜻한다-옮긴이)는 동박새가 나뭇가지에서 서로 밀치락달치락하면서 늘어서 있는 모습에서 나온 말이래."

"그래서 무슨 소리가 하고 싶은데? 카라가 하는 말은 영문을 모르겠어."

미키코가 힘없이 웃었다.

"음, 우리도 동박새처럼 사이좋게 살고 싶다는 소리야. 이 집은 오래됐고 난 어두운 사람이야. 딱히 장점 없는 오우치 카페지만 이렇게 다 같이 식사를 할 때는 딱 붙어서 수다를 떨고 싶어. 다들 저마다 남이 건드리지 않아줬으면 하는 부분도 있을 거야. 신체적인 콤플렉스나 성장 배경, 그 사람 자신의 성격, 학력……. 본인에게 있어서는 큰 고민이라도 남이 보면 대수롭지 않거나 그 반대이기도 할 거야. 타인끼리 살아간다는 건 간단하지 않아. 당연한 일이지. 그런 와중에 다른 점은 다른 점으로 인정해주면 좋겠다 싶어. 예를 들면 앞으로 서로 상처를 입히는 일이 있을지도 모르지만, 모쪼록 마음만큼은 닫지 말아줬으면 해."

카라의 미소가 눈물로 흐려졌다.

"어머나……. 죄송해요. 설교 같은 소리나 해대고."

"아니에요. 고마워요. 그리고……."

조금 전부터 내내 궁금했다. 그래서 눈앞에 심기가 불편

한 듯이 앉아 있는 새로운 입주민에게 말을 걸었다.

"죄송해요. 제 이야기 때문에 어색해져서요. 오늘은 가토 씨의 환영회이기도 한데 말이죠."

"아뇨. 전 여기에 있게 해주는 것만으로도 충분해요."

가토 씨가 고개를 가로저었다.

카라가 미소 지으며 일어났다.

"아유미 씨, 파티는 아직 안 끝났어요. 디저트가 있어요. 러브애플 케이크. 잠시 기다려요. 지금 아주 맛있는 커피를 내려줄 테니까."

순간 카라와 다다히토의 얼굴이 겹쳐 보였다.

"러브애플? 그게 뭐야?"

사토코가 고개를 가로저었다.

"먹기 전까지 기대하세요. 그리고…… 먹으면서 알려줄게요."

"나왔다, 나왔어. 말 많은 부장님 모드!"

미키코의 말에 후훗 하고 웃더니 카라는 부엌으로 사라졌다.

제5장

비화낙화

지에코

연못 부근에서 거북이가 엎드려 일광욕을 하고 있었다. 분홍빛 꽃잎이 춤을 추며 잿빛 등에 떨어졌다. 쓰루가오카 하치만구 연못을 바라보는 벤치에 앉은 채 지에코는 하늘을 올려다보았다. 희미하게 보랏빛이 감도는 하늘에 새의 날개 같은 구름이 떠 있었다. 어제부터 24절기의 새로운 절기인 청명에 들어섰다. 아침 햇살에 비춰져 모든 만물이 생기로웠다.

한 달 전에 이곳으로 왔다. 그때는 가와즈 벚꽃과 히간 벚꽃이 아름다웠다. 지금은 왕벚나무가 연못을 둘러싸다시피 흐드러지게 피어 있었다.

대형 기둥 문에 가까운 건너편 강가는 관광객과 아이 동반 가족으로 시끌벅적했다. 하타아게벤자이텐 신사 바로 앞의 붉은 다리 위에서 자그마한 남자아이가 재잘거리고 있었다.

"런~던 브리지 프—리—덤 프—리—덤."

음정이 어긋난 보이소프라노가 귓불에 되살아났다.

"그렇게 큰 소리로 노래 부르면 다른 분들한테 민폐잖니. 잇 짱, 얌전히 연못 구경해야지. 이 다리 오른쪽이 겐지 연못, 왼쪽이 헤이케 연못이라고 해."

손주인 이쓰키는 이쪽의 이야기는 듣는 시늉도 하지 않고 다리 위에서 깡충깡충 뛰면서 갓 익힌 영어로 〈런던 브리지〉의 절정을 반복해서 부르고 있었다.

"아무리 쿵쿵거려도 무지개다리는 안 무너져."

이쓰키는 깡충대기를 멈추지 않았다. 다리 대신에 벚꽃이 연못으로 흩날리며 떨어졌다. 이쓰키가 유치원에 다니던 만 다섯 살 무렵이었다.

지에코는 옆에 있던 토트백에서 스마트폰을 꺼냈다. 주황색 다리와 벚꽃, 벤자이텐 신사에서 나부끼는 흰 깃발이 제대로 담기도록 앞뒤 좌우를 움직여 셔터를 눌렀다. 갓 찍은 사진을 체크했다. 완성도가 나쁘지 않았다. 공유 버튼을 누르자 라인 마크가 나왔다. 또다시 탭했다. '공유 상대 선택'이라는 화면으로 바뀌었다. 친구 리스트 제일 위에 ITSUKI KATO의 아이콘이 나왔다.

'쓰루가오카하치만구 벚꽃 기억하니? 옛날에 같이 여기에 왔었잖아.'

그런 말도 곁들여서 보낼까. 스마트폰 화면 위에서 검지가 떨렸다.

관뒀다. 보내면 답을 기대하게 된다. 읽음 표시만 뜨고 무시당했을 때를 생각하면 견딜 수 없었다. 할머니 껌딱지 같았던 이쓰키. 노인의 날에 효도폰을 선물해준 이쓰키. 라인 사용법을 가르쳐준 이쓰키. ……바로 얼마 전까지는 다정하게 이야기를 나누었는데 내가 집을 나가고 나서는 연락 한번 주지 않았다.

물가에서 사료를 쪼아 먹고 있던 비둘기가 일제히 날아올랐다. 스마트폰에 표시된 시간에 눈길을 주었다. 오우치 카페를 나서고 한 시간이 지나려고 하고 있었다. 조금 전에 "산책 좀 다녀올게요" 하고 집을 갓 나섰는데. 요즘 들어 무서울 정도로 시간이 빨리 흐른다.

꽃잎이 살랑살랑 춤추었다. 여러 장의 꽃잎이 연못에 떨어져 꽃잎으로 이루어진 뗏목처럼 정처 없이 흘러갔다. 꽃이 만발하는 시기는 허무할 정도로 짧다. 벚꽃은 무엇을 위해 피는 걸까. 토트백에서 윌리엄 모리스의 〈딸기 도둑〉이 그려진 노트와 펜을 꺼냈다.

'피기 위하여 산산이 흩어지는 꽃은 어디로 가나.'

머리에 떠오른 한 구절을 써내려갔다. 왠지 느낌이 여실히 오지 않았다. 끝의 다섯 글자 '어디로 가나' 위에 이중

선을 그었다.

'피기 위하여 산산이 흩어지는 꽃의 생명이어라.'

여전히 뭔가가 틀렸다. '생명이어라'에 선을 두 줄 그었다. 벚나무에서 멀어진 꽃잎은 앞으로 어디로 갈까.

'피기 위하여 산산이 흩어지는 꽃의 뗏목이어라.'

자신의 인생의 목적지가 없다는 사실을 눈앞에 떠도는 꽃잎에 비유한 것 같았다.

대형 기둥 문 쪽에서 기품 있는 노부부가 다가왔다. 백발의 아내가 옆에 앉더니 이쪽을 보고 미소 지었다. 호기심으로 가득 찬 시선이 손 언저리의 노트에 쏟아졌다. 그만해. 말 걸지 말아줘. 순간적으로 몸이 경직되었다. 상대의 기분을 나쁘게 할 정도의 속도로 노트를 탁 닫았다. 얼른 일어나 가려고 했지만 마음처럼 일어날 수 없었다. 양손을 짚고 다리에 힘을 실어 일어난 다음 노부부에게 미소를 지어 인사하고 벤치를 떠났다. 이런다고 해서 아무 소용도 없는데 어째서 도망치는 걸까. 옛날의 자신은 이렇게까지 완고하지 않았다. 오후나의 집에서 쫓겨난 이후부터 현저히 사람을 싫어하게 되었다.

하치만구를 등지고 대형 기둥 문을 지나갔다. 와카미야 대로 중앙에 흙이 쌓여 있는 참배로로 차가 다니는 길보다 한 단 높은 단카즈라 양옆으로는 벚꽃길이 이어졌다.

"꽤 흐드러지게 피었네."

"아직 위는 허전하긴 하지만."

등 뒤에서 두 여성이 이야기하고 있었다. 몇 년 전 고목을 대신해 새로 심은 벚나무는 아직 어렸다. 예전의 분홍색의 멋들어진 아치에 필적할 수 없을 테다.

꽃 틈새로 보이는 하늘을 바라보면서 걷고 있으니 가방 안에서 스마트폰이 진동했다. 화면을 보자 아들 이름이 표시되어 있었다. 가장자리에 있는 석등 앞으로 다가가서 전화를 받았다.

"여보세요."

"나야."

밀실에서 거는 듯 목소리가 나지막했다.

"누구세요?"

"누구냐니, 나라고, 나. 소타."

"정말 소타니?"

오랜만에 듣는 목소리라 타인이라는 생각만 들었다.

"뭐? 무슨 소리야? 노망들었어? 당연히 나지."

엄마를 무시하는 듯한 말투는 틀림없이 소타였다.

"누군가 네 스마트폰을 주워서 전화를 걸었을지도 모르

잖아."

못 들어주겠다는 듯 한숨이 전해져왔다.

"1972년 5월 8일생. 이제 믿어?"

"알겠어. 그런데 대체 무슨 용건으로 연락했니?"

"아니, 그 후로 건강하게 잘 지내나 해서."

'잘 지내고 있냐'니 적반하장도 유분수지. 오후나 집을 나온 그날, 소타는 정말 매정했다. "나머지는 이쪽에서 처분할게. 잘 가." 그게 작별 인사였다. 우선 소지품을 간이 창고에 맡기고 캐리어 하나만 들고 집을 나왔다. 정착할 집도 정하지 않고 비즈니스호텔에서 눈비를 피했다. 그런 비참한 기분은 앞으로도 경험하기 어려울 것 같다.

왜 쫓겨났을까. 100평 남짓한 그 땅은 원래 시부모에게 물려받은 것이었다. 그곳에 남편이 집을 지었다. 소타가 결혼한 해에 2세대 주택으로 살 수 있도록 수리까지 했다. 그 유일한 재산이 어느새 타인의 손에 넘어가고 말았다. 모든 단계가 끝나가자 마침내 소타가 진실을 털어놓았다. 내 인감을 마음대로 가지고 가서 가게 개업자금의 담보로 잡았다는 것이다. 사업에 실패한 건 어쩔 수 없었다. 하지만 어째서 그 대가를 자신이 져야만 할까. "미안해"라는 한마디로 끝내려고 하는 아들에 대한 화는 여전히 가라앉지 않았다.

부드러운 바람이 불어왔다.

"내 안부를 묻다니 웬일이니?"

스마트폰을 한 손에 들고 팔랑팔랑 흩날리는 꽃잎을 잡으려고 했다. 왼손이 허무하게 하늘을 갈랐다.

"그야 부모 자식이니 보통은 신경이 쓰이지. 그래서 이번 주말에라도 찾아가보려고 하는데."

"주말은 붐벼."

"그런가? 그럼 내일은?"

"너무 갑작스럽네."

"한가하니까."

오후나에서 하던 와인바가 도산하고서 소타는 주부가 되었다. 생활비는 간호사인 아내, 미키코가 벌고 있다.

"그럼 알겠어."

점심이라도 먹자고 하려다가 관뒀다.

"……차라도 마시자."

"응. 어디 괜찮아 보이는 가게 찾아볼게. 만날 장소는 나중에 라인으로 보낼게."

전화는 일방적으로 끊어졌다. 한없이 제멋대로인 외동아들이었다. 그런데도 재회하는 게 어딘가 기뻤다. 그래서

우스워 보이는 걸까.

벚나무가 만든 아치는 여전히 이어졌다. 쓰루가오카하치만구와 유이가하마 해변을 잇는 단카즈라는 요리토모가 마사코의 순산을 위해 만들었다고 한다. 반세기 전 소타를 가졌을 때 이 참배로를 지나갔으면 소타도 조금은 나은 사람으로 자랐으려나.

붉은 기둥 문까지 와서 단카즈라를 내려갔다. 은행 모퉁이를 오른쪽으로 돌았다. 고마치 거리를 가로질러서 이마코지 거리로 나아갔다. 매화, 벚나무, 해당화…… 복숭앗빛 잎이 난 정원수 어딘가에서 동박새가 지저귀는 소리가 들렸다. 그러고 보니 오후나 집에도 자주 왔다. 꽃이 피는 나무에 서서 꿀을 훔친다고 해도 그 음률을 들으면 무심코 뺨이 누그러들었다.

꾸르꾸르 꾸르꾸르 꾸르르.

남편이 동박새가 우는 소리를 자주 흉내 냈다. 뾰로통한 너구리 같던 얼굴이 떠올랐다. 그는 도통 속을 알 수 없던 사람으로 정원 가꾸기가 유일한 취미였다. 이듬해 필 벚나무를 기대하고 있었지만, 갑작스럽게 병으로 쓰러져 단풍이 지는 계절 전에 세상을 떠났다. 자신도 언제 세상을 떠나는 날이 찾아올지 모른다. 앞으로 몇 번이나 이 복숭앗빛 경연을 볼 수 있을까.

또다시 찾아온 봄……. 그런 말이 머릿속을 스쳤다. 봄이 와봤자 뭐하나. 자신에게는 집도 없고 의지할 수 있는 가족도 없고 더불어 꽃을 사랑할 친구도 없었다.

촛토 코이 촛토 코이 촛토 코이.

산책을 하자고 권하는 듯한 새소리가 들렸다. 몇 미터 끝자락에서 고주케이(원 서식지가 중국인 꿩과의 새로, 우는 소리가 일본어로 촛토 코이, 즉 '잠시 이리와'로 들리는 게 특징이다-옮긴이) 어미와 새끼가 가로질러갔다. 겐지 산 입구로 사라져가는 것을 지켜보다가 바로 앞 모퉁이를 돌았다. 오우치 카페가 보였다. 울타리 격자에서 크게 늘어진 가지 앞에서 발걸음을 멈추자 몇 겹이나 포개어진 꽃잎과 눈이 마주쳤다. 이 집 정원은 꽃이 끊이질 않는다. 어느새 천엽벚나무가 만개하는 날을 맞이하고 있다.

오후나 집의 벚나무도 지금쯤 꽃이 피었을까. 아니면 새로운 주인의 의사로 흔적도 없이 베였을까. 생각해봤자 소용없는 일이다. 한숨과 더불어 걷다가 푸른 나무 문을 밀었다.

테라스석에서 구라바야시 씨가 손을 흔들었다.

"어머나, 지에코 씨, 돌아오시길 기다렸어요."

여기에 앉으라는 듯 둥근 턱이 건너편 자리를 가리켰다.

"왔어요?"

한때 남편의 부하 직원의 아내였던 여자 앞에 앉았다. 나이는 분명 다섯 살 아래였다. 자신도 5년 전에는 이 사람만큼 건강했다. 일흔의 경계를 넘었을 무렵부터 심신이 더불어 나약해졌고, 깨달았을 때에는 입장이 역전되어 있었다. 갈 곳을 잃었을 때 오우치 카페에 살 수 있도록 조치를 취해줘서 갈수록 고개를 들 수 없게 되었다.

"아침 산책, 어디로 가셨어요?"

구라바야시 씨의 옆에 앉은 미키코가 물었다.

"오늘은 하치만구 쪽으로 갔어요."

가느다란 눈이 커졌다.

"와아, 벚꽃 예쁘죠? 저도 가자 가자 생각은 하는데 계속 미루고 있어요. 실은 요전번에 벚꽃 구경을 하는 김에 겐지 산에 올라갔다가 근육통으로 고생했거든요⋯⋯. 운동을 어지간히 안 해야 말이죠."

꽤 군살이 붙은 허리를 어루만지면서 웃고 있었다. 며느리의 이름과 같았다. 지금은 이 집에 사는 미키코와 더 편안하게 어울리지만.

"저기, 다른 사람들은요?"

"아유미 짱은 알바요. 그리고 사토 짱은 즌이랑 산책 갔고요. 카라는 지금 차를 준비하고 있어요. 아 맞다. 카라~, 지에코 씨가 오셨어."

몸을 기울이고서 외쳤다.

"그렇게 큰 소리로 말 안 해도 들린다니까."

부엌에서 미소를 머금은 목소리가 들렸다.

"뭐야. 남이 기껏 배려해줬더니."

미키코는 입술을 삐죽대다가 미소를 지으며 이쪽을 보았다.

"맞다, 지에코 씨. 이거 구라바야시 씨가 가지고 오셨어요. 다 같이 10시의 간식 타임에 먹자고 하시면서요."

카페 테이블에 있는 벚꽃색 상자를 구라바야시 씨 쪽으로 살짝 돌렸다.

"우리 딸아이, 옛날에 도쿄의 코르동 블루에 다녔잖아요. 그 무렵의 친구였던 미카 짱이 만든 화과자래요."

"따님이라면 파리에서 파티시에로 일하고 있다고 했던 그 따님 말인가요?"

분명 소타보다 나이가 조금 어렸다. 대학생일 무렵에 딱 한 번 만났는데 구라바야시 씨를 닮은 동그란 얼굴을 한 쾌활한 아이였다.

"네에. 맞아요. 그런데 미카 짱도 파티시에가 되고 싶어 했는데 도중에 화과자에 흥미가 생겼다고 하네요. 우에노에 있는 노포에서 처음부터 수행했대요. 그래서 이번에 경사스럽게도 창업을 했다며 샘플을 만들어 가지고 와주었지 뭐예요. ······그렇다고 해도 실제 가게는 없이 제조랑 판매만 하는 모양이지만요."

"점포를 안 내다니······. 요즘에는 그런 방법도 가능한가 봐요?"

감탄해서 묻자 구라바야시 씨가 고개를 깊이 끄덕였다.

"네. 요즘은 경기가 많이 나쁘잖아요. 그런데 위기는 기회이기도 하죠. 고스트레스토랑이라고 조리 장소만 가지고 케이터링 서비스를 전문으로 해서 여러모로 자금이 별로 없어도 가게를 시작하는 방법이 생겼어요. 미카 짱은 정기적으로 이벤트에 출품하면서 가게 전문 SNS를 개설해 고객을 모으는 모양이지만요."

"어머나, 젊은 친구들은 그렇게 해서 여러 가지 일에 도전하는군요."

시대가 변하면 장사 형태도 달라진다. 그런데 소타는 거품경제 시대에 생각이 멈춰 있다. 와인바를 차리기 위해 개업 자금이 2천만 엔은 필요하다며 돈을 마련하러 여기

저기 뛰어다녔다.

"어라, 젊다고 해도 우리 딸이랑 나이가 비슷하니 사십 대 중반이에요. 그런데 그런 점이 좋은 것 같아요. 우리 시 대에는 마흔을 넘으면 노년이었는데 지금은 앞으로 이것 도 저것도 해낼 수 있다는 느낌이 있잖아요. 미키코 씨, 그 렇지?"

"맞아요 맞아. 그 말씀이 맞아요. 지금은 100세 시대니 까 우리는 아직 병아리 수준이죠."

미키코는 양손을 접어 위아래로 파닥거렸다.

"지에코 씨, 우리도 앞으로 한 번쯤은 더 꽃을 피워야죠. 그건 그렇고."

안경 안에 자리한 둥근 눈이 장난스럽게 웃었다.

"카라한테는 미안하지만 먼저 열까요?"

이쪽의 대답도 기다리지 않고 "짠" 하면서 뚜껑을 열었 다. 풋풋한 풀을 연상하게 하는 전통지 위에 봄빛의 화과 자가 나란히 놓여 있었다.

"와아, 봄 느낌이 엄청 나요."

미키코가 환호성을 질렀다.

"소소한 예술품 같죠? 이걸 요즘 스타일로 포장해서 팔 고 싶다고 하네요."

"전직 파티시에라고 하니까 서양식으로 만들 거라고 생각했는데 전혀 다르네요. 버젓한 화과자라는 느낌이네요. 아, 먹는 게 아깝지만 너무너무 먹고 싶어요. 와아, 뭐부터 먹지? 이 보슬보슬한 소보로 같은 걸 먹어야지."

상자를 들여다보던 미키코는 초록색과 분홍색, 두 가지 색으로 된 킨톤을 가리켰다. 소보로……. 기껏 우아한 이름을 가지고 있는데 너무하네. 그만 한소리 곁들이고 싶어졌다.

"이건 말이죠, '하나쿠레나이(한자로는 화홍(花紅)-옮긴이)'라고 해요. 초록은 파릇파릇하고 부드러운 버들, 핑크색은 흐드러지게 핀 벚꽃을 나타내고 있죠. 분명 '유록화홍(초록색 버들잎과 붉은색 꽃이라는 뜻으로 봄의 자연 경치를 이르는 말-옮긴이)'이라는 선어(禪語)에서 착상을 얻어 만들어진 게 아닌가 싶네요."

미키코가 눈을 크게 떴다.

"와아, 지에코 씨, 박식하세요! 엄청 공부가 되네요."

"그렇지? 그렇지? 정말 대단하다니까. 이분은 하이쿠나 화과자, 식물, 뭐든 다 아셔. 한 집에 지에코 씨가 한 명씩은 있어야 하지 않나? 나도 이 나이 되도록 여러모로 배우고 있잖아."

구라바야시 씨는 통통한 손가락을 모으고 이쪽을 바라보았다.

"아니에요. 과찬이에요."

고개를 가로저었지만 입가가 자연스럽게 누그러들었다.

"어머나, 웬 겸손이세요. 저는 화과자라고 하면 킨톤, 네리키리, 요캉, 만주…… 서너 개 정도밖에 생각이 안 나요. 하나하나에 이름이 있다니 지금까지 몰랐던 거 있죠. 지에코 씨, 대단해요."

미키코의 솔직함이 나의 자존심을 세워줬다.

"젊은 친구들은 그럴 수도 있죠."

"안 젊어요."

가느다란 눈이 갈수록 초승달이 되어갔다.

"화과자에는 일본인이 길러온 계절감이 짙게 반영돼 있어서 그 의도 하나하나에 이름이 있어요."

하나쿠레나이 옆에 사각형 모양의 과자를 가리켰다.

"이건 '하루가스미'(봄철의 아지랑이라는 뜻-옮긴이)라고 해요. 잘 보면 녹갈색이랑 핑크색의 경계가 조금 번진 것처럼 돼 있죠? 먼 경치가 희미하게 보이는 모습을 나타내는 거예요. 그 옆에 하늘색에 꽃잎이 흩어져 있는 네리키리가 '하나이카다'(하나는 꽃, 이카다는 뗏목이라는 뜻-옮긴이)고요."

"하나이카다요?"

미키코가 태어나서 그런 말은 처음 들은 것처럼 고개를 갸웃거렸다.

"수면에 흩어진 꽃잎을 말해요. 수많은 꽃잎이 모여서 흘러가는 모습이 뗏목 같잖아요."

조금 전에 겐지 연못에서 봤던 꽃잎이 이루던 뗏목, 하나이카다가 머릿속에 스쳐 지나갔다.

"아, 뭉친 꽃잎을 말씀하신 거구나. 그러고 보니 확실히 뗏목 같네요. 엄청 운치 있어요."

구라바야시 씨의 손가락이 분홍색 꽃 모양의 네리키리를 가리켰다.

"이건 나도 알아. 모란……이죠?"

"네. 모란이에요. 가게에 따라서는 부귀화, 이십일초로 부르는 곳도 있어요."

"그렇군요."

미키코가 감탄한 듯이 과자를 뚫어져라 보았다. 이런 나도 누군가에게 도움이 된다니. 오랫동안 맛보지 못한 포근한 기분이었다. 어디서부터인가 부드러운 바람이 불어왔다. 과자 아래의 풀색 전통지가 두둥실 부풀어 올랐다.

부엌에서 카라가 다가왔다. 쟁반 위에는 여느 때의 컵이 놓여 있었다. 화과자라서 일본 차를 기대했는데.

"화과자가 엄청 예쁘네요."

카라가 테이블에 컵을 놓으면서 화과자가 든 상자 안을 들여다보았다.

"카라, 이 킨톤 이름 뭔지 알아?"

미키코는 카라가 건너편에 앉자마자 의기양양한 얼굴로 물었다.

"하나쿠레나이잖아."

대답이 선뜻 돌아왔다.

"뭐야, 알고 있었어? 재미없어."

미키코에게 공감했다. 거짓말로라도 모르는 척해주기를 바랐다.

"그럼 이 하늘색은?"

"하나이카다지?"

얼굴이 붉어지는 걸 스스로도 알 수 있었다.

카라의 온화한 말투에 가시는 감춰져 있지 않았다. 이쪽에 창피를 주려고 하는 건 아니었다. 하지만 그래서인지 괜히 잘난 체하며 과자 이름을 가르쳐준 자신이 비참했다. 고개를 들다가 구라바야시 씨와 눈이 마주쳤다.

'신경 쓰지 말자, 신경 쓰지 마.' 안경 안에 자리한 동그란 눈이 미소 지었다.

"그럼 커피가 식기 전에 먹어볼까? 미키코 씨는 이 하나쿠레나이가 먹고 싶다네. 카라는?"

"그럼 저는 하나이카다를 먹을게요."

이미 자신이 나설 차례가 없었다.

"지에코 씨는 뭘 드실래요?"

"전 아무거나 괜찮아요."

고개를 가로젓고 있었다.

"그리 말씀하지 마시고 골라보세요."

통통한 손가락이 상자를 이쪽으로 가져왔다.

"그럼 하루가스미를 먹을게요."

구라바야시 씨는 마음을 놓은 듯이 상자 안의 모란을 가리켰다.

"그럼 남은 것에 복이 있다는 뜻으로 저는 이걸 먹도록 하죠."

제각각 과자를 접시에 놓았다. 미키코는 재빨리 하나쿠레나이를 대나무 포크로 잘라 입으로 옮겼다.

"맛있어!"

엄지를 세웠다.

"구라바야시 씨, 그 미카라는 분께 이 맛, 분명 통할 거라고 전해주세요."

"저도 이거 너무 마음에 들어요. 달콤함이 사르르 녹아 드는 게 뭐라 할 수 없이 맛있네요."

카라도 미소를 짓고 고개를 끄덕였다. 자신도 얼른 감상평을 말해야 한다. 하지만 그것보다 화과자와 커피라니. 말도 안 되는 조합이었다. 화과자에는 역시 잎차여야 하는데…… 옛날부터 커피는 입에 맞지 않았다. 설탕과 우유 없이는 마시지 못하는데 이곳에서는 매일 블랙이 나온다. 달다는 둥 시다는 둥 과일 향이 난다는 둥 다른 입주민들은 참으로 맛있다는 듯 이야기했다. 하지만 자신에게는 그저 쓸 뿐이었다. 약에도 쓸 수 없는 검은 액체였다. 그런 생각을 하니 미움을 받는 걸까. 예전에 방문 너머로 들은 아들 부부의 대화가 되살아났다.

"나 정말 어머니랑 이야기하면 짜증이 나."

"왜? 이번엔 무슨 일인데?"

"기껏 사쿠라모치를 사드렸더니 상자를 열자마자 '난 사쿠라모치는 도묘지가 아니라 초메지 걸 좋아해'라잖아. 그런 건 아무래도 상관없잖아. 더구나 '어멈아, 화과자는 이쑤시개로 먹자꾸나. 이 포크는 어디서 받은 거니? 플라스틱으로는 영 못 먹겠네'라고 하시잖아. 너무 하신 거 아냐? 못 드실 것 같으면 안 드시면 되지. 어차피 난 교양 없고 예의 없는 여자다 그거지. 어머니랑 있으면 왠지 내가 엄청 형편없는 사람이 된 것 같아."

"신경 쓰지 마. 어머닌 반가통(잘 알지도 못하면서 아는 체하는 사람-옮긴이)이니까."

"그게 뭐야?"

"잘 모르지만 아버지가 자주 말했어. 그렇게 점잔 빼면서 아는 체하는 걸 말하는 거 아니겠어?"

모르는 게 약이었다. 소타나 미키코뿐만이 아니라 남편까지도 자신을 그런 눈으로 보고 있었다. 그때 두 번 다시 같은 과오를 반복하지 말자, 그리 맹세했건만 또 저지르고 말았다.

구라바야시 씨가 화과자 판매법에 대해 카라에게 설명했다. 몇 미터 앞에 있는 느티나무 아래의 테이블에 시선이 갔다. 나무 의자 위에 검은 얼룩무늬 길고양이가 기분 좋게 자고 있었다. 그곳에서 낮잠 자는 고양이를 보면서 직접 우린 잎차와 함께 화과자를 먹을 수 있다면 얼마나 좋을까.

꾸르꾸르 꾸르꾸르 꾸르르.

마음속으로 읊조리면서 진회색 컵을 기울였다. 쓰다.

"카라가 내려준 커피는 정말 최고야. 화과자에도 딱 어울려. 지에코 씨, 그렇죠?"

구라바야시 씨의 목소리에 현실로 되돌아왔다.

"네. 정말 맛있게 잘 먹었어요."

자연스럽게 웃고 있으려나? 설탕을 대신한 하루가스미. 지평선을 포크로 갈라서 입으로 옮겼다.

●🌀❜

단카즈라를 내려다보는 창가 자리는 여성 손님으로 채워져 있었다. 젊은 주부들이 디저트를 앞에 두고 세상 사는 이야기로 꽃을 피우고 있었다. 곁눈질로 보고 있으니 소타가 입을 열었다.

"나도 일단 창가 자리를 원한다고 했는데 예약이 꽉 찼대. 어제 급하게 예약을 잡으려다 보니까 이렇게 됐네. 미안해."

소타는 두 손을 모으며 사과를 한 후 안으로 들어갔다. 한 달 반 만에 하는 재회였다. 지금은 주부가 된 아들은 수염이 자라는 대로 두고 있었다. 쪼글쪼글한 티셔츠에 색이 바랜 청바지. 젊은 남자가 입으면 그럴 듯해 보일지 모르지만 쉰이 가까운 아저씨가 입으면 꾀죄죄하다고밖에 할 말이 없었다.

"딱히 상관없어. 단카즈라 벚꽃은 매일 볼 수 있으니까."

"그렇구나. 매일 꽃구경이라. 우아해서 좋네."

여전히 무신경한 태도가 거슬렸다.

"어디가 우아하단 거니?"

무심코 말투가 날카로워졌다. 어지간해서 속내를 털어 놓을 수 없는 사람들과 하는 공동생활은 신경 쓸 게 한두 가지가 아니었다. 자신의 방에 틀어박혀 있을 때는 긴장을 그나마 풀 수 있지만, 2평 남짓한 방은 역시 비좁았다. 하지만 집에서 쫓겨난 자신이 비참한 생활을 하고 있다고는 입이 찢어져도 말할 수 없었다.

카페 중앙의 흰 벽에는 가게의 트레이드마크인 비둘기가 날갯짓을 하는 모습의 오브제가 장식되어 있었다.

"그야 우아하지. 오우치 카페였던가? 인터넷에서 사진을 봤는데 꽤 근사한 곳이던데?"

"정원이 넓고 다이쇼 시대에 일본식과 서양식 절충으로 지어진 건물이니까. 격자무늬 창이랑 현관의 타일, 문손잡이에도 공들인 디자인이 들어가 있고. 내 방은 조금 좁지만 창문에는 스테인드글라스가 끼워져 있어."

그리고……. 새로 사는 집의 좋은 점이 달리 또 있었던 가. 이런저런 생각을 하고 있는데 노란색 셰프 스카프를 맨 점원이 다가왔다. 흰 테이블에 장미 꽃잎 형태의 레몬파이와 홍차가 놓였다. 소타 앞에는 휘핑크림이 놓인 푸딩과 커피가 있었다.

"어머, 너 언제부터 커피 마시기 시작했니?"

소타는 물수건으로 손을 닦으면서 고개를 끄덕였다.

"아, 한 달쯤 전부터였나? 핸드드립 알아? 매일 아침에 원두를 갈아 페이퍼 필터를 사용해서 직접 내려 마셔. 처음에는 애 엄마가 너무 마시고 싶다고 해서 어쩔 수 없이 시작했는데, 마시기 시작하니 맛있더라고 이게."

애 엄마. 옛날에 자신도 남편에게서 그리 불렸다. 지금의 '애 엄마'는 아들의 아내인 미키코다.

"그러고 보니 엄마가 사는 곳도 카페랑 같이 운영되잖아. 분명 식사도 딸려 나오지? 커피도 마셔?"

내가 네 엄마가 맞긴 하니? 톡 쏘아붙이고 싶은 걸 꾹 삼키고 레몬파이를 입으로 옮겼다. 달콤새큼한 맛이 스며들었다.

"난 커피보다 홍차가 더 좋아. 것보다 너야말로 새집은 어떠니?"

"아."

휘핑크림 위에 세워진 화이트초콜릿 비둘기를 먹으려고 하던 소타의 뺨이 누그러들었다. 그만 쾌적하다고 말할 뻔했는지 다급히 미간에 주름을 새겼다.

"……아니, 역시 좁지."

지은 지 3년 된 방 세 개에 거실과 부엌, 식당이 딸린 아파트. 거실과 식당을 제외한 세 방은 어떻게 사용하고 있을까. 적어도 그곳에 자신이 있을 곳은 없었다. 주소는 알려주었지만 한 번도 초대받은 적이 없다. '할머니를 제외한' 집은 참으로 안락한 곳일 테다.

"이쓰키는 잘 지내니? 이번 4월부터 고3이지? 공부는 열심히 하고 있어?"

죽은 남편을 쏙 빼닮은 너구리 눈이 희미하게 빛났다.

"응, 그게 말인데 실은……."

아들이 작위적으로 한숨을 쉬었다.

"이사하느라 어수선해서 제대로 전하질 못했는데, 그 녀석 고2 말부터 성적이 떨어졌어."

화이트초콜릿 비둘기를 집어든 손이 하강선을 그렸다.

"어쨌거나 이대로라면 GMARCH는 무리일 것 같아."

"지마치라니?"

"몰라?"

소타는 또 한숨을 쉬더니 가쿠슈인, 메이지, 아오야마, 릿교, 주오, 호세이의 머리글자를 따서 GMARCH라고 한다고 설명했다.

"이쓰키네 학교 레벨이면 해마다 와세다랑 게이오 클래스는 끽해야 네다섯 명이야. 그래도 그 아래인 GMARCH는 합격자가 그럭저럭 많은 편이거든. 그 녀석 고2 1학기까지는 비교적 성적이 좋았으니 어떻게든 들어가지 않을까 기대했는데, 영어가 전혀 늘질 않아."

"그러고 보니 네가 수험생이던 시절에도 다이토아테이코쿠(다이토분카대학, 도카이대학, 아시아대학, 데이쿄대학, 고쿠시칸대학을 합친 말—옮긴이)라는 말이 있었지. 아이디어가 참 좋다고 감탄했는데 요즘에는 GMARCH라고 하는구나. 입시업계 사람들은 참 말장난을 좋아하네."

소타가 콧방귀를 흥 뀌었다.

"모르는 거야? 아니면 일부러 그러는 거야? 말장난에 감탄할 상황이 아니야. 요즘 사립대학 입시는 영어를 못하면 안 된다고. 실용영어검정시험, 토플, 토익 점수가 그대로 성적으로 반영되니까 부모로서는 읽고 듣고 쓰고 말하는 능력을 향상시켜줄 영어전문학원에 다니게 하고 싶지."

"학원이라면 이미 다니고 있잖아."

"지금 학원으로는 다 커버가 안 되니까 성적이 떨어지지. 벌써 4월이야. 가뜩이나 출발부터 늦었고 말이야. 한시라도 빨리 다니게 해야 해. 알다시피 난 F랭크 대학에서 고생했잖아."

"F랭크는 뭐야? 처음 듣네."

"내 입으로 설명해야 해? F는 편차도 보지 않는 보더프리의 F. 정원 미달로 머리 나쁜 애들이나 가는 대학 말이야. 일한 적이 없어서 모르나 본데 학력은 평생 따라다녀. 아버지 연줄로 들어간 회사에서도 입만 열었다 하면 학벌, 학벌. 나 그게 싫어서 회사 관두고……. 어쨌거나 이쓰키한테 그런 고생은 시키고 싶지 않아."

"그런 교육 방침이라면 그 영어전문학원이라는 데 보내면 되겠네."

눈치를 살피듯 이쪽을 보았다.

"그럼 돈 좀 빌려줘."

역시 돈을 융통해달라는 소리인가. 애초에 예상은 했지만 막상 그 말을 아들 입으로 듣자 뱃속을 콕콕 찌르는 듯했다. 레몬파이를 작게 잘라서 연달아 입으로 옮겼다.

소타는 테이블에 손을 짚고 고개를 숙였다.

"부탁할게. 200만 엔 정도 빌려줘."

"고작 학원에 다니는데 왜 그렇게 돈이 많이 필요해? 애초에……."

맺혀 있던 분노가 분출할 것 같았지만 홍차를 마시며 무마했다.

"부탁해. 영어전문학원이랑 그리고 이쓰키의 공부법을 카운슬링해주는 개인지도학원에도 보내고 싶어."

"그런 거금은 무리야."

어제 벚나무 아래에서 받았던 전화가 생각났다. 그건 역시 '보이스피싱'이었다. 고독한 노인이 아들에게 부탁을 받으면 얼마나 기쁠지 알고 있으니 용케 이런 비겁한 부탁을 할 수 있는 것이다.

"애초에 너한테 돈을 빌려주고 받은 전례가 없어."

결혼 자금이 부족하다, 출산 비용이 늘어났다, SUV 자동차가 필요하다, 이쓰키를 중고등학교가 합쳐진 곳으로 보내고 싶다, 2층 부엌 싱크대를 리폼하고 싶다…… 지금까지 걸핏하면 아들 일가의 편의를 봐줬다.

"그런 소리 말고. 내가 지금 수입이 없잖아."

"대신 며늘아기가 벌고 있잖아."

"그렇긴 한데 이쓰키 대학 입학금도 모아야 하니까. 엄마는 저축한 돈도 있고 연금도 적지 않게 들어오잖아."

"적어."

"뭐?"

"내가 평온하게 보내기 위해서는 많이 부족해. 가족한테 버림받은 내가 유일하게 믿을 수 있는 건 돈뿐이야. 아무리 많아도 부족해. 그만큼……."

이 어리석은 아들놈 탓에 얼마나 많은 추억을 잃었는가.

"알고 있을 테지만 남한테 넘어간 그 땅은 네 할아버지 때 내가 물려받은 거야. 그걸 넌……."

시아버지의 장례식 날, 유골 조각을 정원에 있는 벚나무 아래에 묻었다.

'아버님, 벚나무 정령이 돼서 해마다 이곳에 예쁜 꽃을 피워주세요. 저도 죽을 때까지 지켜볼 테니까요.'

아직 어렸던 소타도 캡슐에 넣은 편지를 묻었다.

'할아버지, 쭉 이곳에서 같이 살아요.'

할아버지 초상화와 더불어 그리 편지를 썼을 텐데.

"엄마야말로 알잖아. 내가 어떤 상황인지. 그렇게 심하게 말하지 마."

소타는 혀를 찼다.

접시 위에는 레몬 꽃잎이 아직 절반 남아 있었다. 홍차를 마셨다. 타닌의 씁쓸한 맛이 목에 남았다.

"난 은행 ATM기가 아니야. 똑똑히 말해줄게. 지금까지 너희 일가의 ATM기였지만, 이제 이용 정지야. 앞으로는 손자 이름을 비밀번호처럼 말해도 절대 돈은 나오지 않을 테니까."

바로 자리에서 일어나려고 했지만 힘이 잘 들어가지 않았다. 흰 테이블에 양손을 짚고 천천히 일어났다.

"내가 낼 수 있는 건 이것까지야."

가방에서 지갑을 꺼내 5천 엔짜리를 올려놓았다.

"엄마……."

돌아보지 않고 가게를 뒤로했다.

참배로를 힘차게 빠져나가는 바닷바람이 뺨을 때렸다. 어깨에 올라탄 꽃잎이 팔랑팔랑 떨어졌다. 기분 좋은 봄날. 그런데 자신의 내면에 자욱하게 낀 안개는 전혀 사라질 기미가 없었다. 분홍색 아치 건너편에 붉은 기둥 문이 보였다. 언제부터 발걸음이 이렇게 빨라졌을까. 움직이지 않으면, 그렇게 하지 않으면 피가 머리로 쏠려서 쓰러질 것 같았다.

200만 엔? 손자의 이름을 꺼내면 웃는 얼굴로 현금을 내줄 줄 알았나? 도둑에게 제 손으로 돈을 갖다 바친다는 건 바로 이런 경우다. 내가 꽤 만만해 보였나보다. 아니, 이미 훨씬 전부터 사람으로서 대우받지 못했다.

두 번 다시 생각하지 않겠다고 묻어두었던 대화가 되살아났다.

"슬슬 어머님한테 말해. 새집에는 모시고 못 가니까 어디 다른 곳으로 이사 가달라고."

"아니 그래도, 아무리 그래도 말이야. 너무하지 않아?"

"왜? 지금까지 어머니, 생활비 한 푼도 안 냈잖아. 저축한 돈도 많고 연금도 잔뜩 받고 있으면서. 그런 걸 식충이라고 해."

"식충이? 말이 심한 거 아니야? 잘 모르겠지만 어쨌든 가끔은 밥도 짓고 정원 청소도 하잖아. 이쓰키도 돌봐왔고 말이지."

"밥 짓는 건 당신 일이야. 정원 청소는 앞으로 필요 없을 테고. 저렇게 쓸모없는 사람은 아파트에 데리고 가도 짐짝일 뿐이야."

쓸모없는 사람, 아래층에 살던 나한테 들리도록 며느리는 온갖 말을 내뱉었다. 아직 그때의 아픔은 사라지지 않았다. 이번 일로 자신은 또다시 '쓸모없는 사람'이라는 낙인이 찍혔다. 바람이 발 언저리에 흩어진 꽃잎을 날아오르게 했다. 분홍빛 윤무가 희미하게 보였다.

우체국 앞에 이르러 문득 멈춰 섰다. 이 길……. 바로 앞에서 왼쪽으로 꺾었다. 잠시 걷다가 오른쪽으로 모퉁이를 돌았다. 아담한 다리가 보였다. 나메리가와 강을 넘자 건널목이 보였다. 분명 슬슬 그곳일 테다. 붉은 간판의 담배 가게를 꺾어 오른쪽으로 들어섰다. 주택가를 잠시 걸어가자 낯이 익은 은색 굴뚝이 나왔다.

다행이었다. 아직 폐업하지 않았다.

예스러운 신전 스타일. 하늘을 향해 뾰족한 삼각 형태를 이룬 기와지붕 아래에 붉은 글자로 '탕'이라고 적힌 포렴을 지나갔다. 현관에는 하늘색과 연노랑색의 타일이 빼곡하게 깔려 있었다. 신발장 앞에 우두커니 섰다. 자물쇠 앞에 그려진 원앙도 옛날 그대로였다. 눈높이에 있던 나무 팻말을 뽑았다. 25. 인쇄된 글자가 세월에 의해 조금 긁혀 있었다.

예전에 남편과 몇 번인가 방문한 적이 있다. 우리 집 근처에도 목욕탕이 있었지만 남편은 이곳을 고집했다.

"그럼 한 시간 후에 여기서 만나."

"그렇게 오래 탕에 있으려고?"

"기껏 전철까지 타고 왔잖아. 오래 목욕하고 싶어."

독신 시절에 자이모쿠자의 친척 집에서 하숙했던 남편은 으레 하는 추억담을 보탰다.

"친척네 목욕탕은 왠지 쓰기가 눈치 보였거든. 일주일에 한 번은 여기에 왔어. 맘껏 팔다리를 뻗을 수 있다는 해방감이 그리워서 말이지."

지금이라면 그 사람의 심정을 이해한다. 오우치 카페에도 버젓한 욕실이 있다. 드러누울 수 있을 만큼 큼직한 욕조다. 다들 뜨거운 물을 받아다 호텔 욕실처럼 몸을 담그고 있다. 카라는 이른 아침에, 미키코는 오전 10시 무렵부터 11시, 사토코와 아유미는 밤늦게, 자신은 저녁식사 후에 욕실을 쓰고 있지만 목욕을 하는 건 아무래도 거부감이 들었다. 자칫해서 더럽히면 민폐를 끼치게 되니 결국 샤워로 마치고 만다. 하지만……. 아들에게 잔인한 처사를 당한 이런 날은, 몸도 마음도 갈기갈기 찢어진 이런 날은 가득 채워진 온수 속에서 모든 것을 씻어내고 싶다.

목욕탕 카운터에는 사십 대 전후의 여자가 앉아 있었다. 목욕탕 이용료와 목욕 용품 세트 비용을 지불하고 탈의실로 향했다. 높은 천장에 빈티지 벽시계, 깨끗하게 닦인 바닥. 비누와 나무와 희미하게 소독액이 뒤섞인 냄새가 났다. 왠지 마음이 포근해졌다. 자신 말고 다른 손님은 없었다. 얇은 니트에 고무 바지, 스타킹……. 몸을 덮고 있는 것을 제거해나가자 기분이 더욱 홀가분해졌다. 수건 한 장을 들고 욕탕 미닫이를 열었다.

하늘색 벽에 그려진 금붕어와 잉어 타일 그림은 기억하던 그대로였다. 남편이 둘러싸듯이 욕탕이 있는 건 간사이 스타일이라고 이야기해줬던 걸 떠올렸다. 욕탕에는 머리가 흰 노파와 마흔 정도 되는 통통한 여자가 욕조에 몸을 담그고 있었다. 눈인사를 하자 평온한 미소가 돌아왔다. 목욕통을 들고 천창에 가까운 자리로 갔다. 그리고 샤워기로 따뜻한 물을 틀고 바디워시를 손에 부었다. 둥근 거울 안에서 거품투성이인 자신과 눈이 마주쳤다. 흘러넘치는 거품을 신경 쓰지 않고 이렇게 느긋하게 몸을 씻는 건 오랜만이었다. 피어오르는 증기에 감싸이자 얼굴에 진 주름도, 시든 몸도 어느 정도 괜찮아 보였다.

"저 금붕어 귀엽네요."

"금붕어는 덤이야. 주인공은 잉어지. 손님이 오라고 말이야(잉어는 일본어로 코이라고 하는데, 코이에는 오라는 뜻도 있다─옮긴이)."

"그래요? 말장난이네요?"

"지금 보니 구타니야키로 구워진 거네. 이곳이 생긴 건 쇼와 30년(1955년)쯤 되거든. 너랑 쇼타가 태어나기 훨씬 전이지."

"와아, 그렇게 옛날이에요? 친정 엄마랑 나이가 같네요."

"나도 아직 남편을 만나지도 못했던 때야. 그 무렵에는 일본도 가난해서 이 부근에도 욕조가 없는 집이 많았어. 그래서 갓 생긴 무렵에는 엄청나게 시끌벅적했지. 신사 같은 문을 지나서 욕탕으로 오면 이 번쩍번쩍한 하늘색 타일이 나오잖니. 그 조합이 엄청 멋스러워서 말이야. 여기서 몸을 씻으면 자신이 조금 더 나은 사람이 된 것 같은 느낌이 들었어."

"요즘 말로 하자면 에스테틱 같은 느낌일까요?"

"에스테틱? 가본 적은 없지만 분명 그런 느낌일 거야."

등 뒤에서 두 사람이 이야기하고 있었다.

"그럼 충분히 몸이 데워졌으니 마무리를 할까."

"네. 그래요."

뜨거운 물에서 힘차게 일어나는 소리가 들렸다.

"어머님, 조심하세요. 천천히 움직이셔도 되니까요."

뜨거운 물이 일렁일렁 넘실거리고 있었다.

"그러게. 천천히 움직여야겠구나. 으라차."

두 사람은 반대편에 있는 씻는 장소로 옮긴 듯했다.

등을 문지르고 있던 손을 멈추었다. 샤워를 해서 거품을 씻어 내렸다. 벽에 손을 짚고 일어나 하늘색 욕조로 들어갔다. 천천히 몸을 담가 목까지 잠기게 했다. 장작을 때는 뜨거운 물은 부드럽다. 날개옷처럼 온몸을 감싸준다. 천창에서 들어오는 바람이 뺨을 어루만졌고, 수증기가 흰 덩어리가 되어 일렁였다. 뜨거운 물 바닥에 양손을 짚고 다리를 뻗었다. 몸이 두둥실 떠서 가벼워졌다.

씻는 자리에 앉은 노파의 하얀 머리에는 휘핑크림 같은 샴푸 거품이 올라가 있었다.

"다 됐어요."

옆에 앉은 여자가 뜨거운 물이 담긴 바가지를 가지고 일어났다.

"어머님, 부을게요."

노파는 양손으로 귀를 덮고 굽은 등을 더욱 웅크렸다.

"응. 부어."

여자는 노파의 머리를 쓰다듬다시피 조금씩 뜨거운 물을 부었다.

"그럼 한 번 더 부을게요."

뜨거운 물을 붓는 소리가 다정했다.

"고맙다. 정말 고마워."

나는 떠 있던 발을 바닥에 대고 등을 졌다. 그때까지의 해방감이 단숨에 사라졌다. 아마 다른 사람들은 저 모습을 보면 따스한 기분이 들 것이다. 하지만 자신은 달랐다. 가슴 깊은 곳에서 불쾌한 열기를 느꼈다. 질투하는 것이다. 생판 남인 여자들의 관계에.

사실은 뜨거운 물에 좀 더 몸을 담그고 있을 작정이었다. 머리를 비우고 따뜻한 물에 위로를 받고 싶었다. 하지만 이제 됐다. 욕조 가장자리에 손을 짚고 일어나 탈의실로 향했다. 미닫이를 열자 젊은 여자가 옷을 벗고 있었다. 밝은 다갈색의 탱탱한 몸은 감출 필요도 없었다. 탕 하고 로커 문을 닫더니 알몸으로 욕탕으로 사라졌다. 스쳐 지나가듯이 조금 전의 노파가 혼자서 나왔다. 며느리는 남아서 자신의 머리라도 감고 있는 걸 테다.

노파는 미닫이를 닫더니 발걸음을 되돌려 목욕탕을 향해 양손을 모았다.

"아, 정말 좋은 목욕탕입니다. 고맙습니다. 건강하게 장수하고 있는 데다 며느리가 또 여기에 데리고 와줘서 감사, 감사, 또 감사드립니다."

노파는 말을 마치더니 목욕탕을 향해 고개를 깊이 숙여

인사했다.

"고맙습니다, 정말 고맙습니다." 수증기 건너편에서 들려오는 목소리가 귓가에 되살아났다. 며느리가 머리를 감겨주는 여자가 있는 반면에 자신은 며느리에게서 쫓겨났다. 어째서 나만⋯⋯.

노파와 눈이 마주치지 않도록 머리에 수건을 뒤집어쓰고 젖은 머리를 슥슥 문질렀다.

핏핏핏, 피이피이피이.

동백나무 무늬의 스테인드글라스에서 아침 해가 비쳐 들기 시작했다. 새소리가 들렸다. 자명종 시계처럼 갈수록 커졌다. 귓가에서 피리를 불고 있는 듯했다.

깍깍깍, 까악까악까악.

이번에는 까마귀가 손톱을 세워서 세게 할퀴는 것처럼 우는 소리가 났다. 여전히 카랑카랑하다. 범인은 번식기를 맞이한 직박구리였다. 소리의 거리감으로 보건데 창문 옆 산딸나무에 있는 듯했다. 젊은 시절이라면 이런 큰 소리가 나면 벌떡 일어났을 테지만, 지금은 귀를 막는 것도 번거로웠다.

어제저녁 무렵 목욕탕에서 이곳으로 돌아오자마자 어둑어둑한 2평 남짓한 방구석에 웅크리고 말았다. 잠시 후에 "식사 시간이에요"라고 미키코의 목소리가 들렸지만, 온몸의 핏기가 가시는 듯해서 식은땀이 났다.

"배가 아파서 좀 쉴게요"라고 답하고 누웠다. 한 시간 정도 지나 카라가 와서 "죽이라도 만들어드릴까요?"라고 했지만 도무지 일어날 수 없어서 거절했다. 그로부터 반나절 가까이 세수도 안 하고 이도 닦지 않고 옷도 갈아입지 않은 채 침대에 누워 있었다. 꾸벅꾸벅 졸았다고 생각했는데 일어나 있었고, 또다시 꾸벅꾸벅 졸았다. 유일하게 몸을 움직인 건 전기 포트의 물로 잎차를 마실 때뿐이었다.

한없이 피곤했다. 몸뿐만이 아니었다. 마음의 탄력까지 잃어 아무것도 할 마음이 들지 않았다.

누운 채 방 안을 둘러보았다. 붙박이 정리함 외에 가구라고는 침대와 아담한 옷장밖에 없었다. 좁지만 천연목을 사용한 허리 높이의 벽과 연한 핑크색으로 칠해진 벽은 마음에 들었다. 창고로 쓰기 훨씬 전에는 어린 카라의 방이었을지도 모른다. 만약 이대로 마시지도 먹지도 않으면 조만간 몸이 쇠약해져서 죽을 수 있을까. 그러면 오우치 카폐의 사람들에게 너무 민폐를 끼친다. 카라, 미키코, 사토코, 아유미……. 나쁜 사람들이 아니다. 자신이 먼저 다가가면 더더욱 친해질 수 있을지도 모른다. 하지만 자신보다 겹띠동갑 가까이 되는 연하의, 더구나 조금 배배 꼬인 여자들에게 어떤 이야기를 하면 받아들여질까. 받아들여지기를 바라는 한편, '가족한테 버림받은 불쌍한 노인'이라고 가여운 시선으로 보이기 싫었다. 새로운 관계를 쌓는 게 두렵기도 하고 귀찮기도 했다.

오른쪽 허리에 둔탁한 통증이 가로질렀다. 이불 속에서 문질렀다. 이곳으로 이사 와 우선 인터넷으로 구입한 간이 침대는 가로누워 있으면 몸이 쑤셨다.

"이런 걸 싼 게 비지떡이라고 하는 거야."

"나이를 먹으면 바닥보다 침대가 부담이 적다고 한 건 당신이잖아. 그래서 난……."

"그렇게 말했지만 아무도 싼 걸 사라고는 안 했어. 당신은 금세 '우선'이라며 사버려서 안 된다니까."

남편이 살아 있었으면 분명 이런 말을 했을 테다. 같이 살 때는 잔소리가 심한 사람이라고 생각했는데 지금은 그리웠다. 불평이든 직언이든 상관없었다. 누군가가 신경 써줬으면 좋겠다.

외롭다. 무심코 읊조리고 있었다. 말로 하면 진다고, 자신이 더 비참해질 거라고 지금까지 고집을 부렸다. 하지만 이제 한계였다. 외로운 건 외로운 거다. 며느리에게 멸시당하고 아들에게는 버림받았다. 자신의 무엇이 잘못되었을까. 이제 반성한들 아무것도 돌아오지 않는다. 앞으로 쭉 이런 하루하루가 이어진다고 생각하자 더 오싹했다. 머리까지 이불을 뒤집어쓰자 눅눅한 고서 같은 쓸쓸한 냄새가 났다.

"어, 벌써 나왔어? 역시 목욕탕은 좋은 것 같아."

남편이 불쑥 그림이 그려진 파란 포럼을 지나서 나왔다. 나를 얼마나 기다리게 해야 직성이 풀릴까. 수염을 깎은 자국이 푸르렀다. 잿빛의 두터운 스웨터 소매를 걷고 흰 치아를 보여주었다.

"여보, 이제 봄이야. 계절에 안 맞아."

"당신이야말로 왜 그런 차림이야?"

어느새 벚꽃색으로 반짝이는 라메 소재의 원피스를 입고 있었다. 너구리 같은 눈이 이쪽을 보았다.

"당신은 허세가 심해. 남들 시선만 신경 쓰면서 그렇지 않다고 우기고."

남편이 스윽 사라졌다. 체셔 고양이처럼 씁쓸한 미소가 공중에 감돌고 있었다.

배가 꼬르륵 울렸다. 자신이 낸 소리지만 한심했다.

"거 봐요. 역시 배가 고프잖아요."

문을 열고 카라가 들어왔다. 갑자기 창피해졌다. 목욕을 막 끝낸 것처럼 뺨이 뜨거웠다.

그때 잠에서 깼다.

창밖은 완전히 밝아져 있었다. 직박구리를 대신해서 평온하게 우는 건 곤줄박이였다.

문을 두드리는 소리가 들렸다.

"가토 씨, 일어나셨어요?"

카라의 목소리였다.

"아, 네."

목소리가 쉬었다.

"아침 드실래요?"

팔꿈치를 괴고 반신을 일으켰다. 머리가 쥐가 나듯이 아팠다. 시계를 보자 8시를 지나고 있었다. 어느새 이렇게 잠들었던 건가.

똑똑똑, 똑똑똑, 하고 바삐 문이 울렸다.

"지에코 씨, 아무것도 안 먹는 건 몸에 안 좋아요. 같이 먹는 게 힘들다면 방으로 가져다드릴게요."

이번에는 미키코가 말했다. 다들 걱정해주고 있었다. 이 상황을 이제나 저제나 애타게 기다리고 있었는데 막상 현실이 되자 묘하게 불안했다. 몸부림을 쳐서 몸을 돌렸다.

"괜찮아요. 조금 더 누워 있을게요."

쥐어짜내다시피 말했다. 잠시 틈이 벌어졌다.

"가토 씨, 아유미예요. 정말 괜찮으세요? 저기 혹시 제 코골이가 시끄러웠어요?"

침대에서 내려와 기다시피 해서 문 앞까지 가서 "아니에요. 그냥 조금 피곤할 뿐이에요"라고 답했다.

"진짜예요? 몸이 나아지면 내려오세요. 혹시 계단을 내려오는 게 힘들면 제가 안아서 내려다드릴게요. ……아시잖아요. 저 힘 좋은 거."

"아니, 세고 돈으로 자주 오해받는 제가 더 힘이 좋으니 제가 안을게요. 그치? 츤?"

사토코의 말 뒤에 멍! 하고 이어졌다. 문에 귀를 살포시 갖다 댔다. 작은 목소리로 무언가 속닥이고 있었다. 지금 문을 열면……. 안 된다. 어떤 표정을 지으면서 나가야 좋을까. 잠시 후에 다들 계단을 내려가기 시작했다. 소리가 점점 멀어져갔다.

오래 누워 있었던 탓에 몸이 휘청거렸다. 침대로 돌아가 앉았다. 컵에 3분의 1 정도 남은 잎차를 마셨다. 바깥 날씨가 좋았다. 커튼을 열어젖히고 공기를 환기시켰더니 기분이 어느 정도 달라졌다. 아니다, 지금 자신이 해야 할 일은 바로 그곳의 문을 여는 것이다. 알고는 있는데 몸이 말을 듣지 않는다. 언제까지 이 어둑어둑한 방에 틀어박혀 있을 작정인가. 기껏 모두가 계기를 만들어줬는데 어째서 이렇게 고집을 부리는 걸까. 머릿속 심지가 마비되듯이 묵직했다. 수납장 위로 손을 뻗어 손거울을 들었다. 누구지? 이 노파는…… 퍼석퍼석한 머리카락, 주름에 둘러싸인 눈 아래에는 검푸른 다크서클이 퍼져 있고 살결은 말라비틀어져 있었다. 침대 위에 거울을 엎어놓았다. 이렇게 심한 얼굴로는 평생 내려갈 수 없다.

어?

양손으로 머리를 두드리고 있으니 어디서부터인가 트럼펫의 구슬픈 음률이 들려왔다. 꿈의 연속인가? 아니다. 젊은 날에 남편과 둘이서 본 〈길〉(라 스트라다)의 테마곡 〈젤소미나〉였다. 몇십 년이나 전의 흑백필름이 되살아났다. 익살스러운 여자의 서글픈 미소.

"이 세상에 존재하는 건 무언가에 도움이 돼. 예를 들어이 돌 말이야. 아무래도 상관없는 이런 조약돌도 무언가에 도움이 되지."

자신의 존재 가치를 모르고 슬퍼하는 젤소미나에게 줄타기 곡예사가 한 말이 떠올랐다.

"어떤 작은 돌이라도 무언가에 도움이 된다. 그게 무익하다면 모두 무익하다. 하늘의 별도, 너도."

영화를 본 후 남편이 말했다.

"그 여자아이를 보고 있으니 당신이랑 겹쳐 보이더군."

"어머나. 난 그렇게 불쌍한 여자가 아니에요."

"당신, 뭘 모르네. 젤소미나는 이탈리아어로 꽃 재스민을 나타내. 순수함을 상징하는 거지. 이렇게 말하긴 뭣하지만 당신은 자기가 생각하는 것만큼 그리 강하지 않아. 그런데 고집이 세니까 남에게 약한 모습을 보이려고 하지 않지. 그래도 잊지 마. 어딘가에서 누군가가 분명 지켜봐 줄 테니까."

알 것 같기도 하고 모를 것 같기도 했다. 아직 이십 대라서 한창 건방졌던 그 시절에는 가볍게 흘려 넘겼다. 하지만 일흔을 넘긴 지금, 그 사람의 말이 스며들었다. 남편은 속내를 도통 알 수 없는 사람이었지만 그 나름대로 나를 위해줬다는 사실을 새삼스레 알아차렸다.

어느새 음악이 끝났다. 그런데도 아직 머릿속에서는 트럼펫 소리가 멈추지 않았다. 이제는 젊음도 자신감도 감사할 능력조차도 없다. 이런 자신이라도 살아 있어도 될까. 이 세상에 있는 이상 무언가의 도움이 될 수 있을까. 눈물이 흘러넘쳤다.

●◗◖◗

벽에 손을 대고 천천히 계단을 내려갔다. 앞으로 세 계단 남았을 때 멈춰서 심호흡을 했다. 반나절 이상 누워 있었던 탓에 힘이 제대로 들어가지 않았다. 이제 거실에 간다고 생각하자 괜히 발걸음이 무거워졌다. "몸이 나으면 내려오세요." 아유미가 문 너머로 했던 말이 머릿속을 스쳐 지나갔다. 정말 자신은 나아졌을까.

월넛 문을 당겼다. 식탁 앞에는 아무도 없었다.

"어머나."

카라가 부엌에서 얼굴을 내밀었다. 평소와 다르지 않은 미소였다. 이쪽도 웃으려고 했지만 뺨이 경직되었다. 괘종시계가 10시 반을 알렸다.

내닫이창이 보이는 평소의 자리에 앉았다. 만개한 천엽

벚나무의 꿀을 먹으러 온 동박새의 소리에 귀를 기울이고 있으니 카라가 쟁반을 들고 왔다. 호두가 놓인 허니 토스트, 다른 접시에는 당근 라페가 담겨 있었다.

"어라, 이건."

먹색 컵에 벚꽃잎 하나가 떠 있다.

"정원에 피어 있어서 만들었어요."

"올해 벚꽃이요?"

"네, 저기……."

여기에 있어도 방해가 되지 않겠냐고 묻기에 고개를 끄덕이자 카라는 정면에 앉았다.

"그 벚꽃, 일단 소금기를 빼서 꿀에 절였어요."

"꿀이요?"

"늘 커피를 조금씩 남기시잖아요. 그래서 단맛을 더해봤어요."

"미안해요. 신경 쓰게 해서."

"저야말로 죄송해요. 홍차를 내는 편이 나을까 싶었는데 모처럼 커피의 맛을 느껴주셨으면 했어요. 제가 강요를 한 것 같아요."

"아니에요. 제가 완고한 거죠."

또 쓴 커피를 마셔야 하나 싶어서 우울했다. 하지만 꿈

꼼하게 제대로 신경을 써주고 있다고 생각하자 마음이 편해졌다. 허니 토스트를 찢어서 입에 넣었다. 자연의 달달함이 허기진 배에 스며들었다. 씹는 소리만이 울려 퍼졌지만 이상하게 고통스럽지 않았다.

"그런데 왜 그렇게 커피를 고집하세요?"

문득 묻고 싶어졌다.

"음. 글쎄요. 까매서일까요? ……이래선 알기 힘들죠? 미키코가 있었더라면 무슨 소릴 하는지 모르겠다며 또 혼날 것 같네요. 맞다, 스크래치 그림 아세요? 여러 색의 크레파스로 칠한 도화지 위를 새까맣게 칠하고서 끝이 뾰족한 걸로 긁어내는 거요."

"아, 검정을 배경으로 해서 여러 가지 색이 나오는 거 말이죠?"

손자인 이쓰키가 유치원에 다닐 적에 스크래치 그림에 푹 빠졌었다.

"커피를 마시면 왠지 스크래치 그림을 떠올리게 돼요. 새까매서 겉으로 보기에는 쓴 것 같잖아요. 맨 처음에는 예상대로 쓰고요. 그런데 바로 여러 가지 색이나 향이 나타나서 머릿속이 컬러풀해지는 거죠. 그 느낌을 아주 좋아해요."

머그잔 손잡이를 쥐었다.

"그 색이나 향기를 이해하는 방식이 있을까요?"

"마시는 방법에 정해진 건 없어요. 쓰다고 생각해도 한 번에 마시지 말고 잠시 혀로 음미해보면 좋을지도 모르겠네요."

조금만 입에 머금었다. 쓰기는 하지만 꿀 덕분에 평소보다 부드러웠다. 잠시 틈을 두고 희미하게 달콤새큼한 것이 퍼졌다. 카라가 예로 든 스크래치 그림에 오렌지색이나 노란색이 나타났다고 해야 하나.

"그러고 보니……."

"맛있어요"라고 이어서 말하려고 했지만 이 자리에서는 솔직하고 싶었다.

"씁쓸한 맛 깊은 곳에 여러 맛이 감춰져 있는 듯하네요. 조금 더 마시면 더더욱 여러 가지 색이나 내음이 보일지도 모르겠고요."

카라는 기쁜 듯 고개를 끄덕였다.

"맞다. 벚꽃 소금 절임을 또 만들까 싶어서 오전 중에 벚꽃을 따뒀어요. 괜찮으시다면 커피를 드시면서 같이 밑 작업 해주실래요?"

"네. 제가 도움이 된다면요."

카라는 부엌으로 갔다. 짙은 잿빛의 시노기 도기컵에 소
생한 듯 천엽벚나무가 떠 있었다. 그러고 보니 처음 이곳
에 온 날부터 내내 이 컵을 사용하고 있었다. 내 전용 컵.
까끌까끌하게 조각된 모양을 더듬고 있으니 카라가 소쿠
리를 들고 물기를 제거한 벚꽃을 들고 왔다.

"봉오리도 좋지만 조금 벌어진 게 더 화사해서 좋지 않
을까 했어요."

"그러게요. 그 편이 천엽벚나무의 장점이 드러나죠. 이
심지가 단단한 부분을 떼면 되나요?"

벚꽃을 집어 들자 희미한 봄내음이 났다.

"네. 번거로운 일을 부탁드려서 죄송해요."

"아니에요. 이런 작업, 실은 싫어하지 않아요."

선명한 핑크색으로 만개한 벚꽃 하나를 집어 심지를 잡
아당겼다. 오후나에 살던 무렵 가끔 혼자서 소금 절임을
만들었다.

"이런 시간, 동경했어요."

카라가 손에 든 벚꽃을 빙글빙글 돌리면서 말했다.

"아실지도 모르지만 전 어릴 적에 엄마한테 버림받았어
요. 그래서 집안일 전반을 아빠한테 배웠어요. 아빠도 아
빠 나름대로 여러 가지를 가르쳐줘서 너무 고맙지만, 역시

여자끼리여야 알 수 있는 것도 있잖아요. 의지할 수 있는 같은 성별의 사람이 가까이에 있으면 좋겠다고 생각하면서도 버려진 딸로서는 그걸 인정하는 게 싫었어요."

내닫이창에 장식되어 있는 액자에 시선이 갔다. 카라와 많이 닮은 안경을 쓴 남자가 어색한 듯 미소 짓고 있었다.

"아빠가 돌아가시고 나서 더 고집스러워져서 난 혼자여도 괜찮다, 야무지게 살아갈 수 있다고 자신을 타일렀어요. 그런데 오우치 카페에서 셰어하우스를 시작하고 변했다고 할까요. 인연이 닿아서 같은 집에 사는 사람끼리 의지하거나 의지받거나, 어리광을 부리거나 어리광을 받아줘도 좋지 않을까 싶더라고요."

카라는 그 말을 한 후 가만히 작업을 이어나갔다. 이쪽이 뭔가 말을 해주기를 바라는 건 아닌 모양이었다. 내닫이창에서 평온한 햇빛이 쏟아졌다. 이곳에 온 지 한 달 가까이 지났는데 지금 알아차렸다. 격자 안에는 패치워크처럼 무늬가 다른 불투명 유리가 끼워져 있었다. 유심히 보니 식당 격자 디자인도 하나하나 달랐다. 부르면 내려가서 묵묵히 먹고 식사가 끝나면 위로 올라갔다. 그렇게 반복했다. 나는 지금까지 아무것도 보려고 하지 않았다.

"저기, 하나 물어봐도 될까요?"

"네. 그럼요."

카라가 이쪽을 보고 고개를 끄덕였다.

"조금 전에 방에 부르러 와줬잖아요. 그 후에 어디선가 음악이 들렸는데."

"아, 그 곡이요? 구라바야시 씨가 며칠 전에 이야기한 게 생각나서요."

"구라바야시 씨요?"

벚꽃 심지를 떼려고 하던 손이 멈추었다.

"네. 구라바야시 씨가 '그렇게 보여도'라고 하면 실례지만 기억력이 엄청 좋으세요. 돌아가신 남편분이 자주 구라바야시 씨 댁에 놀러 오신 모양이에요. 그때마다 말씀하셨대요. '우리 아내는 영화음악을 좋아해. 니노 로타의 엄청난 팬이야. 특히 〈길〉 테마곡을 좋아하지. 그걸 들으면 왠지 차분해지나봐. 그래서 침울해할 때는 특효약을 대신해서 그 곡을 슬쩍 틀어줘'라고요. 그래서 인터넷에서 검색해봤어요."

"어머나, 그이도 참."

몰랐다. 남편이 다른 곳에서 그런 말을 했을 줄은.

카라는 작업하던 손을 멈추고 말했다.

"요전번에 처음 들었는데 아빠가 생전에 미키코한테 부

탁했대요. '자신이 없으면 카라의 곁에 있어주라'고요. 아빠도 참 괜한 참견이다 싶으면서도 왠지 조금 기뻤어요. 자신을 소중히 여겨주는 사람은 죽은 후에도 선물을 주나 봐요."

선물이라……. 가슴 밑바닥이 아련하게 따스해졌다.

"아, 개운해."

오래 목욕을 했는지 머리에 터번처럼 수건을 두른 미키코가 달아오른 얼굴로 다가왔다.

"어머, 호랑이도 제 말하면 온다더니."

카라가 후훗 웃었다.

"그 얼굴은 뭐야? 어차피 또 내 욕이나 하고 있었겠지."

걱정을 많이 끼쳤네요. 그렇게 말로 사과하는 편이 나을까…… 이쪽이 망설일 틈도 없이 미키코는 소쿠리에 담긴 만개한 벚꽃을 앞에 두고 턱을 괴었다.

"둘이서 뭐해요?"

"벚꽃 소금 절임 밑 작업 하고 있어."

"흐음. 그래서 이건 언제 먹을 수 있는데?"

"일주일 후 정도려나?"

"늦어!"

"소금 절임이잖아. 그 정도는 걸려. 그렇죠?"

카라가 이쪽을 보았다.

"네. 용기 밑에 소금을 넣잖아요. 그 위에 벚꽃을 포개고 소금을 넣고요. 그렇게 반복해서 무게를 주고 냉장고에 2~3일간 둬야죠. 사전 절임이 끝나면 수분을 짜내고 매실초를 뿌려서 작은 뚜껑으로 꽉 눌러 사흘 두고요. 그 후에 반나절 정도 그늘에 널면 완성이죠."

"와아. 벚꽃 소금 절임은 그렇게 만들어요? 사토 짱이랑 아유미 짱한테도 보여주고 싶네요. 생각해보면 우리는 이런 경험에 굶주려 있었어요. 우리 엄만 늘 일해서 뭘 만드는 것도 시간을 단축시켰거든요. 그 영향으로 저도 절임종류는 사서 해치우는 타입이고요. 그런데 근사하네요. 이걸 병에 담아서 아직 멀었으려나, 맛있게 만들어졌으려나 하고 기다리는 시간이요. 마음이 점점 부풀어가는 느낌이에요."

미키코도 벚꽃을 집어 들어 심지를 뗐다.

"미키코도 참, 로션 썼지? 손 꼼꼼하게 씻었어?"

"뭐야, 씻었거든? 그리고 상관없잖아. 어차피 소금에 절일 텐데."

아이처럼 입을 삐죽댔다.

"그러고 보니……."

이곳에 이사 와서 바로 봤던 광경이 머리에 떠올랐다.

"이 집엔 오시마벚나무도 있더라고요."

"네. 올해는 이미 졌지만 천엽벚나무 옆에요."

"오시마벚꽃은 술로 담가도 맛있어요."

"진짜요?"

미키코의 가느다란 눈이 반짝였다.

"벚꽃주라. 전혀 생각도 못했네요. 맞다, 술로 담근다면 다음 달에는 블루베리나 살구도 딸 수 있어요. 그리고 7월에는……."

카라가 다 말하기 전에 미키코가 술잔을 기울이는 시늉을 했다.

"지에코 씨, 술 잘 드세요?"

"네, 실은 그래요."

오후나 집에서 매실주를 가지고 오지 않은 걸 여전히 후회하고 있었다.

"야호. 그럼 같이 술 만들어요. 그리고 매일 마셔요. 약속이에요, 꼭."

그녀가 내민 새끼손가락은 통통하고 하얬다. 그곳에 주름진 손가락을 걸었다.

"새끼손가락 걸고 약속!"

일주일 후, 한 달 후, 일 년 후……. 앞으로의 기대감이 점점 더해갔다.

◦◍◗

괘종시계가 6시를 알렸다. 모두가 식탁에 모이는 시간이었다. 지금까지는 이름이 불릴 때까지 방에서 얌전하게 기다리고 있었지만, 오늘은 달랐다. 부엌에 있었다. 가스레인지의 불을 껐다. 냄비에서 익숙한 카레 냄새가 감돌았다. 밥을 얹은 접시 위에 갓 완성된 카레를 떴다.

"와, 냄새 좋다." 옆에 있던 미키코가 이쪽을 보고 씨익 웃더니 카레를 담은 접시를 쟁반에 올렸다.

"그럼 남은 건 내가 가지고 갈게요."식탁으로 가서 미키코와 자신의 자리 앞에 카레를 놓았다.

"오늘은 지에코 씨가 만들어주셨어요." 카라의 말에 뺨이 발그레해졌다.

"만들었다니, 그렇게 대단한 일도 아니에요. 할머니가 만든 평범한 카레지만 괜찮다면 어서들 들어요."

인생이란 언제 어디서 무슨 일이 벌어질지 모른다. 오늘 아침에는 이불을 둘둘 말고 방에 틀어박혀 있었다. 어쩌면

이 상태가 내내 이어졌을지도 모른다. 평생 일어날 수 없을 거라고 생각했는데 저녁에는 모두를 위해 카레를 만들고 있다. 계기는 미키코의 말이었다.

"지에코 씨~ 나도 어리광부려도 돼요? 오늘은 토요일 카레의 날인데 뭐라도 만들어주세요. 카라랑 모녀처럼 벚꽃 소금 절임 만들고 있는 모습 보니 부럽다고 할까, 한발 늦었다고 할까요. 어쨌거나 지에코 씨한테 어리광부리고 싶어졌어요."

"저기, 그래도……."

식사를 차리는 건 카라의 역할이었다. 그렇게 주제 넘는 행동을 할 수 없다고 거절하려고 했는데 카라가 고개를 가로저었다.

"저도 부탁드리고 싶어요. 미키코의 말을 거들게 됐는데, 실은 저도 지에코 씨의 카레를 먹어보고 싶어요."

그때까지 가토 씨라고 부르던 카라가 처음으로 이름인 '지에코'라고 불러주었다. 단순히 그 정도 일이었지만 들어가기 꺼려지던 부엌에 서보고 싶은 마음이 들었다. 이곳에 발을 디딘 것도, 조리 기구를 사용하는 것도 처음이라서 사용법을 틀려 허둥대는 일도 잦았다. 간신히 만들었지만 맛있게 완성되었을까? 조심스럽게 스푼을 떠서 입으로 옮겼다. …… 나쁘지 않게 완성되었다.

"맛있어! 이거 짱인데요? 지에코 씨."

정면에 앉은 미키코가 이쪽을 보고 엄지를 세웠다.

"입에 맞아요?"

"맞을 뿐만 아니라 왠지 운명적인 만남이라고까지 느껴져요."

"정말 너무 맛있어요. 저기 죄송해요. 겉보기에는 평범하다고 말하면 실례일지도 모르지만 먹고 깜짝 놀랐어요. 감칠맛이 엄청나요. 더구나 이 핑크색 무도 맛있어요."

아유미는 천엽벚꽃이 군데군데 들어간 무 겉절이도 마음에 든 모양이었다. 앞접시를 들고 미소 지었다.

"별점 다섯 개예요. 양파에 돼지고기에 당근, 느타리버섯이란 게 좋아요. 바다 향기가 나는 소스인데 굳이 시푸드 카레로 만들지 않은 점이 얄미울 정도예요. 어라, 왠지 거만한 시선으로 보는 것 같은가요? 아니, 그래도 정말 맛있어요. 이 감칠맛, 왠지 비밀이 있을 것 같아요. 촌스럽다는 거 알고 묻지만 숨겨진 맛이 뭔가요?"

곁에 앉은 사토코가 물었다.

"숨겨진 맛이라고 할 것까진 없는데 바지락으로 국물을 냈어요. 그리고 간장을 넣었고요."

살짝 이야기하려고 했더니 "그렇군요. 바지락이었군요" 라고 미키코가 말을 덮었다.

"바지락 최고! 아니 나 뭐했던 거지? 부엌이랑 여길 왔다 갔다 하느라 정작 중요한 바지락으로 국물을 내는 걸 못 봤네."

미키코가 웃으며 카레를 그러모았다.

"남편은 걸쭉한 카레를 별로 안 좋아했어요. 그래서 어느 날 그 사람이 정말 좋아하는 바지락으로 국물을 냈더니 많이 좋아해주더라고요. 그 이후로 우리 집은 쭉 바지락 카레였어요."

묻지도 않은 추억담을 들려주면서 자신이 아주 편안해하고 있다는 사실을 깨달았다. 이렇게 몸을 사리지 않고 자연스럽게 이야기한 것은 언제 이후일까.

"바지락 카레. 최고예요. 뭐라 표현할 수 없는 부드러운 매운맛. 내가 같은 재료로 만들어도 이 맛은 못 낼 거예요. 지에코 씨의 삶의 향신료가 바지락 국물 안에 같이 꽉 채워져 있는 느낌이 들어요."

카라의 말에 소타가 떠올랐다. 소타도 이 바지락 카레를 아주 좋아했다. "이 맛은 엄마만 만들 수 있어. 마지막 만찬으로 먹을 수 있다면 이거지." 결혼하고 나서도 종종 내가 만든 바지락 카레를 먹고 싶다고 졸랐다. 못난 아들. 자신이 바란 대로는 자라지 않았다. 그래도 이 카레를 만들 때마다 많이 웃어주었다. 소소한 일상의 기쁨. 그 기억은 지금도 여전히 마음을 따뜻하게 해준다.

"아, 오늘 저녁엔 집에 있을 걸 그랬네. 나도 지에코 씨랑 같이 벚꽃 소금 절임 밑 작업 하고 싶은데. 카레 만드는 법도 배우고 싶고 말이지."

사토코가 스푼에 카레를 산더미처럼 퍼 올리면서 말하자 건너편에 있던 아유미가 고개를 끄덕였다.

"정말 저도 다음에는 꼭 알려주세요. 가까운 사람한테 삶의 본질을 배우는 건 엄청 근사한 시간인 것 같아요. 가게에서도 커피 내리는 법을 배울 때 엄청 기쁘거든요."

미키코가 옆을 보고 히죽 웃었다.

"그거야 그렇지. 그런 꽃미남이 가르쳐주니까."

아유미는 양손을 얼굴 앞에다 대고 가로저었다.

"그럴 리가요……. 꽃미남인 거랑 관계없이 점장님은 커피를 내리는 데 프로니까요. 감사하다고 해야 할지 뭐라고 해야 할지."

"오, 아유미 짱. 뺨이 벚꽃색으로 물들었어."

"그만 놀려. 미키티. 능글맞은 아저씨처럼 뭐야."

사토코의 말에 다들 웃었다. 자매처럼.

문득 카라와 눈이 마주쳤다.

"지에코 씨. 다들 바지락 카레 요리법을 알고 싶어 해요. 다음번에 꼭 가르쳐주세요."

"네. 이걸로 괜찮다면 언제든지 알려드릴게요."

내가 만든 바지락 카레에는 비책이라고 부를 만한 것이 없었다. 이쓰키가 종종 말했던 'SNS 감성'인 것도 아니다. 그런데도 '맛있다'고 말하며 먹어주는 사람이 있다면 또 만들어보려고 한다. 예전에 남편이나 아들에게 그랬던 것처럼. 만들고 함께 먹으면서 눈앞의 모두와 이어질 수 있다면 잿빛이었던 일상도 색을 띨 테다. 앞으로 몇 년을 살아갈 수 있을지 모른다. 자신에게 남겨진 시간이 한정되어 있어도 지금까지보다 훨씬 풍요롭게 보낼 수 있을 것만 같다. 벚꽃빛으로 물든 무를 먹으니 아삭 하고 기분 좋은 소리가 났다. 새콤달콤한 봄의 향기가 펼쳐져갔다.

오늘부터는 이곳이 내 고향인 비화낙화(飛花落花)라.

그런 구절이 떠올랐다.

제6장

수국 파티

'돈루반'이라는 간판이 보였다. 전에 왔을 때는 노란색 꽃이 피어 있던 미모사가 잿빛 하늘 아래 은색 잎을 흔들고 있었다. 바지 주머니에서 수건 소재의 손수건을 꺼내 목덜미의 땀을 닦았다. 그런데 문에 걸린 문패가 'CLOSE'라고 되어 있다. 이상하다. 오늘 아침에 아유미는 평소대로 집을 나섰는데 말이다. 실수라도 했나? 'OPEN'으로 돌릴지 순간 망설였지만 이곳은 타인의 가게다. 카라는 마음을 고쳐먹고 'CLOSE'인 채로 문을 밀었다.

딸랑 하는 소리와 함께 카운터 안에 있던 다다히토가 이쪽을 보았다.

"왔어?"

"안녕하세요. 저기, 아유미 씨는요?"

"아, 오늘은 가게를 일찍 닫아서 조금 전에 집에 갔어."

어제 저녁식사 후에 아유미가 귓가에다 대고 속삭였다. "점장님이 스케줄 괜찮으면 내일 2시에 가게로 와달라고 하셨어요. 중요한 이야기가 있나 봐요." 아르바이트를 시작한 지 벌써 반년이 지나고 있었다. 적어도 아유미는 다다히토에게 적지 않은 마음을 품고 있다. 이야기라는 건 두 사람의 앞으로에 대한 보고라고 생각했다. 하지만 지레짐작이었다. 카라는 다다히토의 앞에 비스듬히 앉았다. 문득 옆에 있는 꽃의 존재를 알아차렸다. 청자색 머그잔에 수국 한 송이가 자리했다. 하늘 못지않은 파랑이었다.

"엄청 투명한 파랑이네요."

"헤븐리 블루야. 조만간 색이 변하겠지만 지금이 색이 제일 근사하지."

다다히토는 그길로 말없이 묵묵하게 사자 마크가 들어간 커피그라인더를 들었다. 원두를 가는 소리가 가게 안에 울려 퍼졌다.

"오늘 아침에 로스팅한 수국 블렌드야."

다 간 원두를 융 필터에 부어서 뜨거운 물을 둘러 내렸다. 서버에 물방울이 천천히 떨어졌다.

"수국을 아주 좋아했던 여성을 그리워하면서 말이지."

다다히토가 파도 무늬가 들어간 머그잔에 커피를 부으면서 말했다. '수국을 좋아했던'이라고 과거형으로 일컬어진 여성과 헤븐리 블루. 어떻게 대답해야 좋을지 모른 채 자신에게 내밀어진 잔을 기울였다. 과실 같은 산미와 향기

가 마치 푸른 불꽃처럼 퍼졌다가 사라졌다. 여운 속에서
아련한 달콤함이 쫓아왔다. 삼촌이 로스팅한 커피는 지금
까지 셀 수 없을 만큼 마셔왔지만, 처음 맛본 맛이었다.

"맛이 부족해?"

"아뇨. 맛있어요. 엄청요. 다만 오늘은 가게도 커피 맛
도 지금까지와는 분위기가 다른 것 같아서요. 그런데 곰
곰이 생각해보면 전 변화를 알아차릴 만큼 여기에 오지
않았네요."

"그러게."

다다히토는 서운한 미소를 지었다.

"오기가야쓰와 자이모쿠자. 같은 가마쿠라에 사는데도
우리는 아주 멀었지."

잠깐의 침묵 후에 다다히토는 자신에게 무언가를 타이
르듯이 고개를 끄덕였다.

"실은 수국을 좋아하는 여성은 형수야. 네 어머니시지.
두 달 전에 돌아가셨다고 하네."

희미한 아픔이 가슴을 가로질렀다.

"그렇군요……."

달리 할 말이 없었다. 40년도 더 전에 자신을 버리고 집
을 나간 사람이었다. 할머니가 돌아가셨을 때도 아무 연락

도 없었다. 아빠의 장례식조차 오지 않았다. 자신의 내면에서 이미 옛날에 지워 없애버린 존재였다. 이제 와서 '죽었다'고 해도 아무 느낌도 없었다.

"68세. 간질성 폐렴이었어. 힘든 병을 오랫동안 앓았었나봐."

"아직 인연이 끊어지지 않았던 건가요?"

"응."

다다히토는 애매하게 끄덕였다. 세상을 떠났다는 사실보다 두 사람이 이어져 있었다는 사실에 더 동요했다. 할머니한테 엄마가 집을 나간 건 도련님인 다다히토와 비도덕적인 사랑에 빠져서라고 들었다.

"쭉 연락은 하고 있었어. 반년 전에 만났을 때는 건강했었고. 우는 소리를 안 하는 사람이라 설마 그렇게 안 좋았을 줄은 몰랐어. 형수는 혼자 하야마에 살면서 죽기 직전까지 지인이 운영하는 토마토 농장을 돕고 있었어. 납골이 끝난 후에 형수가 남긴 메모를 발견한 친척이 알려줬어. 이걸 너한테 전해 달라고 했다는구나."

이쪽으로 내민 둥근 캔을 보고 숨이 막히는 것 같았다. 파란색 바탕에 보상화(모란, 연꽃 등을 이용한 가상의 꽃무늬-옮긴이)가 그려진 쿠키 캔이었다. 쇼소인(일본 나라 현 도다이지 절에 있는 왕실의 유물 창고-옮긴이) 문양이 수국 같은 게 마음에 들어, 어린 시절에 매우 소중히 여겼었다. 몇 살 무렵이었을까? 이걸 몰래 숨겨놓고 엄마 생일에 선물로 건넸다. 여태껏 엄마와 마찬가지로 그 존재를 잊고 있었다.

"이 물건을 이제 와서 어쩌라는 건지……."

"이 안에 너한테 남기고 싶었던 게 담겨 있다고 하네."

다다히토는 숨을 천천히 내뱉더니 팔짱을 꼈다. 스스로 자신을 지탱하는 것처럼.

"40년 전 형수는 오우치가를 나갔어."

"그 사실이라면 이미 알아요……."

할머니는 죽을 때까지 엄마를 용서하지 않았다. 할머니는 이렇게 말했다. "엄마한테 나가라고 한 건 나야. 그래도 난 여전히 화가 풀리지 않아. 아직 대학생이던 다다히토 삼촌을 유혹했으니까. 그런 여자, 카라의 엄마로는 어울리지 않아."

다다히토는 이윽고 말했다. "들어봐. 나쁜 건 나야. 사키 씨는 형수 이상의 존재였어. 어째서인지 그 사람한테만 뭐든 이야기할 수 있었어. 둘이 있으면 시간이 가는 줄도 몰랐어. 형이 일로 늦는 날에는 내 방에 형수가 와서 실컷 수다를 떨었지. 음악, 영화, 책. 거기에서 생각할 수 있는 인생. 그리고 내가 그때까지 아무에게도 말할 수 없었던 비밀도."

카라는 들고 있던 컵을 테이블에 놓았다. 비밀?

다다히토는 수염이 마구잡이로 자란 턱을 두 번 정도 쓰다듬고 숨을 뱉었다.

"……난 여자를 사랑할 수 없어. 노력해서 여러 여자와 사귀어왔지만 여자의 몸에 반응하지 않아. LGBTQ라는 말도 없었던 시대였지. 게이인지 여장 남자인지 스스로의 성정체성조차 몰랐어. 개중에는 접근하는 남자도 있었어. 그걸 받아들여야 좋을지 고민하고 고민했어. 부모님에게는 물론 형한테도 말할 수 없었지. 평생 이도 저도 아닌 상태로 살아가야 하나 싶으니 죽고 싶어졌어. 그럴 때 형수가 집으로 왔지. 신기한 포용력이 있는 사람이었어. 그때까지 내가 품고 있던 불안감이나 두려움, 쓸쓸함을 누군가가 들어주기를 바란 건 처음이었으니까."

다다히토는 이쪽을 보았다. 전에도 한 번 같은 눈을 본 적 있다. 아유미다. 몸은 남자지만 마음은 여자라고 고백했을 때였다. 쭉 오우치 카페에서 살고 싶으니 그저 들어주기를 바랄 뿐이라고 했던 그때와 같은, 그 이상으로 절실하고 애달픈 눈이었다.

"전부 다 이야기하자면 형수는 가만히 나를 안아줬어. 어떤 말보다 기뻤어. 그런 둘도 없는 사람인데 난 그 사람을 지키지 못했어. 형이 해외 출장을 갔을 때였어. 밤이 늦었었지. 평소처럼 레코드를 들으며 대수롭지 않은 대화를 나누고 내 방에서 나가는 형수를 엄마가 불러 세웠어. 그리고 돌아보는 형수의 뺨을 때렸어. '남편이 없는 틈을 타서 무슨 짓을 하는 거냐'고 매도하면서 몇 번이나 말이지. 형수는 가만히 견디고 있었어. 한마디도 변명하지 않았지."

다다히토는 긴 속눈썹을 떨어뜨리고 입술을 깨물었다.

"형이 출장에서 돌아온 그날 엄마는 자신이 본 걸 억측도 섞어가며 전했어. 난 고개를 숙이기만 하고 아무것도 하지 못했지. 얼마 지나지 않아 형수가 집을 나갔어. '신경 쓰지 마. 난 괜찮으니까'라는 메모를 내 방문에 끼워놓고."

오랫동안 마음 깊은 곳에 가라앉아 있던 광경이 떠올랐다. 길가의 수국이 비에 맞아 흔들리고 있었다. 유치원에서 돌아오던 길, 나는 데리러 왔던 엄마의 파란 우산 밑에서 말했다.

"카라는 비 오는 날이 싫어."

"왜?"

검은자위가 큰 외까풀이 이쪽을 보았다.

"하늘이 우는 것 같아서 왠지 쓸쓸한 기분이 들어."

"그럼 비 오는 날에는 엄마를 떠올려. 어디에 있어도 카라가 외롭지 않도록 기도할 테니까."

파란 우산이 하늘을 부웅 날았다. 그 순간 엄마가 나를 꽉 껴안았다. "엄마, 아파." 보드라운 팔이 점점 더 강하게 나를 감쌌다. 긴 머리에서 비누 냄새가 났다. 다음 날 이른 아침에 엄마는 집을 나갔다.

"아빠는……. 사실을 모른 채 돌아가셨어요?"

무심코 말하고 있었다. 다다히토는 고개를 가로저었다.

"내가 서른이 되던 해에 모든 사실을 밝히고 사과했어. 형은 '넌 아무 잘못 없어. 엄마 이야기를 곧이곧대로 받아들인 내 잘못이지. 벌은 달게 받아야지'라고만 했어."

엄마와의 사이를 되돌리지 않았던 것은 아빠가 자신에게 부여한 벌인 것인가. 컵을 기울였다. 차가운 커피는 쓴맛만 더했다.

"형수랑 마지막으로 만난 날, 카라가 셰어하우스를 시작했다고 하니 '역시 피는 못 속이네. 나도 그런 일이 하고 싶었는데'라며 엄청 기뻐했어."

다다히토는 에이프런 주머니에서 하늘색 봉투를 꺼내더

니 이쪽으로 내밀었다.

"안에 형수 사진이 들어 있어. 영정 사진으로 사용한 거라네. 그거랑 묘지 지도도. 유이가하마 해변이 보이는 좋은 곳이야. 가보는 게 좋을 거야. 형수가 거기서 기다리고 있어."

여전히 잿빛 구름이 펼쳐져 있었다. 올려다보는 계단 양가장자리에는 알록달록한 수국이 흐드러지게 피어 있었다. 한 계단 한 계단 힘껏 발 디디듯 위로 올라갔다. 문득 눈앞에서 흔들리는 한 송이와 시선이 마주쳤다. 다른 꽃에 비해 아직 푸른색이 되기엔 멀었다. 그런데도 연두색 꽃받침은 여기저기 연보랏빛이나 하늘색으로 변한 모습이었다. 파랑으로 가득 채우기 위한 준비가 시작되고 있었다.

"조금 더 있으면 도착할 거야. 이 계단은 제야의 종처럼 108개나 있어. 이걸 넘어서면 절이 있고. 엄만 여기서 내려다보는 가마쿠라 경치를 너무 좋아해."

먼 옛날 엄마와 함께 이 긴 계단을 올라왔다. 발걸음을 멈추고 돌아보았다. 구름 사이에 태양이 비쳤다. 수국은 일곱 가지 색으로 겹쳐졌고, 시선 아래에 펼쳐진 바다가 은색 가루를 뿌린 것처럼 빛났다. 다다히토의 가게를 나온 후 마음에 응어리가 져 있던 무언가가 조금씩 녹아내리는 듯한 느낌이 들었다.

절의 정문 바로 앞에 있는 묘지로 나아갔다. 다다히토가 그려준 지도대로 큰 녹나무 바로 옆의 묘 뒤에 아주 새것으로 보이는 묘가 있었다. 야마네가의 묘. 이곳에는 할아버지도 있을 테다. 먼 옛날에 몇 번인가 만난 적 있다. 얼굴은 거의 기억나지 않는다. 그런데도 에워싸고 있던 평온한 분위기, 안겼을 때의 편안함은 기억의 깊숙한 곳에 있다. 할아버지와 함께라면 외롭지 않겠지. 정신을 차리자 묘 앞에 쪼그리고서 엄마에게 말을 걸고 있었다.

토트백에서 엄마가 물려준 파란색 둥근 캔을 꺼냈다. 안에는 엄마가 조합한 향신료와 작은 노트가 들어 있었다. 수국빛의 표지를 넘기자 둥그스름한 글자로 오므라이스 카레의 레시피가 쓰여 있었다. 옆에는 색연필로 그린 일러스트도 곁들여져 있었다. 날짜는 1980년 6월 13일. 다음 페이지엔 당근 카레 레시피가 있었다. 1년 후인 6월 13일에 적은 것이었다. 집을 나간 이듬해부터 딸의 생일에 빼놓지 않고 쓴 마흔 개의 레시피. 마지막 페이지에는 마스

킹테이프로 하늘색 봉투가 붙여져 있었다.

파란 우산 스티커를 떼어내고 봉투를 열었다. 이상한 기분이 들었다. 나의 필체와 아주 닮은 동글동글한 글자가 나열돼 있었다.

카라, 네가 이 편지를 읽을 무렵에 나는 이 세상에 없겠구나. 그게 뭐 어때서? 네가 그리 생각할지도 모르겠네. 당연하지. 난 어린 너를 두고 집을 나갔으니까. 이제 와서 변명을 할 수 있는 입장이 아니기도 하고. 하지만 조금만 들어주겠니? 그때 난 스물여덟이었어. 엄마를 일찍 여의고 아버지와 둘이서 살아온 탓인지 '가족'을 지키는 법을 몰랐단다. 내 경솔한 행동을 계기로 망가지기 시작한 오우치가. 그 균열이 더 생기지 않도록 하기 위해서는 나가는 게 최선이라고 내 나름대로 결단을 내렸어. 온갖 말로 덮어가며 금이 간 곳을 메울 노력을 해야 했을지도 모르지. 널 데리고 아빠의 곁에서 살았으면 좋았을지도 모르고. 좀 더 다른 해결책이 있지 않았을까, 내내 그리 생각해봤어. 그런데 지금 엄마 없이도 의젓하게 자란 널 보고 있으니 그때의 선택이 반드시 틀린 것만은 아닌 듯하구나.

지금에서야 밝히지만 난 오우치가에 두 명의 스파이를 보냈단다. 도련님과 옆집의 글래디스 씨. 다정한 스파이에게서 듣는 너의 삶은 나에게 있어서 무엇보다 큰 즐거움이었단다.

실은 딱 한 번 오우치 카페를 들여다보러 간 적이 있어. 매화가 흐드러지게 피어 있고 동박새가 즐겁게 울고 있었단다. 파란 나무 문에서 정원을 들여다보자 테라스에서 글래디스 씨와 네 여성들이 담소를 나누고 있었어. 곁에는 시바견도 있었고. 미키코 씨, 사토코 씨, 아유미 씨, 지에코 씨……. 보고를 받았던 입주민들의 이름과 얼굴을 연결 짓고 있는데 집 안에서 파란 니트를 입은 네가 커피를 가지고 나오더구나. 멀리서였지만 충만한 미소가 눈부셨어.

죽을 때 이 세상에 남겨놓고 가는 선물로 너에게 무엇을 남기면 좋을지 내내 고민했어. 그런데 모두에게 커피를 주는 너를 보고 가람 마살라가 번뜩 떠올랐단다. 향신료를 조합하는 비율은 정해져 있지 않아. 집집마다 각각 다른 레시피가 있고. 시나몬, 클로브, 카더멈, 쿠민, 후추, 칠리페퍼……. 향신료 한 가지 한 가지마다 이만저만 개성이 또렷한 게 아니니 얼굴을 찡그릴 맛도 있겠지. 그런데도 신맛이나 쓴쓰레한 맛을 사이좋게 섞으면 신기한 향을 자아낸단다. 오우치 카페에 딸려 나오는 식사에 한 번 솜씨를 발휘

해 사용해준다면 기쁠 것 같아.

카라, 난 이제 곧 이 세상을 떠나게 된단다. 어느새 두려움이나 슬픔, 속상함은 사라지고 스스로도 놀랄 정도로 고요한 기분으로 그날을 맞이할 수 있을 것 같구나. 네가 이 편지를 받게 될 무렵에는 분명 이곳저곳에 수국이 피어 있겠지.

그래그래. 옛날에 아빠한테 수국 이름의 유래를 배운 적이 있단다. 옛말인 '아즈사아이(集真藍)'가 변해서 수국(일본어로는 아지사이-옮긴이)이 되었다고 하더구나. '모이면(集)' '파란색(真藍)'이 되는 수국. 작은 꽃받침 하나하나가 저마다의 페이스로 조금씩 색을 달리하며 마침내 하나가 되어 눈부신 파랑이 되지. 계절이 변해 색이 바래더라도 겨울을 극복한 후에는 싹이 나고 다시 파랑으로 새로 태어나지. 네가 시작한 오우치 카페에 딱 어울리는 꽃이야.

오우치 카페에 모인 사람들은 가족이 아니야. 언젠가 흩어질지도 모르지. 혈연이나 법, 유대관계를 보증하는 것은 아무것도 없어. 하지만 일시적이기에 모두가 바짝 다가서서 피우는 꽃이 아름답게 느껴지는 거겠지. 역할이나 구속력을 뛰어넘어 하나의 꽃을 피울 수 있다면 이렇게 근사한 일은 또 없을 거야.

저 세상에 갔을 때 한 가지 기대되는 일이 있다면 널 늘 지켜볼 수 있는 일이란다. 나라는 몸은 사라져도 소중한 사람을 생각하는 마음은 죽음 정도로 사라지지 않아. 비가 되어 바람이 되어 햇살이 되어 더욱 자유롭게 곁에 있을 수 있단다. 그래서 카라, 오우치 카페에 모인 모두와 근사한 수국을 피워서 이 제멋대로인 엄마에게 보여주길 바란다.

마지막으로 한 가지 더 뻔뻔한 부탁이 있단다. 차가운 비가 너를 적시면 날 떠올려주렴. 어디에 있든 어떤 형태로든 카라가 외롭지 않도록 지켜줄 테니까.

봄비를 바라보며
야마네 사키

비가 뚝뚝 떨어져 어깨를 적셨다. 엄마, 지금 그곳에 있는 거지? 눈물 한 줄기가 뺨을 타고 흘러내렸다.

먹구름 낀 하늘 아래 멀리서 새가 울고 있었다. 휘이휘리리…… 숨 돌릴 틈도 없이 지저귀고 있었다.

"저기, 카라, 저건 무슨 소리야? 휘이휘리리 하고 들리는데 혹시 휘파람새야?"

비스듬히 앞에 앉은 미키코가 테라스에서 하늘을 올려다보고 말했다.

"휘파람새의 골짜기쇼라고 하지. 번식기인 수컷이 경계하거나 흥분할 때 지금 같이 울어."

"와아, 휘파람새는 휘이이익 호르륵 말고 이런 울음소리도 내는구나."

'그야 그렇지.' 츤이 대답하듯이 으르렁거렸다. 사토코가 츤의 얼굴을 쓰다듬으면서 말했다.

"휘파람새라고 하면 휘이이익 호르륵이잖아. 봄에 우는 소리 말고는 생각해본 적이 없네."

"맞아 맞아. 이런 장마 때 미성을 들려주다니 놀랐어. 아, 또 시작됐네. 골짜기쇼. 어디에 있는 거지?"

잿빛 하늘에 금가루를 뿌리는 듯한 소리가 울려 퍼졌다.

"저쪽 부근 아니려나."

지에코가 정원 뒤편에 있는 조릿대나무 숲 한가운데 근처를 가리켰다.

"매화에 휘파람새라고 하지만 실은 조릿대나무도 좋아해요. 치치치치치라든가 호로로로로라든가 저 부근에서 자주 콜노트해요."

"콜노트요?"

미키코가 고개를 갸웃거렸다.

"네. 우리가 이렇게 나누는 수다 같은 거예요. 어떤 새든 콜노트라든가 스크리밍이라든가 다양한 소리로 커뮤니케이션을 하는 거죠."

미키코가 고개를 크게 끄덕였다.

"지에코 씨, 또 공부가 됐어요. 뒤편의 조릿대나무, 저기는 휘파람새들의 오우치 카페인 거네요. 아, 호랑이도 제 말 하면 온다더니."

휘이휘리리 휘이휘리리 하는 휘파람새의 높다란 음성이 울려 퍼졌다.

"골짜기쇼라기보다 방울쇼인 것 같아요. 방울이 하늘을 굴러가는 듯한 미성이니까요. 다가오는 천적한테 '어때? 난 이런 미성으로 울 수 있다고'라며 은근슬쩍 자랑을 하는 것 같아요."

그리 말하고 정면에 앉은 아유미가 쿡 하고 웃었다. 연보랏빛 티셔츠가 등 뒤에서 물들기 시작한 수국에 녹아들었다.

"이런 노랫소리를 들은 건 나도 처음이에요. 전에 살던 집 근처에 들새가 모이는 공원이 있었으니 어쩌면 이 골짜기쇼와 마찬가지로 미성으로 지저귀는 새가 있었을지도 모르겠네요. 그런데 그걸 즐길 여유도 없었고, 서로 나눌 친구도 없었어요. 길을 걷고 있어도 소음 속에서 스마트폰 착신 음을 알아차리는 데 필사적이었죠. 오우치 카페에 와서 처음으로 새나 벌레 소리에 귀를 기울이는 방법을 익힌 것 같아요."

"난 너무 당연해서 못 알아차렸네요."

말이 입을 뚫고 나왔다. 모두 이쪽을 보았다.

"휘파람새의 골짜기쇼는 알고 있었어요. 그런데 아무 생각 없이 그냥 흘려들었죠."

새가 지저귀는 소리뿐만이 아니다. 쏟아지는 햇살, 흐르는 구름, 살랑대는 바람, 개화하는 꽃…… 전부 당연한 듯 지나쳐왔다. 그 감사함을 알아차리게 해준 건 오우치 카페에 모인 모두다. 다람쥐가 우는 소리에 놀라고 나뭇잎의 색깔 변화에 설레고 미모사가 만개하기를 은근히 기다리는 모습은 이곳에 존재하는 게 둘도 없이 소중하다는 걸 알려줬다.

"그렇지. 카라는 늘 멍하니 있으니까."

미키코가 히죽 웃더니 토스트를 베어 먹었다.

"그런 주제에 만드는 건 스페셜하게 맛있으니 신기해. 아니, 이건 무슨 토스트지? 엄청 좋아하는 맛인데 여기에 뭐 뿌렸어?"

"가람 마살라. 버터 토스트에 한 번 뿌려봤어."

"가람 마살라라니, 카레에 넣는 그거? 카레 맛 전혀 안 나는데?"

마지막 한 조각을 먹음직스럽게 먹으며 미키코가 말하자 사토코가 자신의 토스트를 찢으며 말했다.

"이거, 강황이 안 들어 있어서야. 마살라는 '섞는다'는 의미래. 여러 향신료를 섞어서 매운맛보다도 향을 내기 위해 사용하는 거지."

"역시 맛집 여왕답네. 맞다. 그러니 이 토스트, 커피에도 잘 어울리는 거구나. 서로 방해하지 않는다고 해야 하나? 이 커피랑 가람 마살라의 콜라보, 장난 아닌데?"

미키코가 말한 대로 엄마가 조합한 가람 마살라와 삼촌이 로스팅한 수국 블렌드는 생각 이상으로 잘 어울렸다.

"이 커피, 색이 평소보다 밝네? 발효가 진행된 중국 꽃차 같아요. 산뜻하면서도 화사한 향기가 퍼지기도 하고요. 어떤 원두를 사용하면 이런 맛이 나오는 거죠?"

지에코는 원래 커피를 내켜하지 않았지만 이곳에 와서

오후의 커피 타임을 누구보다도 기대해주었다.

"삼촌 가게에 갔을 때 얻은 건데 실은 자세히는 몰라요. 게이샤가 베이스라는 건 확실하지만요."

"게이샤라면 그거?"

미키코가 춤추는 듯한 손짓을 해 보였다. 축제 때 추는 백중맞이 춤 같았지만.

"나도 처음에 들었을 때는 '그 게이샤?'라고 생각했는데 에티오피아 남서부 마을 이름이래요. 색이 밝은 편인 건 이 독특한 꽃향기를 살리려고 라이트 로스팅을 해서인 것 같아요."

지에코는 아유미의 설명을 고개를 끄덕이면서 듣고 있었다.

"게이샤라. 엄청 희귀한 원두네요. 이 커피, 꽃 같아요. 은은하게 달고 살짝 쓴맛도 있고요. 산미랑 과실미, 여러 맛이 섞여서 조금씩 변화해가는 점이 꼭 수국 같네요."

먹색 컵을 기울이면서 사토코는 아유미의 등 뒤에서 피는 수국을 바라보았다.

"아."

미키코가 갑자기 손뼉을 쳤다.

"좋은 생각 났어! 저기, 다음 주 토요일에 카라 생일이잖

아. 가파 안 할래?"

"미키티, 가파는 뭐야?"

사토코가 옆을 보았다.

"가든파티!"

"왜 가파라고 하는데? 아무도 그렇게 안 줄여 쓰잖아."

사토코는 어깨를 으쓱했다.

"어떻게 줄여서 쓰는지는 아무래도 상관없잖아. 그것보다 이 집 수국이 많잖아. 다음 주 이 무렵에는 저 부근의 아직 황록색인 것도 파랑으로 바뀌어서 구경하기에 딱 알맞은 시기가 되겠어. 더구나 뭐더라? 파란 피안화 같은 아가 뭐시기 하는 것도 여기저기 피어 있어서 느낌도 좋을 듯하고."

"아가판투스 말이죠? 분명 수국이랑 잘 어울리겠네요."

지에코가 고개를 끄덕이고 이쪽을 보았다.

"파란 정원. 다음 주가 제일 예쁘겠어요. 카라 씨, 엄청 좋은 계절에 태어났네요?"

"그러게. 카라, 파랑 일색이야. 블루 가파 하자! 모처럼 찾아온 생일이니 다들 저마다 소중한 사람을 부르는 건 어때? 나는 음, 후쿠이에서 못난 아들내미를 불러야겠어."

미키코가 엄지를 세웠다.

"그럼 난 레이코를 불러야지. 여기 봐, 좋은 예감이 드는지 츤도 기뻐하고 있어."

츤이 사토코 다리 언저리에서 꼬리를 흔들고 있었다.

"가족의 단란함. 분명 수국의 꽃말 중 하나죠. 오우치 카페 파티에 걸맞은 꽃이네요. 나도 이번 기회에 손자랑 연락을 해볼까 싶네요. 올지 안 올지는 모르지만 밑져야 본전으로 라인 해봐야겠어요."

눈가에 주름을 새기며 지에코가 고개를 끄덕였다.

"좋네요. 나도 우리 못난 아들한테 문자를 보냈다가 읽씹 당하지 않을까 실은 두근거리지만, 이 집에 그 녀석도 묵은 적 있고 카라도 잘 따랐으니까요. 가파라고 하면 꼬리를 흔들면서 올 것 같긴 해요. ……그런데 아유미 짱은 누굴 부르려고? 소중한 사람이라고 하면 역시 자이모쿠자의 꽃미남인가?"

아유미는 히죽대는 미키코를 미소 지으며 흘겨보았다.

"점장님은 늘 가게에서 만나고 있잖아요. 난 엄마를 부를까 싶네요. 지금까지 엄마한테 친구를 소개한 적이 없거든요. 엄마가 꽃도 강아지도 좋아하시니 지바에서 찾아올 것 같아요."

다들 태도가 이미 적극적이었다. 손에 든 청자색 컵을

테이블에 놓았다.

"괜찮겠어요. 제 생일을 구실로 다들 소중한 사람을 만날 수 있으니까요."

"그런 건 구실인 게 당연하잖아."

실 같은 눈이 웃었다.

작년 생일은 혼자였다. 직접 간 원두로 커피를 내리고 자신을 위해 시폰케이크를 구워 비를 보면서 테라스에서 축하했다.

쭉 혼자 있는 게 좋았다. 미키코한테 셰어하우스를 시작하자고 권유받았을 때는 전혀 내키지 않았다. 누군가를 위해서 취향인 커피를 기억하고, 누군가를 위해서 메뉴를 생각하고, 너 나 할 것 없이 미소 지으며 지낼 수 있도록 신경 쓰는 매일은 질색이었다. 하지만 닫혀 있던 마음의 창은 어느새 열려 있었다. 가든파티. 여기에 있는 누구보다도 기대하고 있다.

"그러는 카라는 누굴 부르려고?"

미키코가 물었다.

"흐음······. 비밀이야."

"뭐야, 그 의미심장한 미소는."

보고 싶은 사람은 모두 여기에 있다.

컵 안에 짙은 갈색 액체가 조금 남아 있었다.

"아, 비다."

아유미가 테라스에서 손을 뻗고 말했다. 수국의 파랑이 빗방울을 털어내듯이 흔들렸다. 아빠의 뒷모습이 되살아났다.

"파랑은 산성, 빨강은 알칼리성이야. 수국은 토양에 따라 색이 달라지지. 커피는 산성이니까. 수국의 파랑을 부른단다."

점점 스며들어 파랑이 되렴, 그렇게 말하면서 아빠는 컵에 남은 커피를 수국에 뿌려주었다. 어딘가 쓸쓸한 듯한, 그러면서도 다정한 등을 좋아했다.

"카라의 생일은 한창 장마철일 때지. 저기, 가파, 비 오면 어쩌지?"

미키코가 걱정스럽게 테라스에서 정원을 바라보았다.

"그렇다면 이렇게 다들 테라스에서 구경하면 되지. 수국은 비를 좋아하니까."

정원에 나와 꽃 앞에 쪼그려 앉았다. 비에 젖은 잎을 좌우로 밀어 헤치고 컵에 남은 커피를 뿌리 부근에 부었다.

점점 스며들어서 파랑이 되렴.

"카라 뭐해? 비에 다 젖어!"

등 뒤에서 미키코의 목소리가 들렸다. 돌아보자 테라스에 모인 네 사람과 개 한 마리가 꽃송이처럼 미소 짓고 있었다.

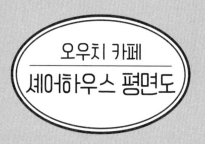

오우치 카페
셰어하우스 평면도

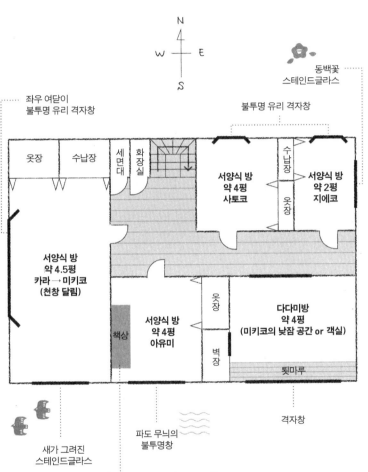

오우치 카페 카레 레시피

- 모든 요리는 4인분 -

일러스트: 오토 노리코
글: 오치 쓰키코

카라와 미키코의 달맞이

달구경 카레 ✨

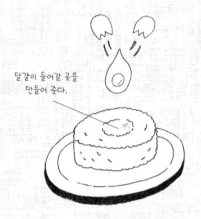

달걀이 들어갈 곳을
만들어 준다.

재료

다진 돼지고기	400g
홀토마토	½캔
양파	1개
마늘	2쪽
생강	1작은술
소금	1작은술
꿀	조금
간장	조금
된장	조금
참기름	1큰술
달걀	4개
밥공기	3그릇 분량

향신료

쿠민	1작은술
강황	1작은술
고수	1작은술
월계수잎	1장

요리법

① 참기름을 중불 프라이팬에 두르고 잘게 썬 양파와 다진 마늘과 생강을 넣고 갈색이 될 때까지 볶는다.

② 홀토마토를 넣고 과육을 으깬 후 페이스트 상태가 될 때까지 볶는다.

③ 약불에서 향신료와 소금, 꿀, 간장, 된장을 넣는다.

④ 다진 돼지고기를 넣고 강불로 색이 바뀔 때까지 볶는다.

⑤ 밥을 넣고 풀면서 섞어 합치고 소금으로 간을 한 뒤 불을 끈다. 접시에 담고 한가운데를 오목하게 만들고 날달걀을 떨어뜨리면 완성이다.

식후 커피

달구경 카레를 먹고 난 후에는 '커피의 여왕'이라고 불리는 에티오피아가 적합하다. 산미와 과실 향으로 보름달처럼 맑은 기분이 들게 해준다.

재료

오징어	3마리
오징어먹물	적당량
양파	1개
물	700ml
마늘	1쪽
라임	적당량
소금 후추	½작은술
올리브오일	1큰술
파프리카	1개
화이트와인	조금

향신료

고수	1작은술
쿠민	1작은술
강황	1작은술
카레파우더	1작은술
월계수잎	1장

맛있는 먹물

오징어먹물 카레

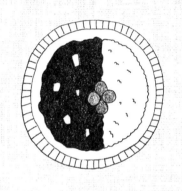

요리법

① 오징어는 가늘게 썬다. 오징어먹물이 들어 있을 때는 그 먹물을 사용한다. 없을 때는 시장에서 판매하는 것을 사용하면 된다.

② 냄비에 올리브오일을 두르고 자잘하게 썬 마늘을 약불에 볶는다. 가볍게 색을 띠고 향이 나면 양파를 넣고 반투명해질 때까지 볶는다.

③ 다른 프라이팬에서 오징어를 볶고 화이트와인과 소금 후추를 가볍게 뿌린다.

④ ②에 오징어먹물, 향신료, 물을 넣고 중약불로 푹 끓인다.

⑤ 걸쭉해지면 ③의 오징어를 넣고 더욱 끓인다. 완성되면 소금과 라임으로 간을 한다. 접시에 플레이팅하고 파프리카를 얹으면 끝이다.

식후 커피

오징어먹물이 응축된 감칠맛 뒤에는 만델링이 딱이다. 흙냄새라고도 형용되는 묵직하고 씁쓸한 맛과 깊이감은 바다의 여운과 궁합이 잘 맞다.

돈가스가 먼저인가, 카레가 먼저인가

돈가스 카레 ★★★

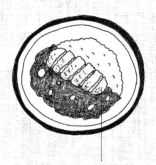

오른쪽 끝은 카레의 바다에
파묻어 마지막에 먹는다.

재료	
돈가스	4개
양파	1개
당근	1개
마늘	1쪽
생강	조금
참기름	적당량
홍시	½개
사과	¼개
키위	1개
물	1.5L
버터	10g

향신료	
쿠민	1작은술
강황	1작은술
고수	1작은술
카레파우더	1작은술
클로브	3알

요리법

① 돈가스는 직접 만든 것이나 마트에서 파는 것 둘 다 괜찮다.

② 양파는 자잘하게 썬다. 당근, 홍시, 사과, 키위, 생강을 갈아둔다.

③ 냄비에 참기름을 두르고 마늘, 생강을 볶는다.
　향이 나면 양파, 당근을 넣는다.
　숨이 죽으면 물을 넣고 푹 끓인다.

④ ③에 향신료와 숨은 맛의 비결인 홍시, 사과, 키위를 넣고 중불로 걸쭉해질 때까지 끓인다.

⑤ 버터를 넣고 돈가스와 함께 접시에 플레이팅하면 완성이다.

식후 커피

카레가 뿌려진 바삭바삭한 돈가스를 먹은 후에는 콜롬비아가 좋다. 로스팅감이 나면서도 부드러워
서 뒷맛이 산뜻하다.

러브애플

토마토 카레

재료	
토마토	5개
양파	2개
닭봉	8개
마늘	1쪽
생강	조금
셀러리	조금
화이트와인	조금
소금 후추	조금
올리브오일	1큰술

향신료	
쿠민	1작은술
강황	1작은술
고수	1작은술
가람 마살라	2작은술
칠리페퍼	1작은술

토마토를 원통형으로
썰어 곁들여도 맛있다.

요리법

① 양파는 1cm 간격으로 썬다.
   토마토는 세로로 절반으로 썰고, 꼭지를 제거한 후 한입 크기로 썬다.
② 닭봉에 소금 후추를 뿌린다.
③ 냄비에 올리브오일을 두르고 가열한 뒤 양파를 넣고 중불로 볶는다.
④ 양파가 숨이 죽으면 닭봉을 넣고 껍질이 바삭해질 때까지 굽는다.
⑤ ④에 토마토, 다진 마늘, 생강, 셀러리, 향신료를 넣고 살짝 볶는다.
   뚜껑을 덮고 20분 정도 끓이면 완성이다.

식후 커피

추천하는 건 케냐. 감귤 계열의 과실을 연상시키는 산미와 희미한 쌉쌀한 맛과 깊이감이 토마토 카레의 산뜻한 여운을 천천히 이끌어준다.

지에코 씨의 스페셜

바지락 카레

화려하지는 않지만
마음속 깊이 맛있게 느껴지는
바지락 카레

재료	
돼지고기	200g
양파	1개
당근	1개
느타리버섯	1팩
바지락	270g
참기름	1큰술
소금	조금
물	800ml
술	50ml
간장	조금
카레	½상자

요리법

① 해감한 바지락을 삶고 술을 넣어 끓인다.

② ①의 남은 열이 가시고 나면 소쿠리로 맛국물을 낸 바지락 껍질을 건져낸다.

③ 다른 냄비에 참기름을 두르고 한입 크기로 자른 양파, 당근, 느타리버섯을 넣고 소금을 뿌려 중불에 볶는다. 숨이 죽으면 돼지고기를 넣고 골고루 볶는다.

④ ③에 ②의 바지락 국물을 넣고 중불로 푹 끓인다.

⑤ 거품을 걷어내고 불을 끈 뒤 카레 가루를 넣고, 걸쭉해질 때까지 끓인다. 완성한 후에 간장을 한 번 두르면 완성이다.

식후 커피

과실의 산미와 풍성한 향을 즐길 수 있는 예멘을 추천한다. 와인 같은 화려함이 바지락 카레의 여운을 오래가게 해줄 것이다.

작가의 말

츤과 함께하는 삶의 방식을 가르쳐준 야마네 기코 씨, 호쿠토 씨.

여러모로 상담에 응해준 미모리 지히로 씨.

오우미 지역 사투리와 시가 현의 매력을 알려준 사토 노리코 씨.

하이쿠를 첨삭해준 사토 고주 씨.

카레를 먹고 난 후 마실 커피에 대해 조언을 해주신

바리스타 시즈나미 아유미 씨.

집 풍수에 대해 조언해주신 스즈키 리쓰코 씨.

카레 만드는 법을 실전에서 지도해준 다마 짱.

일러스트를 그려준 논 짱.

레시피에 조언을 해준 고바야시 사토루 씨.

글 쓰는 속도가 느린 나를 끈기 있게 지켜봐 준

이와호리 유 씨, 기미와다 아사코 씨.

오우치 카페는 여러분의 성원에 힘입어 완성됐습니다.

만세♥

우리는 불완전하기에 화음을 이룬다

　주민센터에서 급하게 서류를 뗀 적이 있다. 그 서류에는 내가 태어났을 때부터 지금까지의 궤적이 다 나와 있었다. 초등학교도 세 군데를 다녀야 했을 만큼 나는 어릴 적에 도시에서 도시로 이동하며 살았는데, 이십 대 이후에 학교를 서울로 가고서부터는 그 빈도가 더 심해졌다. 1, 2년에 한 번은 하숙집이나 자취방을 옮겨 다녀서였다. 그런데 그동안 살아온 곳들을 돌이켜보면 나는 제대로 적응한 곳이 거의 없었다. 내가 돌아갈 곳, 날 보듬어주는 곳이라고 생각한 곳이 없었다고 할 수 있다. 그런데 이 작품을 작업하면서 알게 된 사실이 있다. 이 작품의 다섯 여자인 카라, 미키코, 사토코, 아유미, 지에코는 예전의 나와 마찬가지로 하나같이 타인과 잘 살아갈 수 있을까 고민했다는 것이다. 하지만 결과는 나와 달랐다. 그건 왜일까? 그러고 보면 나도 잠깐씩이나마 머물렀던 곳마다 좋은 추억이 있다. 셰어하우스 식구들끼리 술자리를 가지며 서로 허심탄회하게 속내를 털어놓기도 하고, 쇼핑을 같이 다니기도 하면서 말이다. 다만 그녀들과 나의 다른 점은 그녀들은 완벽을 추구하지 않고 서로가 서로를 있는 그대로 받아들이려고 했다는 사실이다. 그리고 또 깨달았다. 내가 타인과 살았을 때 간혹 불협화음을 일으켰던 것은 완벽한 관계와 완벽한 삶을 추구하려 했기 때문이라는 것을 말이다. 심지어 룸메이트에게 오히려 더 잘해주고 싶었던 마음에서 관계가 어긋났던 일도 있었다. 그렇다면 힘을 조금 빼고 살았다면 더 낫지 않았을까? 하지만 그 힘 조절도 참 버거운 일이다. 작업하면서 오우치 카페의 입주민들도 완벽하지 않았던 걸 알 수 있었다. 하지만 그들은 힘을 빼는 방법을 찾아냈기에 화음을 이룰 수 있었다고 본다.

결혼을 앞두고 제일 걱정했던 것은 앞으로 나의 영원한 룸메이트가 될 그와 불협화음을 일으키지 않을까 하는 것이었다. 물론 아니나 다를까 2년 정도는 삐걱대는 소리가 들릴 정도로 불협화음의 연속이었다. 이십 대 때 함께 살았던 룸메이트와는 조금은 다를 줄 알았지만, 사랑이 바탕이 된 룸메이트도 다를 바 없다는 생각이 들 정도로 힘든 시기가 있었다. 하지만 우리는 몇 년에 걸쳐가며 서로가 몰랐던 서로에 대해 파악해나가기 시작했고, 완벽을 추구하지 않기로 했다. 이십 대 시절에 완벽한 룸메이트가 되고자 노력했던 나 자신의 모습도 버렸고, 상대가 완벽한 룸메이트이기를 바라는 나 자신도 버렸다. 그러자 불완전하게나마 음이 연주되기 시작했다. 그리고 그 화음은 오히려 완벽한 화음보다 인간미가 넘쳐서 따뜻하게 느껴졌다.

작업을 하면서 사토코의 삶에서 내 모습을 엿볼 수 있었다. 이십 대 때 이사 다니는 일이 너무 잦았기에 늘 가구를 사지 않았다. 나에게 가구는 정착을 의미하는 것이기 때문이었다. 책이 많은 편인데도 책장도 사지 않았을 정도니 말이다. 그러다 반지하 집이 수해를 입은 적이 있다. 다른 건 젖어도 괜찮았지만 책이 젖어서 많이 속상했다. 젖은 책은 말려도 페이지를 넘길 수 없게 굳어서 버려야 했고, 그때 나는 정착하는 삶에 대해 진지하게 고민했다. 하지만 사토코가 그러하듯 유목민처럼 사는 사람은 정착하는 게 이상하게도 힘들다. 그래서 나는 나의 마지막 룸메이트가 될 그와 결혼하면서 제일 먼저 골랐던 게 책장이었다. 그

건 이제 정착하겠다고 선언을 한 것이나 다름없었다. 그리
고 지금은 가구를 하나씩 늘려가고 있다.

어느 집에서나 간편하게 많이 만들지만 제대로 만들려
고 하면 어려운 카레라이스. 셰어하우스 오우치 카페에서
는 토요일마다 카레의 날이 찾아온다. 카레는 그 집의 개
성이 잘 드러나는 음식이다. 여기에는 여러 카레가 등장하
는데, 우리 집 카레를 소개하자면 감자가 듬뿍 들어간 포
테이토 카레다. 특별한 것은 우리 집에서는 카레를 만든
당일에는 먹지 않는다는 점이다. 나는 카레를 하루 정도
재워놓는 걸 좋아하는데, 그래야 감자에 카레가 다 배어들
기 때문이다. 또 하나, 특별한 날에 먹는 카레가 있다. 바로
돈가스 카레다. 일본에서 살 때 일본인 친구에게 돈가스의
'가스'와 이기다는 뜻의 일본어 '가스'가 음이 같아 중요한
날에는 돈가스를 먹는다는 이야기를 들었다. 그 이후부터
중요한 날에는 돈가스를 먹는 습관이 생겼는데, 어느새 돈
가스가 돈가스 카레가 되어 지금은 중요한 날이면 돈가스
카레를 먹는다. 물론 좋은 일이 있었으면 하는 날에도 돈
가스 카레를 먹는다. 포테이토 카레와 돈가스 카레는 나의
룸메이트인 남편과 내가 이룬 가정의 정체성이라고 할 수

있다.

어쩌면 내가 이십 대 때 거쳐 온 룸메이트들은 나에게 완벽한 관계를 이루려고 너무 애쓰는 것보다 서로가 불완전하다는 사실을 인정하는 방법을 가르쳐준 사람들일지도 모른다. 내 마지막 룸메이트와 더 행복해질 수 있도록 말이다. 내일도 그와 나는 불완전한 모습에서 비롯된 특별한 화음을 만들어낼 테다. 완벽하고 온전한 게 무조건 근사한 화음을 만들어내는 건 아니다. 오히려 그러하기에 삐걱대는 불협화음을 만들어낼 수 있다. 그런 점에서 오우치 카페의 다섯 여자들은 아주 현명하고 건강한 관계를 맺고 있다는 생각이 든다. 그와 나도 서로 밀치락달치락하지만 마음만큼은 닫지 않으며 노년까지 함께하고 싶다는 생각이 든다.

나의 마지막 룸메이트의 자는 얼굴을 보며

김현화 올림

가마쿠라 역에서 걸어서 8분, 빈방 있습니다

제1판 1쇄 인쇄 | 2023년 8월 25일
제1판 1쇄 발행 | 2023년 8월 28일

지은이 | 오치 쓰키코
옮긴이 | 김현화
펴낸이 | 김수언
펴낸곳 | 한국경제신문 한경BP
책임편집 | 노민정
교정교열 | 임주하
저작권 | 백상아
홍보 | 서은실 · 이여진 · 박도현
마케팅 | 김규형 · 정우연
디자인 | 권석중
본문디자인 | 디자인 현

주소 | 서울특별시 중구 청파로 463
기획출판팀 | 02-3604-590, 584
영업마케팅팀 | 02-3604-595, 562 FAX | 02-3604-599
H | http://bp.hankyung.com E | bp@hankyung.com
F | www.facebook.com/hankyungbp
등록 | 제 2-315(1967. 5. 15)

ISBN 978-89-475-4910-3 03830